女耀農門

1

風文創 760

樵牧 著

目錄

自序

樵牧

自小就喜歡各種文字，認字開始就喜歡捧著書本看。不過，我顯然是個在大人眼中「不務正業」之人，從小喜歡的便是文學類的課外讀物。年少之時資源貧乏，幾乎是將所有可以看到的書籍都看過幾遍，哪怕其中不乏文字艱深晦澀的，也都囫圇看過去。

而臺灣的言情小說，在我青春年少那段時光的畫卷上留下了濃墨重彩的一筆，可以說，我對言情小說的認知，就是從臺灣言情小說來的。時至今日還記得中學時，總是費盡心機地避開老師的視線，緊張地偷看藏在書桌裡的小說，那種緊張與奮感，至今還記憶猶新。在那個時候並沒有想過，自己日後也會選擇從事文字類的職業，更沒想到自己寫的小說，也會有與臺灣的書友們見面的機會！

不勝榮幸！

細細數下來，其實陸陸續續地寫成十幾本小說了，唯獨這一本是因為心生所感，這才動筆寫下的。最初是偶遇一對小朋友，童言稚語讓人禁不住會心一笑，心中有些感慨，忽然就想寫一本青梅竹馬的小說；加上身在異鄉，對家鄉很是想念，於是便初步敲定了這本小說。

在小說中寫了一些家鄉的風俗和吃食，只是很多細節上的問題，還是需要不停地詢問長輩才能確定；尤其是吃食，哪怕自小吃到大，可對做法卻是知道得不夠詳細。曾有一度煩躁地想要放棄，最後還是因為僅存的那點執念，才得以堅持下來。

等理順了這些之後就順利不少，尤其是在寫各種家鄉小吃時，總是忍不住有點嘴饞。若是趕上在半夜寫文，幾乎都管不住自己的嘴。等完本之時，疑似成功為自己增肥！細算下來，這大概是我寫過記憶最為深刻的一本書了，畢竟多出來的幾斤肉一直在提醒我這一點。

這是我的小說第一次與臺灣的朋友們見面，就如同初初相識的友人，心中歡喜，卻又難免忐忑。盼望得到自己在意之人的喜愛，又難免會擔心做得不夠好，只能放鬆心態，期盼這本書能夠得到臺灣朋友們的喜愛，同時還能有下次再見的機會！

最後，唯願我的新朋友們身體健康！

第一章　有膽就來

顧長安睡得迷迷糊糊的時候，好似聽見有人在耳邊叮囑了幾句，她含糊地應了，轉頭又沈沈睡過去。

再睜開眼的時候，已經天色大亮。顧長安連忙起身，收拾索利之後摸了摸扁扁的肚子，去了廚房。木頭打成的鍋蓋正罩在鍋子上，裡面有一大碗的糙米野菜粥，她就著放在一旁的鹹菜，幾大口就喝完。洗好自己的碗筷，又忙著去看院子裡的雞鴨崽子有沒有缺水，再給豬圈裡的小豬扔了一把菜葉。

看著都只是小雜事，等她收拾完，額頭也冒出一層細密的汗珠來，她擦了擦汗水，站在院門口喘了口氣，估算現在大哥他們應當都在番薯地裡，正好她也去看看。

去她跟二姊房間旁邊的柴房裡找了個籃子，想了想又往籃子裡放了一把鐮刀。

「下午該去山上砍點柴回來了。」顧長安嘀咕了一句。昨天還聽大哥提起這事。

想起她現在這身分擁有的新技能，砍柴這種小活完全不在話下。

臨要出門又回廚房去裝了一罐子溫水，這裡四月的天氣多變，昨天還下雨，天都是陰沈沈的，今天的陽光卻又有些灼人，大哥他們應該渴了。

穿過院子正要出門，眼角餘光正好隔著籬笆的縫隙，瞥見有一夥人風風火火地朝著她家的方向衝過來。

打頭的那個人非常眼熟，顧長安想起前幾天的那一場紛爭，小臉頓時沈了下來，轉身進了柴房拿出一把大斧頭，隨手扯住一個比她的人都要大上一圈的樹根，拉到院子，舉起斧頭啪一聲，就劈下一塊來。

沒等她劈第二下，原本就只是虛掩著的院門被人一把推開，剛才顧長安瞧見的那個打頭的就衝了進來，嗓門高得刺耳。「好妳個顧長安，妳還不快給老娘出來！」

「砰！」

顧長安沈著小臉舉起斧頭，一雙大眼睛冷冷地盯著對方。「二嬸找我嗎？」

顧二嬸，也就是打頭的人，先被顧長安乾脆俐落的一斧頭劈開這麼大的樹根給嚇一跳，這才想起大房家這個才七歲的五丫頭，力氣比壯年漢子都要大上不少。這麼一想，心頭難免生出兩分懼意，原本的氣勢頓時打了折扣，眼神恍惚了一下，這才冷笑一聲。「我可沒那福分，當不起妳這一聲二嬸。前幾日不過是妳堂哥們跟妳鬧著玩，沒承想讓妳受了點傷，我跟妳二叔也帶著他們來向你們賠禮道歉了，大夫也是我跟妳二叔替妳請的，還給妳拿了不少好物來補身子。該做的我們都做了，都是一家子骨肉，就算只是尋常左鄰右舍之間，這禮數也算是做足了，我倒是沒想到，妳這小丫頭年紀不大，這心卻是黑的。」

顧長安抬手啪啪兩下，原本劈成兩大塊的樹根，立刻又被均勻地分開了，輕飄飄的，好像劈的不是木頭而是豆腐一樣。

「二嬸不想當我二嬸？這話二嬸得找二叔去說。阿爺、阿奶過世了，咱們兩家也都分家了，管不了妳家的事情。」顧長安沈著小臉給建議。

顧二嬸頓時被氣得一口氣憋在胸口，堵得發疼。

敢情她說了這半天，這死丫頭就只聽見頭一句，還非得揪著不放，說這種話來給她添堵。

跟著她來的幾個婦人都是村裡好管閒事、胡亂說嘴的，秉著看熱鬧不怕事大的性子，笑嘻嘻地起鬨。「五丫，這可就是妳不對了，妳二嬸好歹也是長輩，哪裡有妳這樣頂嘴的？」

「可不是？先前的事情都過去了，妳二叔、二嬸來給妳道歉的時候，村裡人也都瞧見了，怎麼回頭妳還去把妳堂哥他們打一頓呢？我們村裡可不興這當面一套、背後一套的。」

顧長安面無表情地看著她們，那雙黑黝黝的大眼睛盯著人看的時間長了，硬是將人看得心裡發毛。

顧長安從來都不是受氣包，她也不去跟她們對罵，只是直直地盯著她們不說話，之後忽然掄起斧頭，揮舞幾下，地上立刻出現一堆大小很是平均的木柴。然後她歪著腦袋，看向眾人。

剛才最先出頭幫忙顧二嬸的那婦人頓時倒抽一口氣，乾笑一聲。「那什麼，我突然想起忘了扯豬草，我先回家去了。」她將將想起來，這顧家大房的五丫頭可是個力氣大的，而且性子還特別擰。要是性子莽撞起來，那斧頭可不長眼，到時候萬一倒楣的是她們這些無辜的人，可怎麼辦？

有反應快的也連忙跟了上去。「等我一個，我也沒扯豬草……」有了打頭的，另外幾個跟著來湊熱鬧的人也紛紛跟著說要去扯豬草，一溜煙地全都跑了。顧二嬸心頭也是害怕，有心想要藉著長輩的身分發作一場，可一想起這死丫頭的一身力氣，她也是心驚肉跳，正遲疑間，就見顧長安握緊手中的斧頭，突兀地朝她的方向走了一步。

就這一步，將顧二嬸的魂都嚇飛了，尖叫一聲轉身就跑。

見人都跑了，顧長安這才面無表情地把斧頭給收了回去。打定了主意，回頭再找機會把二叔家的那兩個小子給揍一頓，也好坐實顧二嬸那些莫須有的指責。

顧二嬸來鬧一回就揍一頓，母債子償，天經地義！

嚇跑了顧二嬸，顧長安眼神有些深沈，收拾好東西出門。

到了這裡已經有半個月，而半個月前那一場所謂的「玩鬧」，讓一個無辜的孩子沒了命，她卻是撿了個便宜，只用了短短的一天就接受了現實。

從那時候開始，她還是她，卻也是大荊朝平安鎮梨花村村尾，顧家大房的五丫頭，顧長安！

剛才那個婦人，便是顧長安的親二嬸。在梨花村算是出了名的碎嘴，見不得人好，惹事精，尤其喜歡針對顧家大房，不管什麼事情都喜歡牢牢地壓制大房。

這種人也是夠噁心，沒事便會湊上來鬧騰一回，偏偏還是有血緣的親人，做的事情又不算多出格，她目前最多也只能這樣嚇唬嚇唬對方。嚇唬一次，大概只能清靜十天半個月，遲早有一天得找個法子，好將人徹底給打怕了，以後見了他們大房的人都繞著走，那才算了結。

拎著籃子去了番薯地。今年的雨水挺足的，又才春耕完畢，到處鬱鬱蔥蔥，看著就討人喜歡。番薯地離顧家院子不算太遠，顧長安走到的時候，遠遠就看見她的顧小六迎了上來，體貼地想要接過她手中的水罐子。

顧長安避開了他的手。「地裡草多嗎？」

顧小六也不堅持。「這幾天雨水太多，咱們這裡之前是荒地開墾的，草籽到處都是，雜草要更多一些。」

顧長安看見堆在一邊的雜草，的確挺大一捆了。

「不是讓妳在家裡歇著嗎？今天太陽曬人，妳還沒好透呢，出來胡亂跑什麼？」顧二姊也走了過來，有些不贊同地微微皺眉。

顧長安連忙將水罐子遞過去。「我好得差不多了，就是看太陽太曬，你們又沒帶水罐子，送點水過來。」

顧二姊見她氣色的確還可以，倒沒再多說，接過水罐先給顧大哥送了過去，顧大哥卻是沒接過去，只讓顧二姊先喝兩口。顧二姊也不堅持，喝了兩口才遞給顧大哥。顧大哥憨憨一笑，接過去一口氣就喝掉半罐子，顧四哥和顧小六也一口氣灌了不少，整個人都舒坦了。

「二姊，天色還早，我們去河邊挖點野菜，再看看能不能抓兩條魚吧！」顧長安建議。

顧大哥先笑呵呵地應了。「你們先過去，我跟小四收個尾，待會兒就過去找你們。」

顧二姊聽顧大哥這麼說，想了想，也就同意了。

「先等我把草搬回去……」

「二姊，我來搬，讓我來搬！」顧長安一溜煙地跑過去把那堆雜草聚攏在一起，搓了根草繩緊緊地捆成一捆，輕輕鬆鬆揹了起來。

顧二姊嘴角抽搐了一下。自家小五受了回傷，性子變得開朗不少；這本是好事一樁，可小五除了性子開朗，不再聽話地遮掩這一身力氣之事，也頗讓她頭疼。

顧小六卻是覺得自家五姊當真厲害，這一大捆雜草他可扛不動，要知道他只比五姊小了兩歲，而且他還是個男子漢呢！

顧長安把雜草扛回家，一大半扔進豬圈，剩下的都給了雞鴨。顧小六去柴房找了竹簍子，還有用草編成的網。

梨花村裡唯一的一條河，叫做清水河，河面寬的地方有兩、三公尺，河水最深的地方有成年人齊腰的深度。清水河幾乎沒有乾涸過，河水也一直很清澈。河裡一直都有魚，有手指長的小魚和巴掌大的鯽魚，要是運氣好的話，還能抓到兩、三斤重的草魚和鯉魚。

「其實螺螄也挺好吃的，上回二姊用辣椒煮的螺螄，味道特別好。」顧小六想起上次吃到嘴的美味，一臉的回味。

顧長安許諾。「過兩天咱們再來摸螺螄，到時候讓二姊多煮一些，讓你吃到飽。」

顧小六雙眼發亮。「五姊，我們摸螺螄的時候，能不能順便再看看有沒有黃鱔？」

「當然能。」顧長安對這個唯一的弟弟還是很疼愛的。

顧二姊落後一步，眼底泛起淺淺的笑意。弟弟、妹妹都乖巧懂事，作為長姊，她自然也是心中歡喜。

他們三人樂呵呵的，完全沒注意到後面有人跟了上來。顧長安只聽見一陣急促的破空聲，那一刻腦海中只剩下一片空白，下意識撲了過去，將顧小六緊緊地護在自己身前！

顧長安只覺得眼前一黑，頓時失去了知覺。

「五丫！」

「五姊！」

顧小六手忙腳亂地抱住自家五姊倒下來的身體，顧二姊只覺得自己像是踩在棉花裡一樣，高一腳、低一腳的，幾步路的距離，對於此時此刻的她來說，就好似走不到盡頭一般。好不容易走到顧小六兩人跟前，顧二姊只覺得雙膝一軟，撲通一聲跪坐在土路上。她伸出手，顫巍巍地放在顧長安的鼻下。

還有氣！

顧二姊驀然收回手，雙眼泛著紅。

顧長安只覺得後腦勺一跳一跳，突突地疼。有人在她身邊大喊大叫，聽見耳熟的聲音，一時間卻想不起對方到底是誰？諸多畫面在眼前閃現，她有些分不清楚此時身處何地。

「破落戶，賊婆子……小賤蹄子……不得好死……」有人在破口大罵，而且罵得極為不堪、難聽。顧長安眼珠子轉了一下，終於醒了過來。

顧長安也沒想到，自己居然會被人砸中後腦勺昏死過去。她的反應速度一向都很快，原本可以避開那塊突然飛來的石頭，卻不知道為什麼，就在那一剎那，她忽然有些無法掌控身體，硬生生地被砸中了腦袋。

難道，這具身體的靈魂還在嗎？

「五姊？嗚……五姊妳醒了嗎？五姊！」顧小六一直抱著顧長安的腦袋，哭得上氣不接下氣，見顧長安慢慢地睜開了眼睛，頓時又放聲大哭起來。

原本正與顧二嬸對峙的顧二姊連忙快步走了回來。「五丫，妳……」

「二姊，我沒事了。」顧長安握了握顧二姊微微顫抖的手，借著她的手，微微使力站了起來。她輕輕動了動手腳，不知道是不是她的錯覺，之前十幾天身體偶爾會有的凝滯感好似徹底沒了。

難道是因為這一次的昏迷，讓她的靈魂跟這身體徹底融合了？

見她安然無恙地站了起來，原本還稍稍有那麼點心虛的顧二嬸頓時就理直氣壯起來，一手扠腰，指著顧長安姊弟三個就罵。「破落戶養的小賤蹄子，大的長得騷裡騷氣的，也不知道做出這副模樣是要給哪個野漢子看！小的年紀不大，倒是心狠手辣，這是要將自個兒兄弟給打死，遲早就是要吃牢飯的貨……」

顧長安的臉色變黑，正要說話，一旁好不容易才停住哭聲的顧小六跟小炮彈似的，朝著潑婦一樣的顧二嬸一頭撞了過去。

顧二嬸沒防備，被撞了個正著，哎喲一聲摔倒在地。

她身邊的兩個兒子見自己老娘吃了虧，只覺得自己也被掃了臉面。大的那個一把掐住顧小六的脖子，抬手就是一個耳光；小的那個緊跟著一腳踹了過去，嘴裡更是沒輕沒重地罵著。「顧小六你個遲早要上刑場的小癟三，你敢打我娘，你看我不打死你個狗雜種！」

顧二嬸掙扎著站了起來，肚子一陣一陣地抽痛，尖叫著讓自己兩個兒子狠狠地教訓顧小六。

「早晚要吃殺頭飯的小雜種，先打死了也是造福世間！」

顧二姊沒攔住顧小六，哪裡見得他被人打，正要衝上去，卻被已經爬起來的顧長安一把揪住，她掙扎了一下，硬是沒辦法移動半分。

「靠邊站著！」顧長安的聲音有些陰沈，甚至還夾帶著絲絲殺意。明明說話的聲音不大，卻讓顧二姊下意識地停下腳步，還順從地往旁邊挪了挪。

「清水河的水現在凍不死人！」兩人錯身而過的那一瞬間，顧二姊忽然低語一聲。

顧長安腳步一頓未頓，快步走了過去，一人一腳，一大一小叫號一聲，就跟滾地葫蘆般滿地打滾。顧長安捏著顧小六的下巴看了一眼，剛才那一巴掌，顧二嬸家的大小子可是用了力氣的，顧小六原本還算白胖的臉頰都紅腫起來。她一言不發，直接把顧小六推給了顧二姊，也不管顧二嬸尖叫連連，彎腰一把拽起一人一條腿，頭也不回地直接把人往清水河邊拽。

顧二嬸哪裡還不明白顧長安這是要做什麼，立刻叫起來。

「五丫頭妳個賤蹄子，還不快把妳哥哥們都給放下來！妳個狼心狗肺的惡毒胚子，妳這是想要殺人啊！」顧二嬸把話說得極其誇張，本以為能嚇唬住原本膽子就不大的顧長安，卻赫然發現她叫罵得起勁時，顧長安已經把她的兒子給拖向河邊去了。

顧二嬸「叫號」的一嗓子，胖乎乎的身子不夠靈活，連滾帶爬地衝了過去，試圖把自家兒子給拉回來。卻不想，多了顧二嬸這麼一個噸位，顧長安連腳步都沒停頓一下，輕輕鬆鬆就把人給拖到河邊。

耳畔是河水嘩啦啦的聲音，顧二嬸的兩個兒子都是慫蛋，當下嚇得哭叫起來。

「顧長安妳個殺千刀、沒人性的東西，他們是妳親哥哥啊，妳居然想要把他們推下河去，妳還是人嗎？」顧二嬸哭喊著，死命地抓住自家兒子的胳膊不肯鬆開。

顧長安醒過來之後，第一次把視線落在顧二嬸身上，沈著小臉極為認真地道：「不是想把他們推下河。」

顧二嬸心頭一鬆，以為顧長安沒那膽子，叫道：「那妳還不快鬆開妳哥哥們？沒瞧見他們被妳這麼拖著都嚇壞了嗎？」說著試圖去推顧長安，看著兒子被拉著一條腿給拖來拖去的，顧二嬸早就心疼到不行了。

卻不想，就在她鬆開手的那一剎那，顧長安驟然使力，輕鬆拎起兩個長得比她大得多的小子，在顧二嬸的尖叫聲中，跟插秧一般直接把兩人腦袋朝下，「種」在冰涼的河水裡！

顧長安沒想鬧出人命，剛放下去沒三秒鐘又給拎了起來。沒等顧二嬸再慘叫，她又把人給種了下去，如此反覆四、五回，終於聽到有人聲朝著這邊過來。顧二嬸也不往前衝了，一屁股坐了下來，一拍大腿拉長嗓門開始哭訴起來。

「哎喲，這個沒良心的丫頭，心怎麼就能這麼狠毒啊！自己的親哥哥都能下狠手，這是要殺人了啊……」

村裡人都來了，她篤定顧長安不敢再對付她兒子，眼中帶著不加掩飾的怨毒，琢磨著事後要如何從顧家大房身上狠狠地咬下一口肉來？

不料，當著已經靠近的村民們面前、在顧二嬸的驚恐注視下，顧長安再一次拎起兩位堂兄，輕易地再次將兩人給「種」在河裡！

一場兵荒馬亂之後，最後被顧長安提上來、隨手扔在地上的兩個胖小子，哭得上氣不接下氣，旁邊的顧二嬸更是號得停不下來。

村裡人來得不少，為首的中年漢子長得憨厚，他很是威嚴地掃了當事人幾眼，沈聲問道：「這到底是怎麼回事？長安妳來說，到底是發生什麼事情了，讓妳這麼對待自己的親堂哥？」

顧長安眼底掠過一抹譏諷之色，連問都沒問就直接先給她按上罪名，這村長果真如同「她」記憶中那樣「公正」。

她正要說話，顧小六忽然拽住她的衣袖，不輕不重地扯了一下，然後扯開嗓子哇的一聲就哭了起來。

顧小六哭得淒慘，那張腫著的臉讓他的淒慘又加重幾分。他哭得可憐，卻完全不妨礙自己口齒清晰地將事情的前因後果給說了一遍。

「爹娘都去外公家，小叔帶著三哥去鎮上看大夫了，大哥和四哥還在地裡幹活，二姊帶著五姊跟我來河邊挖野菜，大堂兄和二堂兄就來了。我們什麼都沒做，大堂兄和二堂兄跟在我們身後，突然就朝著我砸了一塊石頭。我五姊替我擋了下來，被砸中後腦勺，當時就昏過去了，怎麼叫都叫不醒。我好害怕，二姊跟大堂兄和二堂兄理論，大堂兄偏說是我們擋著他們的路，說二姊是看不起他們，還非得說二姊要不肯真心誠意地道歉，就別怪他們代替我們爹娘，好好地教導二姊什麼叫做尊卑……」

顧小六嗚嗚哭著，掏出一塊乾淨的帕子擦了擦眼淚，然後才繼續道：「我們明明是靠著路邊走的，大堂兄和二堂兄什麼話都沒說，就偷偷用石頭砸我們。五姊都昏死過去了，大堂兄還覺得是我五姊假裝的，衝過來想要踢死五姊，還、還說……」

顧二嬸頓時急了，猛地跳起來張嘴就罵。「顧小六你個討債鬼胡說八道什麼？村長啊，我們家兩個孩子是你看著長大的，從來都是憨厚老實，對自家弟妹也都很疼愛，怎麼可能說出那種話來，你……」

「妳閉嘴！」村長臉色難看地瞪了顧二嬸一眼。顧二嬸家的兩個小子從小好吃懶做，村裡誰不知道？要是顧家五丫頭鬧事情，他倒是願意給顧家二房一點面子，可聽顧小六這話，分明就是二房這兩個小子先惹的事！

顧二嬸頓時一噎，諂媚的笑容僵在臉上，看起來有些詭異。

顧小六吸了吸鼻子，沒將顧家二房兩個蠢兒子形容顧二姊的話給說出來。將他們說的那些骯髒話說出來之後，的確會讓村長動怒，說不定還能狠狠懲罰那兩個混蛋堂兄；但他是恨兩個堂兄，卻絕不會傻到用自家二姊的名聲為代價去對付他們。

顧二姊眼圈微微泛紅，拉過顧小六給他擦了擦眼淚，然後才抬頭看向村長和幾個村民，開口為自家弟妹求情。「村長伯伯，千錯萬錯都是我的錯，堂弟想要走的路寬一些，我這個當姊姊的多讓開路就是了，哪裡又會起這樣的爭執？五丫和小六都是被我拖累的，若是村長伯伯要責罰的話，盡可懲罰我便是。」

顧二嬸母子三人忍不住露出幾分得意之色。果然二丫頭就是個麵團子，最是好拿捏不過。

村長卻是臉色一變，呵斥道：「怎麼就是妳的錯了？不說都是一家子，只說妳是姊姊，哪家當弟弟的，居然敢說出代替家中父母來教訓姊姊的話來？這話要是傳出去，咱們梨花村的臉都得丟盡了！」

其他幾個村民也紛紛附和。他們想也知道，二房的兩個小子肯定沒說好話。誰不知道他們梨花村村尾顧家大房的二丫頭不只長得好、做事勤快，而且性子最是柔和不過。可以想見，二房小子說的話若是被人知道了，二丫頭的名聲也就毀了，連帶著他們梨花村的姑娘也落不到好。

見村長居然不站在自己這一邊，顧二嬸頓時不樂意了。說起來她娘家跟村長夫人還沾親帶故，這些年他們也沒少給村長家好處，拿了她的好處還敢不幫襯她？門兒都沒有！

顧二嬸臉色一變正要說話，卻被村長狠狠瞪了一眼。或許是村長的眼神中帶著的狠戾之色嚇到了她，顧二嬸提起的一口氣頓時憋了回去，到底不敢真得罪村長。

見她還算識相，村長心裡滿意了一些，這件事自然不能鬧大，也只能和稀泥了。

「顧老二家的，妳也該好好管一管妳這兩個兒子，都這麼大的人了，別成天一張嘴胡說八道。別說他們是弟弟，就算他們是兄長，也沒有自家大伯還在，就有那臉說要代替自家大伯教訓堂姊妹的，這要是傳出去，一聽妳家小子渾成這樣，以後誰敢把自家姑娘嫁到妳家去？」

顧二嬸心有不甘，卻也知道這時候再跟村長對上，那就是將村長的心推向大房那幾個賤蹄子，心中別有打算，便勉強忍住沒吱聲。

村長又看向顧長安幾個。「長安，不說妳是個姑娘家，就是小子，妳看誰家小子能幹出把自家堂兄弟給扔進河裡的？幸好沒出事，但凡他們有個萬一，妳這就是殺人！殺人可是要償命的！」

顧長安眼睛微垂，眼底盡是譏諷之色。

殺人要償命，這話說得好，她愛聽！

有村長出面和稀泥，而且局面明顯對自己這邊不利，顧二嬸眼珠子一轉，立刻就答應下來，還笑呵呵地道：「村長說得對，都是一家人，兄弟姊妹之間打打鬧鬧的也是親近，哪裡還真能記仇了。」說著還推了推有些不服氣的兩個兒子。「你們也是，二丫是姊姊，你們當弟弟的只有聽人教訓的分，哪裡有你們多嘴多舌的地方？還不快去給你們堂姊道歉！」

不等兩人真開口道歉，顧二嬸又笑著對顧二姊道：「二丫頭，妳也知道妳這兩個堂弟說話不走心，妳看在他們還小的分上，就別跟他們一般見識了。再說五丫頭不也讓他們兩個吃了苦頭嗎？二嬸在這裡替他們兩個小子跟你們道個歉，這事就這麼過去了，妳看成不成？」

原本還向著顧長安三個的村民們也紛紛開始勸說起來，畢竟當長輩的都主動道歉了，當小輩的若是不肯接下，未免太過咄咄逼人。

顧二姊柔柔一笑，眉目溫和。「諸位長輩教訓得是！都是一家人，事情過去就過去了，自然不會有損血緣親情。」又對顧二嬸道：「兩位堂弟還是孩子，不懂事，我這個當姊姊的怎會與他們計較？二嬸快些帶堂弟回去換一身衣裳，免得著涼了。」一番話說得漂漂亮亮，人心立刻就偏向她這一方了。

四月的南方氣候多變，時冷時熱，而且梨花村四面環山，氣溫要比外面稍微低上幾分，顧二嬸這才發現兩個兒子都被凍得有些哆嗦，哪裡還顧得上再跟顧二姊三人扯皮？要收拾大房慢慢來就行了，不用急在這一時半刻。

等顧二嬸母子三人走了，村長跟其他人也紛紛離開；倒是村長臨走前，冷眼掃了顧長安一眼，心中對她更加不喜。

顧長安又不是當真只是個七歲的小娃娃，自是不在意這些；倒是經過這一遭事情，她對現在自身的力氣到底有多大也算有個瞭解。

天生神力！

怪不得顧家小叔常戲說，真的沒活路的時候，讓顧長安去採石場徒手鑿石頭，輕鬆就能養活一家子。

正走神間，顧二姊已經拉著顧小六去河邊洗臉，用手帕輕柔地擦過被打腫的那半邊臉，然後極為粗魯地將他另外半邊臉也給擦乾淨。她眉眼帶著溫柔的笑意，輕聲細語地問道：「小六啊，可還記得二姊平時叮囑你們的話嗎？」

顧小六不敢喊疼，眼珠子轉了轉，試圖裝可憐來糊弄過關。「二姊，疼……」

顧二姊淺淺一笑，眉眼更加溫柔。「疼就對了，不疼你怕是記不住二姊的話！」

顧長安回過神來看到顧二姊的溫柔笑容，下意識地後退一步。

顧小六癟嘴，裝可憐沒成功也不失望，當下只好老老實實地低頭道：「二姊，我錯了！

我不該忘記自己這小身板，不管不顧地就衝上去跟人打架。」

顧二姊這才略微滿意地點了點頭，語氣柔軟。「知道錯了就好，以後莫要再犯這等錯誤。你要記得，你年紀小，如今不過才五歲，那兩頭蠢豬光是體重就能壓死你，你往上衝不是自討苦吃嗎？這回就算了，下回你要是再敢這般莽撞，二姊可要重重罰你了。」

顧小六垂頭喪氣地點點頭。「我記住了！」

顧長安。「……」

跟記憶中的一模一樣，這種溫柔又別致的教育手段，果然很顧二姊！怎麼聽都覺得這三觀有那麼點不正，說好的梨花村第一溫柔和善的好姑娘呢？

被這麼一打岔，剛才還有的那點壓抑倒是消失不少，只可惜沒等顧長安放鬆下來，顧二姊的視線已經落在她身上。

顧長安下意識地吞了口口水，腦海中瞬間閃過無數念頭。姑娘家的名聲極為重要，她卻不想當一個為了好名聲就任人欺負的受氣包，所以她只沈默了片刻，先是老老實實地跟顧二姊道歉。「二姊，我錯了，不該讓你們擔心。」

顧二姊沒說話，只是淺淺一笑，看著顧長安的眼神陡然多了兩分危險。

「可是，如果重來一次，我還是會這樣做的。」顧長安很是堅持。

顧二姊對這說法略微有些不滿。「可是妳受傷了！」

顧長安癟嘴，毫無壓力地裝嫩。「沒提防那兩個傢伙會這麼狠。」

見顧二姊並沒有生氣的意思，顧長安打鐵趁熱，垂著頭有些委屈地道：「二姊，妳是不是覺得我不該這麼對付他們？」

顧二姊眉眼彎彎，輕聲細語地訓道：「那兩隻胖蠢豬怎麼教訓都不為過，莫要弄死、弄殘就成了；只是妳不該明明瞧見有人來了，還非得再將人泡在河水裡。親眼瞧見跟親耳聽見截然不同，何況二嬸還在跟前呢！做小輩的，無論在何時，對上長輩總是要吃虧一些；原本此事是咱們大房占理，被二嬸拿妳太過強勢對堂兄出手來說事，他們卻是吃不了多少虧了。」

顧小六接話。「二姊的意思是，當面吃點口頭上的虧沒關係，背後再揍回來。」

顧二姊對他溫柔一笑，顧小六立刻搗上嘴，不敢再多嘴，不過顧二姊到底沒反駁。

顧長安知道顧二姊果真是這意思，嘴角抽了抽。這種教育方式果然特別，不過每個人做人的方式各有不同，當然她得承認顧二姊的這種說法其實最為正確，尤其是在這個以孝為先的時代，她這種做法才是對自己最為有利的。只看顧二姊這些年在外的好名聲，就連村長都對她另眼相看，且不管發生何事，別人的第一反應都會下意識地先維護她一些，就能看出好處。

然而，這種為人行事的方法並不適合她。

顧長安忍不住小聲嘟囔。「背後再揍多憋氣？有仇當時就報了，這才好呢！」

顧小六也跟著來勁，笑嘻嘻地道：「二姊腦子好使，費腦子的事情讓二姊出面；五姊力氣大，誰敢多嘴就揍誰。二姊妳在的時候倒是好說，妳要是沒跟在身邊，五姊這個不聰明的，估計是耗盡腦汁也沒法子再報復回來了。妳看以五姊的力氣，誰能輕易欺負得了她？以前不就是膽子太小了嗎？二姊，妳前些時候都還擔心五姊再這麼下去，往後等說親嫁人了肯定得吃虧，現在五姊肯反抗了，妳怎麼又不贊同了？」

顧二姊猝不及防被揭穿真正的想法，也不生氣，只是輕輕一笑，道：「先回家吧！大哥和四弟怕是已經知道了，我們早些回去，免得他們再跑一趟。」

顧二姊猜得準，姊弟三人才將將走了一半的路，迎頭就跟匆匆忙忙趕來的顧大哥和顧四哥碰上了。

一看到三人，顧大哥和顧四哥立刻小跑著衝到他們跟前，先拉著他們仔細地察看了一番。顧四哥抱起顧小六，滿是心疼地看著他臉上的傷。「是二叔家那兩個小崽子打的？你打回去了沒有？上回不是教過你，你這小胳膊、小腿的，能搆著哪兒就搆哪兒，反正你力氣小，也打不死他們。」

正將後腦勺的傷處露出來，接受顧大哥檢查的顧長安眉毛抖了抖。她今天算是頭一回親身感受顧家的教育方式了。

果然三觀不正！不過，她喜歡！

心裡想著，也不妨礙她在顧家大哥跟前賣乖。「大哥，我沒事，就是沒反應過來被砸了一下，起了個包。」誰知道這身體還有隱患在，偏偏又是在那個關鍵時候身體不聽使喚，不然怎麼會這麼倒楣挨上這麼一下？

顧大哥見她的確沒什麼事情，立刻虎著臉狠狠地瞪了她一眼。「白長了一身力氣，就算對方長得跟豬崽子似的壯實，能抵得住妳一拳頭？跟他們廢什麼話，別揍死就行了。」

顧長安。「……」

所謂長兄如父，這時候除了教訓之外，是不是該來個人安慰她一下？

兄弟姊妹既已碰頭，就先回家一趟。

顧家的院子在村尾，靠近山腳。這地方住的人少，當初買下這宅基地的時候，花費少一些，顧爹惦記著幼弟，乾脆往大了買。院子用竹子做的柵欄圍起來，靠近柵欄的地方種了時令蔬菜，裡面還有兩棵果樹，一棵土櫻桃，現在樹上已經結滿果子，再過半月、二十來天就能吃到嘴裡了；另外一棵則是很少有人種，當地人稱為「金鈎梨」。顧長安原本雖然是北方人，不過也知道這東西也叫做「拐棗」，有藥用價值，顧爹則是用來泡酒，味道還不錯。

過了菜地便是豬圈，裡面的小豬見有人來了便發出聲音要吃的。房子則是由吃飯待客的堂屋隔開，右邊住著家裡的男丁，顧爹兩口子也住在右邊；左邊則是住著顧長安兩姊妹，挨著廚房，其餘的房間則是充作雜物房。

踏進院門的一瞬間，顧長安整個人都放鬆了下來。

到家了！

第二章 點亮新技能

這件事很快在村裡傳遍了，顧家兩房的事情又被人拿來說了一番。顧家大房和二房之間的那點矛盾還真不是什麼秘密。

梨花村是雜姓村，當年戰亂，有百姓逃亡到這個山坳裡，慢慢地開始有了人家。顧家算是當初來這裡的頭一批，扎根在這裡至今算起來，顧長安這一代已經是第四代。顧長安的阿爺膝下有三子，長子就是顧爹顧錚禮，次子便是顧家二叔顧錚義，幼子顧錚維。顧家阿爺走得早，才抱上大孫子就沒了。

在顧家阿爺才過五七，顧家阿奶就做主分家了。顧家那時候經過兩代人的努力，多少也有了點家底，按說就算不是長子占大部分家產，至少也是兄弟三人平分。

可顧家阿奶一哭二鬧三上吊的，硬是將大部分家產都給了顧二叔，說是要跟著顧二叔過活，所以將房子留給了顧二叔。家裡大部分的銀子也都被她留了下來，好地是顧二叔的，剩下的窪地、山地和貧瘠的田地才留給顧爹；至於顧家小叔，顧家阿奶當時只冷冷地說了一句「總有他一口飯吃的」。

想到此，顧長安的嘴角冷淡地勾了一下。

顧家小叔是幼子不假，卻是最不得寵的。當年顧家阿奶生他的那一年收成好，顧家阿奶不愛動彈，好吃、好喝地供著，肚子裡的孩子偏大，差點一屍兩命，熬過來之後就壞了身子不能再生了，顧家小叔自小就是顧爹一手養大的。見顧家阿奶一意孤行，顧爹也知道顧小叔留在那個家裡肯定沒好日子過，乾脆帶著顧小叔一起分了出來。

當年分家時顧小叔還不滿七歲，顧大哥兩歲，顧二姊才剛出生，家裡一窮二白；饒是如此，逢年過節都得要孝敬顧家阿奶，分文不能少。每逢春耕和秋收，也非得讓顧家大房先去幫二房把地裡的活幹了，但凡有半點不聽從，她就會一屁股坐在門口哭死去的顧家阿爺。

顧家阿奶沒兩年就沒了，村裡有不少人到現在都還在背後議論，說是顧家阿奶那時候只是風寒，若是早些去請大夫也不會有什麼事情；可顧二叔和顧二嬸為了省錢，硬是先讓顧家阿奶喝了三天的薑湯，等顧爹上門探望發現不妥去請大夫的時候，人已經不行了。

送顧家阿奶上山回來的時候，顧爹把顧二叔狠狠地揍了一頓，從那之後，兩家算是徹底撕破臉了。

「要不要先去睡一會兒？」顧四哥湊到顧長安跟前，有些擔心地問道。

顧長安搖搖頭。「四哥，我沒事，就是有些餓了。」

顧四哥一拍腦袋，趕忙將廚房裡剩下的糙米野菜飯糰拿了出來。「早起沒吃完的，妳先墊一墊肚子，四哥這就給妳做飯去。」說著就跟著顧二姊出去，準備打下手，做飯去。

顧大哥憨憨一笑，也提起木桶挑水去了。

顧長安低頭看著飯糰，臉上的表情有點一言難盡。這具身體除了天生神力之外，還有一個特質，天生飯桶！她要敞開肚子吃飽的話，大概顧家這幾張嘴加起來的飯量才堪堪夠用；不過原主貼心又懂事，除了過年，基本上不會放開懷吃。之前出去鬧了一通，消化就快了一些。

顧長安是北方人，這種飯糰還真沒吃過，忍了忍，到底沒忍住，先分給一旁的顧小六一點，這才捧著飯糰吃起來。

糙米飯加了一些野薺菜，倒是別有風味。飯糰也不大，兩、三口就沒了，她又灌了一碗溫水，這才覺得肚子裡好受一些。

一想起自己的飯桶特質，顧長安又開始頭疼起來。

不管怎麼樣，至少得努力讓家人填飽肚子才行。顧長安摸摸乾癟的肚皮，又想起自己比臉還乾淨的兜，真心覺得前程無「亮」。任重而道遠，她還有得磨了。

顧大哥和顧四哥下午還得下地，中午吃的是乾飯，依然是糙米飯，還加了菜乾和馬鈴薯塊，看起來倒是滿滿一大鍋。菜就更加簡單了，炒青菜蘋，蒸的乾筍，加了點辣椒，出鍋的時候再加一把青蒜末，味道就極好了；薺菜則是加了點筍絲，又切碎了兩塊油渣，做了一碗湯。兩菜一湯，也算是不錯。

顧長安沒太委屈自己，慢吞吞地扒飯，等其他人都放下碗筷之後才加快速度，將剩下的飯菜都吃完之後，這才放下碗筷，滿足地打了個飽嗝。

飯後，顧長安坐在屋簷下曬著太陽，好像身體裡所有潮氣都被陽光給帶走了，很是愜意。

曬了一會兒太陽，她起身拿了一個籃子，打算去找顧二姊和顧小六。

四月時，春耕已經結束了，顧大哥帶著顧四哥也就是去地裡看一看，順手修一修田埂。農家人都會儘量將可以用得上的地方都用上，所以在春耕之後，會在田埂上種點豆子，等這些豆子長成青豆，到時候也是桌上一碗菜。

看了水稻田裡的水，顧大哥他們又去了山地。顧二姊出門之際說打算開一塊山地來種豆子，顧長安打算去幫一把。

梨花村四面環山，村裡人常去的小涼山，物產不豐富，卻有很多雜樹和竹子，平時村民們會去那兒砍柴、挖筍，運氣好還能弄隻山雞、野兔之類。大涼山的物產則要豐富一些，可以找到一些野果子，蘑菇之類的也不少，不只是山雞、野兔，也有野豬這種較有危險性的動物，去的人便少一些。附近最高的山叫老鷹山，據說山裡面有靈芝，甚至還有賣價極高的野山參；只可惜就算是強壯的獵人，也不敢孤身深入老鷹山，萬一遇上了老虎和狼群，那就是死路一條了。

剩下的小山大多沒名字，也沒什麼價值。顧長安的視線落在老鷹山上，心想，如果能進老鷹山看看，說不定能碰上什麼東西，以她的力氣，只要不是碰上狼群、不迷路，總能有點收穫！

只可惜她也只能想一想而已，家裡人不可能同意讓她進山的。

遠遠地就看見顧大哥幾人的背影，顧長安笑了笑，加快步伐走了過去。

地瓜秧插下去還沒幾日，得多加照看一些。馬鈴薯也才種下去不久，不過暫時沒發芽，上面蓋了一層稻草，此時太陽有些烈，倒是不能澆水。早上顧大哥和顧四哥還沒幹完活就聽說顧長安他們出事了，下午才來收尾。聽顧二姊說要再開塊地種豆子，兄弟兩人也沒反對。

顧小叔有秀才之名，名下有二十畝地免稅，單開一畝荒地來種菜、種豆子也不算過分。

「不是讓妳在家裡歇著嗎？怎麼又出來了？」顧二姊眉頭微蹙，責備道。

顧長安摸摸後腦勺，只有偶爾突突跳著疼，不至於需要在家裡養著。「二姊，我沒事，睡覺容易壓著，就出來找你們了。」

想起自家小五的確不怎麼好的睡姿，顧二姊就不再嘮叨她。

顧小六眼珠子一轉。「五姊，我們去小涼山撿柴火吧！」

顧二姊瞪了他一眼。「你五姊才傷了腦袋，去山上做什麼？」

顧長安倒是心頭一動。反正開荒地一時半刻做不完，也不用著急，去山上看一看倒是不錯，說不定還能有什麼意外之喜。

「二姊，我們去砍幾截毛筍尖回來吃吧？我想吃妳做的毛筍了。」顧長安提出要求。

顧二姊想了想倒是沒拒絕。「也好，爹也喜歡毛筍，正好爹娘明天回來能吃上。」又招呼顧四哥。「小四，你回家去把刀拿來，待會兒一起去小涼山。」

顧四哥笑呵呵地應了一聲，轉身快步回家拿刀。

顧大哥咂咂嘴。「其實筍尖再加一點菜乾也挺好吃的。」

顧長安原本也就是順嘴兒一說，聞言頓時有點口水氾濫。「那就讓二姊再加一把菜乾，稍微多放一點點鹽，煮得出白花最好吃了。」

這裡把春筍稱呼為毛筍，而他們說的毛筍尖則是已經長得半大，甚至已經快有成竹大小的那種筍子。別看這種筍底下已經快要長成，可筍尖還是可以吃，而且筍節特別長，狠狠地把筍節給拍碎，然後切成塊放在鍋裡加鹽添水，喜歡的人可以再加一把菜乾，蓋上鍋蓋煮，到最後還能起一層白霜。

這種吃法當地話叫做「靠」筍，顧長安也不知道具體是哪個字，雖然賣相不怎麼樣，味道卻是特別好。

顧大哥收拾好東西，將挑出來的草根都堆放在外面，再攏一點枯草、樹枝，堆在一起燒，這種草木灰用來種菜肥地很不錯。

從這裡直走就是小涼山了，顧大哥就沒將鋤頭這些工具再拿回去。這幾天開始放晴了，山上還能再挖點筍，趁著天氣好都曬成筍乾，也能給家裡添碗菜。

顧長安一聽顧大哥這麼一說，立刻就想起肉燒筍乾的滋味，忽然覺得中午吃的那點飯菜已經消化完了。

她特別嚴肅地抿抿嘴。這一定是因為她被撞了一下，受的傷太嚴重，所以才會餓得特別快，她這絕對不是饞的！

小涼山並不高，山上雜樹和竹子交錯，偶爾也能發現幾棵大樹。因為有那些樹的存在，乍看過去，小涼山山上也是鬱鬱蔥蔥，這竹子也是間生在雜樹之間，故此毛筍也是胡亂長著，在一片深深淺淺的綠色中，時不時就能看到褐色的筍尖突兀地冒出。

顧二姊叮囑顧四哥。「將小五跟小六看好了，可別讓他們偷偷上山。」

顧四哥笑呵呵地應了，卻是轉頭就被顧長安和顧小六給說服，趁著顧二姊在挖野菜沒注意他們的空檔，帶著他們兩個上了山。

沒讓他們偷偷上山，他陪著一起去了，也算不上是違背二姊的叮囑吧！

至於顧大哥，他倒是看見了，只不過顯然沒有攔下弟弟、妹妹的意思，憨憨一笑，假裝沒看到他們偷偷摸摸的行為。

原主顯然是很習慣上山下地的日子，顧長安並未覺得有多累，直爬到山頂三人才停下來，顧長安喘了口氣，扶著竹子朝山腳下看。

說是山，其實站在山頂，眼睛稍微好一點的人都能夠清楚地看到山腳下的人。顧長安的眼睛就很好，一眼就看到山腳的顧大哥和顧二姊，正想要跟顧四哥說點什麼，山腳下的顧二姊忽然抬頭朝山上看了一眼。明明知道有樹木、竹子的遮掩，顧二姊是不可能看到他們的，顧長安還是嚇了一跳，有點心虛地挪開了視線。

「現在山上毛筍不多了，不然還能去鎮上賣，給你們買點糖回來解饞。」顧四哥一臉的遺憾。

「五姊，上回我跟小毛在山坳那一邊的草堆裡看到兔子屎了，說不定今天妳跟四哥能抓到那隻兔子。」顧小六一臉期盼。二姊做的菜乾兔子肉特別好吃，每次想起來他都會流口水。

顧長安逗著他玩。「你怎麼不說，咱們三個人肯定就能抓住兔子呢？」

顧小六手一攤，人小鬼大地嘆了口氣。「我這不是還小嗎？五姊妳放心，現在妳養著我，等以後妳老了我肯定也會養妳的。」

顧長安哭笑不得。他們兄弟姊妹幾個之間相差的歲數可不算大，如今大哥顧屠蘇十三，二姊顧黃柑十一，三哥顧柏葉十歲，四哥顧元正八歲，她七歲，小六顧米酒只比她小兩歲。等她七老八十了，難不成他還能比她年輕多少？再說以兩人的力氣相比，到時候誰養誰還不一定呢！

顧四哥倒是個好說話的，即使沒比他們大多少，卻極有當哥哥的模樣，聞言立刻道：「小六饞肉了？那四哥帶你們去找！不過你五姊身子不大舒坦，今天就讓你五姊好好歇著，四哥一個人就能抓住兔子。」

顧長安捧場無比，毫不遲疑地拍馬屁。「四哥最厲害了！不過四哥，我都好了，我也想要去找兔子。」

顧四哥沒拒絕，只是叮囑了幾句。「那妳可不能亂跑，真看見了，也不能不管不顧地去抓。」

顧長安一口應下，不過真要遇上了，那就到時候再說了。

只可惜他們今天的運氣顯然不如何，野兔屎倒是看見了，卻是連野兔毛都沒看到一撮。好在臨走前顧長安意外地找到一窩野雞蛋，也不知道這野雞到底是怎麼避開那麼多人，找到這麼一個隱蔽的地方生蛋。留下一顆蛋給倒楣的野雞，剩下的蛋足有九個，就算比家裡的雞蛋小不少，倒也足夠一家人沾點葷腥了。

顧小六雖然有點失望沒有肉吃，不過他一向懂事，自然不會鬧著要吃肉；再者有雞蛋也不錯了，五姊都說了，會讓二姊額外煮一顆雞蛋給他呢！

顧長安看著顧小六走路都快飄起來了，忍不住有些想笑。

下山的時候，正好看到一小片新冒芽的野蕨，順手也採了。

上山、下山總共沒用一個時辰，山腳下的顧大哥已經砍回來好幾根筍尖，野蕨也採了一小堆。顧二姊腳邊的籃子裝著滿滿一籃子的薺菜，看到顧長安三人下山，對著他們溫柔一笑。

顧長安三人心頭一跳，齊齊後退一步。

好在顧二姊並未因為他們私自上山之事教訓他們，顧長安三人也暗鬆一口氣。顧家奉行的是拳頭教育，顧大哥看著憨厚實，卻是個精明的性子，對弟弟、妹妹那是真的疼到骨子裡，頗有長兄風範；然而，身為長兄也就意味著，底下的弟弟、妹妹做錯了事情，可以非常任性地責罰。

無理取鬧，揍！不聽話，揍！跟人打架打贏了，揍！打輸了……先把對方揍一頓，然後回家再揍一頓。

至於顧二姊，雖說排行第二，可也是實實在在的長姊。顧大哥在，顧二姊一向不出頭，遇上事情就請出顧大哥；顧大哥一不在，顧二姊的棍棒加微笑教育還是非常有力度的。至少，家裡幾個小的比起顧大哥來，顯然更加害怕顧二姊。

顧長安想起顧二姊的光輝歷史，心有戚戚焉。能在顧大哥和顧二姊聯手之下安然活到現在，他們幾個可真是不容易。

東西都齊全了，顧二姊拎著野菜，顧小六抱著野雞蛋。毛筍要數沒冒出頭的最為美味，梨花村這邊稱之為「黃泥拱」。這時候黃泥拱已經很少了，顧大哥居然還能找到兩根，這種毛筍燉骨頭最好吃，不過沒有骨頭，用點豬油一燉，味道也好。

毛筍的分量不輕，再加上順手砍的柴火，也是一大堆東西；不過，這可難不倒顧長安幾個，將幾根筍尖捆在一起，又將柴火綁得緊緊的，一手一個，輕鬆地提了起來。

顧二姊嘴角抽了抽，到底還是忍住了沒阻攔。

也罷，今兒自家五丫頭倒提著二房那兩個胖小子給浸在河裡的事情，村子裡想必已經傳遍，再想遮掩小五力大如牛這個事實也是枉然。

顧二姊徹底地破罐子破摔了！

到家把手裡的東西放下，就連顧長安自己也不得不佩服這具身體的力量強大了。她對新身體的新技能適應良好，即使顧二姊總擔心她會因為這個以後沒人敢娶，可對她自己來說，力氣大總好過手無縛雞之力。

毛筍尖去殼之後，切成足有顧長安巴掌大的塊狀，也不用放其他東西，只需要放足量的鹽，看著火別燒乾鍋就行。這種筍煮的時間越長越好吃，而且放涼之後味道更特別，在梨花村這裡也算是一道這時節的常備菜，煮上一鍋能吃上七、八天。

今天一天經歷的事情實在是太多，吃飽喝足就有些睏。簡單的漱洗之後，跟著顧二姊回房睡覺，完全沒注意到顧二姊領著她出去時，與顧大哥和顧四哥交換了一個眼神。

顧長安原本以為自己會睡不著，然而事實證明，她就是個心大到沒邊的，躺下還沒來得及感慨一番，就徹底地睡了過去。

原本想要跟顧長安談一談關於她在外面要稍微遮掩一下的顧二姊，一轉頭就發現自家小五睡得跟小豬似的，臉上的表情簡直一言難盡。她想，還是跟大哥他們商量一下，他們兄弟姊妹幾個可以開始多多攢錢了；實在不成的話，他們還是給小五買一個男人回來吧！

顧長安不知道自家二姊已經決定等以後給她買個男人，香甜的一覺睡醒之後，天色已經大亮。

其他人已經吃完早飯出門了，大鍋裡溫著野菜糙米粥，顧長安就著筍尖和醃菜吃了兩大碗。吃完了摸摸肚子，沒吃飽，不過早飯少吃點沒關係。

家裡沒什麼活了，顧長安看到門口放著的豬草，乾脆先剁碎了放在一邊，中午把洗碗剩下的水燒開，燙一燙就行了。

還沒等她剁完豬草，就聽遠遠有哭喊聲傳來，不一會兒就見顧二嬸帶著一群人哭喊著衝了進來。

顧長安原本就有些呆呆的小臉頓時一沈。連續打上門來兩天，真當她顧長安是死的嗎？

顧二嬸一看到顧長安就衝了上來，伸手就想要搧顧長安一個耳光，嘴裡還不停地叫罵著。「顧長安，妳這個破落戶生的賤胚子，妳的心怎麼就這麼黑啊？」

顧長安一把握住顧二嬸的手腕，隨手就把人給甩了回去。

別人都來打臉了，她要是還畏畏縮縮地忌憚這個、害怕那個，那就算她慫！

即使顧長安只用了三、四分的力道，卻也讓顧二嬸那麼一個胖婦人撐不住，踉蹌了幾步，差點一屁股坐在地上。顧二嬸嚇了一大跳，原本哭天兒抹淚的嚎啕都停了下來，滑稽地打了個響亮的嗝，一臉驚恐地看著顧長安。

猛然想起昨天在河邊，這五丫頭那雙黑黝黝的眼睛冷冰冰地看著她，不管不顧地將自己兩個兒子浸在河水中的模樣，顧二嬸心頭突突一跳。

顧二嬸乾脆一屁股坐到地上，拍著大腿，拉長嗓門就哭喊了起來。「我可是不想活了啊！公婆你們怎麼就走得那麼早，大房給你們生的孫子、孫女都被破落戶給養壞了啊！小小年紀心思就那麼毒，打了自家堂兄不說，還敢公然對長輩動手了！公公、婆婆啊，我們顧家對不住梨花村的鄉親們，梨花村的名聲都要被這破落戶生的惡毒胚子給拖累了啊！」

「可不是！我們梨花村什麼時候出過這等不懂孝道的惡毒小輩了？這可不是小事，被人知道了我們梨花村的名聲也就要完了。」

「以前還一直覺得五丫頭是個性子軟的，哪裡想到竟是這麼狠戾，這可真是……」

「聽說昨天五丫頭差點就把顧老二家的兩個小子給淹死了，親堂兄都能下得了手，不過是推顧老二家的一把，對她來說也不是大事了。」

「以後我可得看好家裡的丫頭、小子，可別什麼時候得罪了人，被偷偷扔進河裡去，力氣那麼大，我家孩子可禁不住她偷偷來。」

顧長安冷眼看著一群長舌婦人被顧二嬸給挑撥成功，當著她的面，七嘴八舌地開始往她頭上扣罪名。她木著小臉，壓根兒就沒將這群人放在眼裡。

「哎喲，我怎麼向死去的公婆交代啊！婆婆走前最掛心的就是大房這些孫子、孫女們，都分家了就怕他們跟她不親。我婆婆那麼好一個人啊，嚥氣那會兒，眼睛都是朝外看著的，她這是在等著被分出去的孫子、孫女們呀！偏偏有些人的心就是那麼狠，連帶著教養出來的孩子一顆心都是黑的，都在同個村子裡住著，硬是沒去替老人送終啊！」顧二嬸唱作俱佳，眼淚當真是說流就流。

等聽她們開始議論起這些往事，又含沙射影地諷刺顧家大房的人心狠，顧二嬸得意地斜睨了顧長安一眼。

一個小丫頭片子而已，居然還敢對她動手，她就不信了，這麼一個小丫頭的嘴皮子還能比這些長舌婦來得索利！

顧長安只冷冷地看了顧二嬸一眼，忽然露出一抹陰沈沈的笑容，轉身進了院子。

顧二嬸越發得意，嘴上也不饒人。「這麼多長輩都在這兒呢，怎麼就……就……」

顧二嬸就像是忽然被人掐住了脖子，驚恐萬分地看著顧長安又走了出來，單手抱著一塊足有三、四十公斤，他們家用來壓筍乾的青石，不輕不重地砸在顧二嬸的跟前。

「啪」的一聲悶響，石頭瞬間將地面砸出一個坑來。

顧二嬸嚇得尖叫一聲，驚恐萬分。「顧長安妳個小賤蹄子，這是想要殺了我嗎？這麼大的石頭……」

「二嬸！」顧長安歪著腦袋，一臉誠懇地打斷她的尖叫聲。「還沒入夏呢，這時節地上涼，二嬸若是在我家門前著涼了，到時候又得怪我家院門前的地面太涼。我們家裡窮，二嬸是矜貴人，到時候光是湯藥費就得讓我們家賣地、賣房了，我也是為了給我們家留條活路。」

說著，她拍了拍石頭，木著小臉非常真誠地邀請道：「二嬸來，妳上這兒來坐著哭，還能多哭一會兒！」

有婦人噗哧笑出聲來，顧二嬸的臉頓時脹成豬肝色。

有看熱鬧不怕事大的，笑咪咪地在一旁起鬨。「顧老二家的，妳還不快過去坐著哭，顧老大家的五丫頭這可是為了妳著想呢！」

顧二嬸氣到臉皮都開始抽動，心中暗罵這些下三濫的賊婆娘，要不是為了讓她們來替她出這個頭，她才懶得跟這些人湊合到一起。狠狠地掐了一把大腿，顧二嬸拍著大腿哭得更加起勁了。「都說一脈兄弟是打斷骨頭連著筋的，這下倒好，現在連當妹妹的都能打自家堂兄了。」

「大夥兒給我評評理，昨兒這丫頭把自家堂兄給浸在河水裡，誰家姑娘能像她這樣厲害？昨天的事情我千忍、萬忍著沒打算說出來，就怕萬一村裡面有人跟她學，到時候倒是成了我們顧家的姑娘帶壞人家了……」

顧二嬸哭得可憐、說得真切。昨天的事情其實壓根就不可能瞞得住村裡人，可是顧二嬸這時候主動把這件事拿出來說給大家聽，反倒是博得了這些人的同情。

可不就是？梨花村這些年沒出過頂撞長輩的不孝之人，要是由顧家五丫頭起了這個頭，往後那些小輩也有樣學樣，家裡面哪裡還有消停日子？

這麼一想，這些人看著顧長安的眼神也有些不善起來。

顧長安木著小臉看著顧二嬸。「二嬸到底在說什麼？昨天堂哥說要代替我爹娘教訓我二姊，還差點殺了我，我才把他們浸在河水裡。村長伯伯也說了這件事就到此為止，我們不追究兩位堂哥意圖殺人的事情，所以二嬸您才跟我們道歉的。」

顧二嬸心頭猛然一跳，連忙反駁。「什麼殺人不殺人的，妳這孩子怎麼成天胡說八道？妳不什麼事情都沒有嗎？都是鬧著玩的。倒是妳，一個女娃娃小小年紀就敢把人往河水裡浸，妳堂哥差點被妳淹死了，妳知不知道！」

顧長安黑黝黝的眼睛直直地看著她。「死了嗎？」

顧二嬸一時間沒反應過來，愣愣地反問：「什、什麼？」

顧長安很好心地再次重複。「妳哭得這麼傷心，是因為他們死了嗎？」

活人，尤其是沒長成的活人是很忌諱這個「死」字，顧長安這問題讓顧二嬸頓時就像是被針扎了屁股似地，猛然跳起來，指著顧長安破口大罵。「妳個賤蹄子，妳敢咒妳堂哥，妳這個……」

顧長安冷眼看著她。「這不是二嬸說的嗎？什麼殺人不殺人的，都是鬧著玩的，我不也什麼事情都沒有嗎？同樣，堂兄既然沒死，那就是還活著，既然還活著，也就是鬧著玩的，又哪來淹死不淹死的？」

顧長安一臉認真。「二嬸，成天說話這麼嚇人，不好！」

原本覺得顧二嬸說得對的那些婦人，被顧長安這話一拐帶，覺得這話說得也在理。這不是什麼事情都沒有嗎？只准顧老二家的孩子差點把人給打死，顧老大家的孩子還手就是錯？

顧長安沒將她們放在眼裡，不過該利用的時候也沒放過的道理。「都說一家人打斷骨頭連著筋，誰家孩子不打打鬧鬧？可是我們梨花村從來都沒出過把自己的堂妹往死裡打，完全不管人死活的事情。」她看著顧二嬸，小臉上終於多了幾分驚嘆。「怪不得都說，梨花村顧老二家的特別會養孩子，二嬸您真厲害。」

原本還跟顧二嬸統一戰線的婦人們，下意識地看向顧二嬸。仔細一想，可不就是這麼一回事嗎？顧家大房的人性子都不錯，幾個孩子也都很聽話懂事；顧老二家的孩子卻成天追雞攆狗的，就是她們家裡的東西也沒少遭那兩個孩子蹧踐。

今天顧老二家的把她們都招呼來，說得好聽是求她們來做個證人，可現在看起來分明就是拿她們當槍使呢！

這些人都不是好欺負的，有想通的立刻冷眼看著顧二嬸。「顧老二家的，是妳說五丫跟妳家孩子起了矛盾，無緣無故就把妳家孩子扔進河水裡泡著，妳怎麼沒說是妳家孩子先動手？妳說得不明不白，這是打算拱我們不明白情況為妳出頭，好替妳擔著欺負人的惡名吧？」

顧二嬸有點心虛地挪開視線。「妳可別被五丫頭這些胡言亂語給糊弄住，我怎麼可能做那種事情。」說完才反應過來，對著顧長安叫道：「差點被妳糊弄過去了！五丫頭，我今天來找妳可不是為了昨天的事情，既然連妳都說了村長出面，昨天的事情就算是過去了，哪怕妳堂哥受了涼，我這個當嬸嬸的也沒來找你們算帳，可妳居然敢偷偷把妳堂哥他們打了一頓，簡直是欺人太甚！」

那兩個蠢胖子被打了？

顧長安木著小臉，非常關心地問道：「兩個胖堂哥被人打了？打得很嚴重？缺了胳膊還是斷了腿？」

要不然半身不遂也挺不錯的！

顧二嬸張張嘴，問題太多，她一時間竟是不知要如何回答？是該先反駁她兒子不是胖而是有福氣呢，還是該先罵顧長安這個死丫頭嘴巴太毒，竟是詛咒她兒子缺胳膊、斷腿？

她身邊一個瘦得跟乾柴似的婦人眼珠子一轉，立刻問道：「五丫不知道妳堂哥們被人打了？妳二嬸可是說了，肯定是妳下的黑手。」

顧長安板著小臉。「什麼時候被人打的？打成什麼樣了？說是我下的手，誰看見了？」

那乾瘦婦人立刻道：「聽妳二嬸說，是今天早上才發現，不過肯定是昨天晚上打的。當時天太黑，不過妳堂哥說，打了他的人是朝著村尾的方向跑，除了妳還能是誰？」

另外一個婦人接下話。「我們也都去瞧了，傷得沒妳說得那麼嚴重，也就是被人揍了幾拳，有點瘀青。」

顧二嬸一骨碌地爬了起來，粗短胖的手指指著顧長安，口沫橫飛。「妳兩個堂哥最是懂事不過，也就是昨天跟妳起了幾句爭執，現在他們被人打了，妳敢說跟妳沒關係？」

顧長安冷著小臉，語氣有些平板，顧二嬸卻生生聽出幾分嘲諷來。「二嬸瞧見是我打的了？」

顧二嬸稍稍有些心虛。「不是妳還能有哪個？」

顧長安板著小臉。「二嬸沒親眼瞧見就胡亂往我頭上扣屎盆子，那我還說前些日子村長家沒了一隻雞，是被堂哥們偷偷給抓走吃了呢！」

顧二嬸心頭一突，拔高了嗓門罵道：「妳胡亂說什麼？有妳這麼編排自家人的嗎？」

「這不是跟二嬸您學的嗎？瞧沒瞧見不重要，我這麼懷疑了，不就是這麼說了嗎？」顧長安直直地看著她。「二嬸，您說我學得好不好？」

顧二嬸只覺得心頭一悶，眼前一黑，差點一口氣沒能提起來。好半天才猛然捶了自己胸口幾下，一剎那千百個念頭閃過，幾乎恨不得將這個忽然開始會給她添堵，還幾乎將她氣死的賤蹄子給撕碎了。

她在梨花村橫行這麼多年，從來都沒像今天這樣憋屈過，偏偏還有人非得在這當口搧風。「顧老二家的，我覺得五丫頭倒是學得挺好的，跟妳說的一模一樣。」

「那話叫什麼來著？什麼青什麼藍，五丫頭這話學得不錯。」

「顧老二家的，妳還沒回答呢，村長家的那隻雞是不是妳家小子偷吃了？」

顧二嬸氣得半死，黑著臉罵道：「我兒子可不像妳家那小子那樣嘴饞……得了，懶得跟妳們瞎扯淡，我還得回去照看兒子。」

說完不忘狠狠地瞪了顧長安一眼，給自己找了個臺階下。「也別說我這個當二嬸的欺負妳一個小輩，等妳爹娘回來，我再來跟他們討個公道。」

顧長安直直地看著她。「原來二嬸也知道，剛才來找我討公道是在欺負我？」

「……」又捶了心口一下，這口氣憋得她都快要吐血了。

打定了主意等顧老大他們回來再來討公道，顧二嬸轉身就走。她算看明白了，這死丫頭就會給自己添堵。

見正主都走了，其他看熱鬧的人也都一哄而散。顧長安冷眼看著，將那些人的模樣都記在心裡。

母債子償，今天她們來這裡折騰她，她會一筆一筆地從她們的孩子身上討回來！

顧長安把石頭搬回院子裡去，又把家裡收拾了一番，忽然停下動作，咧咧嘴。

就像是顧二嬸說的那樣，事情著實太過湊巧，那兩個胖子挨揍怕是跟昨天的事情脫不了關係，想必是大哥和四哥偷偷去給那兩個胖小子套麻袋揍了一頓。

一想到居然有人為她出頭，顧長安心裡就覺得喜孜孜的。

第三章　再對顧二嬸

中午顧二姊回來做飯，顧長安也沒提起顧二嬸的事情，反倒是顧二姊先提起。

「二嬸來鬧過了？」

顧長安順嘴兒應了一句。「她心虛，又回去了。」

顧二姊也沒再多問。昨天她就看出來了，自己這妹妹膽子變大了。她不想去追究其中緣由，她只需要知道這依然是他們顧家的五丫頭、是她的親妹妹就足夠。

想起自家妹妹一拳就能擊碎一塊跟她人一樣大的石頭，顧二姊嘴角抽了抽，暗嘆一聲，在心裡更正了一下想法。開了竅的妹妹不欺負別人就算不錯，別人再想要欺負她卻是千難萬難了。

等糙米粥開始沸騰，蒸著的乾筍香氣也瀰漫出來，就聽門外有大嗓門響起。

「哎喲，小六啊，快過來讓娘瞧一瞧，怎麼才兩、三天沒見著，就突然長個子了呢？」

顧長安和顧二姊放下手裡的活走出去，就瞧見顧母鄒氏捧著顧四哥的臉，皺著眉頭抱怨自己的幼子長得太快，而且還長歪變醜了。「瞧這小臉蛋，怎麼忽然長得跟你爹一樣了？看起來傻乎乎的，我明明記得你前兩天長得還像我呢！」

顧二姊直直地看了鄒氏片刻，這才轉頭看著站在一旁傻笑的男人。「爹！」

顧錚禮長得人高馬大，不過真要細看的話，顧錚禮的長相也算不錯，只可惜身材太魁梧，給人的印象只剩下粗獷。這麼個糙漢子，卻是被自家女兒輕飄飄地看了一眼，就有些心虛地挪開視線。到底知道躲不過，摸摸後腦勺，傻笑一聲。「還不是妳外公去年釀的米酒開封有些時候了，妳娘幫忙把米酒分罈，所以……嘿嘿！」

顧二姊閉了閉眼，不用再問也知道了。「爹，不是跟您說了，別讓娘喝酒嗎？」

顧錚禮更加心虛。「這不是正好妳娘趕上了嗎？再說了，妳娘也是有孝心，想讓妳外公輕鬆點……」

顧二姊盯著顧錚禮不說話，顧錚禮立刻消音，心知肚明這話連自個兒都沒法子說服。

這一刻，顧長安的內心也是萬馬奔騰！

這就得說一句她外公家的事情了。她外公一共有四女，無子，對外人來說就屬於絕戶。不過他自個兒倒是不大在意，一手祖傳的釀酒本事，四個女兒全都學了，其中長女，也就是鄒氏，學得最為出色，只可惜賣酒也需要有酒引。鄒家當初倒是有個作坊，卻是被她外公的親爹給敗了，這也是顧二嬸總罵鄒氏是破落戶的緣由之一。

然而，鄒氏釀酒手藝好，酒量卻是一杯倒，偏偏還愛好喝一口。每次回娘家，基本上就沒有不醉著回來的。有顧二姊跟著的時候倒也罷了，鄒氏被女兒盯著習慣了也不敢真惹怒自家二女兒；然而，顧錚禮卻是個寵妻狂魔，哪怕顧二姊千叮嚀、萬囑咐，每次顧錚禮單獨陪著鄒氏回娘家，肯定是喝醉了才回來。

再看眼前這個眼神清明、口齒清晰，卻抱著四兒子絮絮叨叨的鄒氏，顧長安小小吸了口氣，一臉同情地看向顧錚禮。

總而言之，鄒氏喝醉了就是事實。

「娘，我扶您回房歇著。」顧二姊示意顧長安扶著另外一邊，見鄒氏好似要反駁，不疾不徐地又接了一句。「娘可還記得上回，您藏在房裡的那半罈子杏花酒嗎？」

鄒氏原本抬起來要推開她們的手頓時停下了，轉頭看向顧二姊。「杏花酒？」

顧二姊絲毫不心虛地哄騙自家娘親。「對！還剩下半罈呢，娘要是不喝的話，說不定哪天爹就偷偷給喝了。」

鄒氏秀眉緊蹙，若非深知其酒量，怕是輕易看不出她已經喝醉。聽聞自己喜愛的杏花酒會被人給偷喝了，她立刻改變主意。「那我得先去把酒喝……藏好了！下回娘給二丫買肉吃，就用杏花酒來燉。」鄒氏非常機智地沒去碰顧二姊的雷區。

顧二姊溫柔一笑。「娘最好了！娘，我跟五丫扶您回房看看。」

這一回鄒氏完全沒抗拒，顧長安抿唇憋笑，扶著鄒氏往屋裡去。

顧二姊腳步沒停。「娘，您先在床上躺一躺，我去給您找杏花酒。」

鄒氏沒拒絕，躺下不出三息，已經安安穩穩地睡了過去。顧二姊也不招呼顧長安搭把手，自己手腳麻利地給鄒氏收拾妥當。

替鄒氏蓋好被子之後，顧二姊忽然抬頭淺笑地看著顧長安。「若是以後妳敢這般喝酒，二姊肯定讓大哥打斷妳的腿！」

乖孩子牌的顧長安一臉懵。關我什麼事？

顧錚禮不敢去看自家二丫頭的臉，好在顧小六有一肚子的話要說，拉著他正要說昨兒發生的事情，才起了一個頭，就聽門外有急促的腳步聲傳來，顧小六眼睛一亮。「小叔和三哥回來了！」

回來的果然是顧錚維，和顧三哥。

顧錚維長得跟顧錚禮有四、五分相似，然而顧錚禮好歹五官長得不錯，算得上是粗獷中透著英俊；而到了顧錚維這裡，就只剩下粗獷了，明明才十七歲未及冠，可那長相看起來至少像是二十出頭。

倒是顧三哥是顧家兄弟中長得最像鄒氏的；顧二姊、顧三哥和顧長安站在一起，一眼就能看出是親姊弟；而顧大哥和顧四哥更加相似；顧小六則是中和了顧錚禮和鄒氏兩人的長相，跟兄姊各有相似之處。

顧三哥進了門，卻是先走到顧長安身邊，伸手摸了摸她的後腦勺。「適才進村子，聽說昨日與二叔家的那兩個打起來了？五丫被砸中後腦勺，腦袋可還疼？」

顧長安已經習慣了家人的關心，在顧三哥的手心蹭了蹭，毫無壓力地撒嬌。「還有些疼，不過不大要緊了。」

顧錚維一瞪眼，粗著嗓門道：「這是欺負家裡大人不在？那兩小子跟他們爹娘一樣惹人煩。」說著又心疼地摸摸顧長安的腦袋。「五丫別怕，小叔給妳報仇去。」

顧小六嘻嘻一笑。「哪裡還用小叔報仇，五姊昨天當場就報復回去啦！五姊把那兩個胖子拎著腳，腦袋插進河水裡去了。二嬸和那兩個胖小子給嚇得眼淚、鼻涕一大把的。」

顧錚禮的臉色沈了下來。「到底怎麼回事？」

顧二姊微微抿唇。「爹，先吃飯吧！」

顧錚禮沒拒絕，等擺好飯，半碗菜粥下肚，顧小六這才手舞足蹈地將昨天的事情給說了一遍。顧小六年紀不大，口才卻是極好，將當時的場面說得活靈活現；不過也是因為如此，顧錚禮兄弟倆的臉色都極其難看。

顧三哥給顧長安挾了一片臘肉，小小年紀卻已經有幾分君子如玉的溫潤氣質。「五丫做得不錯！別人欺負到頭上了，總不能再忍著讓人繼續欺負。」想起小六說到五丫當時幾乎都沒氣的畫面，顧三哥眼底快速掠過一抹狠意，可語氣上卻是半點不顯露情緒。

顧長安把肉塞進嘴裡。「謝謝三哥！三哥放心，往後誰再敢來欺負咱們，得問問我的拳頭答不答應。」說著還握著小拳頭晃了晃。

想起自家五丫隨意一拳頭就能打碎堅硬的青石，再看看她握緊在半空揮舞的小拳頭，顧家幾人忍不住都是眉頭一挑。

忽然感覺特別有安全感呢！

飯後，顧長安燒水泡了一鍋茶水。幾人先是動作一致地喝了一口，再長出一口氣，愜意的模樣如出一轍。

吃飽喝足，一家人該做什麼就去做什麼。

「三哥，你好些了沒有？大夫怎麼說？」各自回房歇息，顧長安到顧三哥房裡。

顧錚維帶著顧三哥去鎮上看大夫，顧三哥這段時日一直有些咳嗽，骨頭也有些發疼。草藥吃了也不管用，顧錚維便帶著顧三哥去鎮上看大夫，去得晚了，這才在鎮上住了一晚。

顧三哥笑了笑，眉眼溫和。「三哥沒事，大夫說是有些受寒，抓了藥，喝了就沒事。倒是妳，那麼大一個包，當真不疼了？」

顧長安老實地點點頭。「當時挺疼的，昨天晚上睡了一覺，早上起來就不大疼了。」

顧三哥輕笑一聲，顯然很清楚自家妹妹只要能吃飽喝足，凡事都不會放在心上的性子；只不過顧二嬸和兩個小胖子……

顧三哥眼神微微閃爍了一下。不過是被村長訓斥兩句，真當這件事能輕易揭過去了不成？來日方長，且等著看吧！

「五丫現在這性子很好，或許有不少人會在背後說三道四，議論五丫力氣太大，不過五丫要記住三哥的話，有可以讓人忌憚之處，總好過一無是處，處處被人拿捏。」一見顧長安乖巧地點頭，顧三哥忽然又笑了起來，打趣道：「日後沒人敢上門提親也無礙，哥哥們會努力攢錢，到時候給五丫買一個童養夫回來！」

「……」請把剛才的感動全部還回來！

顧小六最愛黏著顧三哥，笑呵呵地擠到中間，問起鎮上的事情。

「三哥、三哥，鎮頭那家賣大肉餛飩的攤子還在嗎？現在大肉餛飩多少一小碗？

「三哥，我前幾天聽說鎮上點心鋪子又出新式點心了，又甜又軟，特別好吃，三哥你瞧見了嗎？

「三哥、三哥，聽說鎮上最大那個宅子裡的主人回來了，他們是不是都坐大馬車？聽說還有個孩子，是真的嗎？」

顧小六的問題很多，顧三哥耐心極好地回答。「攤子還在，價格沒變，還是兩個銅板一小碗，不過比年底的時候要多兩個餛飩。點心鋪子有沒有出新式點心，三哥不知，下回再去鎮上的時候可以看一看。那宅子的主人回來了，昨天下午到的，坐著大馬車，聽鎮上的人說，那孩子就是宅子的新主子……」

顧長安對自家小弟的本事佩服得五體投地，鎮上昨天下午才發生的事情，他居然已經打聽到了！她倒是想繼續聽一聽八卦，不過這身體著實過於虛弱，到了時間便有些乏了。見兄弟兩人說得高興，她勾了勾唇角，轉身回房歇息。卻不知一等她走遠，原本耐心包容的顧三哥明明笑容依舊，卻硬是給人一種皮笑肉不笑的感覺。「小六還有什麼想要知道的？」

顧小六瞄了他一眼，頓時倒抽一口氣，立刻搖頭。「沒了，只是早起出去聽他們說了一嘴……對了三哥，我去給你熬藥吧！」說著也不等顧三哥回答，一溜煙地跑了。

果然，二姊和五姊不在跟前的時候，一定要遠離三哥！

顧長安一覺睡醒出房門，顧二姊正要往裡走，見她正在揉眼睛，訓了一句。「說了多少回莫要用手揉，等眼睛難受就知道了。」

顧長安木著小臉權當沒聽到，轉移話題道：「二姊這是要做什麼？」

顧二姊到底沒抓著不放。「昨天大哥挖的毛筍，妳三哥想要添上芥菜做筍絲乾吃，左右都是閒著，再去山上挖點筍回來，正要叫妳一起去呢！」

顧長安想起芥菜筍絲乾的味道，頓時覺得有些饞了，連忙道：「那快走吧，多挖一點！對了，家裡芥菜還夠嗎？」

顧二姊道：「知道你們愛吃，外婆讓爹帶回半桶。」

白天的時候，收穫喝醉的娘親一枚，還真沒注意到心虛的爹手裡還提著木桶，不過這種小問題不需要太在意，只要有足夠的芥菜就成了。

顧大哥、顧小叔跟著顧爹一起去地裡了，顧小叔就算是秀才，本質上也是莊戶人家，地裡莊稼種下去了，沒活計也惦記著去看上一眼。

顧二姊、顧三哥、顧四哥，再加上顧長安和顧小六，五人說說笑笑地朝小涼山走去。有顧二姊和顧長安在旁邊，顧小六又開始拉著顧三哥嘰嘰喳喳地問起鎮上的事情來。顧三哥還是那個耐心溫和的顧三哥，只在顧長安姊妹倆不注意的時候，似笑非笑地掃了顧小六一眼，只可惜光顧著問問題的顧小六完全沒注意到。

「三哥、三哥，那孩子多大了？他怎麼會來鎮上？不是說那宅子的主人是當大官的嗎？沒個大人陪著，那孩子怎麼會來咱們鎮上……」顧小六顯然對鎮上那宅子以及新主人很是好奇，一連串的問題都是與那宅子有關。

顧三哥溫和地一一應道：「約莫就七、八歲的模樣，只瞧了一眼，也不知為何會來鎮上，只聽說好似是來靜養的……」

顧長安撇撇嘴。當大官的主人，再加上以靜養名頭送來的小孩，一聽就是一齣精彩的豪門後娘上位，原配嫡子被陷害外放的好戲。

「呵，也不知道是誰教養出來的，瞧見長輩在這兒都不知道來打個招呼。」也在山腳下的顧二嬸，提著籃子，陰陽怪氣地出言酸了一把。

在顧長安看來，顧二嬸屬於那種光顧著嘴巴暢快、記吃不記打的人，才把她給嚇唬過一次，這還沒多長時間，又開始主動挑釁了。

「二嬸！」不管如何，對方好歹是長輩，虛偽的客套總是要有的。就算是顧長安也是如此，該鬧就得鬧，她是不怕傳出去潑辣的名聲；不過，她就算是跟顧二嬸鬧，也得先把道理占住了。

然而，有些人就是習慣喜歡得寸進尺。往年顧家阿奶還在，二房牢牢地壓了大房一頭，就連分家都讓大房吃了大虧，還把顧老三那個拖油瓶甩給顧老大。這還不算，老人走了辦喪事，銀子是老人走前逼著大房承諾給的，可辦白事收的禮金，卻都落在二房手中，大房半點拿不到。

也是因為如此，顧二嬸早就習慣了事事要比大房的人高一頭，偏偏這幾回因為顧長安的事情，讓她連續吃了幾回虧，她心裡如何能平衡？剛才那一句酸話是習慣使然，未嘗沒有試探的意思。大房的幾個孩子乖乖地叫她一聲二嬸，她的心思忽然又開始動起來了。

早上她去大房找顧長安算帳，當著那麼多人的面，被顧長安給嚇唬住了，面子、裡子丟了個精光。原本剛才那話一說出口她就後悔了，生怕這幾個人被顧長安給帶壞，也跟著不給她留點顏面，卻不想，幾個孩子就好似以前那般順從，顧二嬸的架勢立刻又拿了起來。

她冷眼看了幾人一眼，從鼻腔裡冷哼一聲，怪裡怪氣地道：「哎喲，我可擔不起你們這一聲二嬸，上午就被五丫給說了一頓，當你們二嬸可不是容易的事情，難保哪天又讓你們不痛快了，我這當二嬸的又得被你們給訓上一回。」

顧長安示意顧二姊和顧三哥莫要接話，對付顧二嬸這種人，也只有她這種簡單粗暴的法子才更加合適。

「二嬸這話說的，倒是教我們這些當小輩的好生為難。」顧長安木著小臉。「早先二嬸就說不願意再當我們二嬸，我原想著，或許是二嬸一時憤怒才口不擇言。剛才我還在跟二姊他們說起二嬸哪裡都好，就是心直口快，可聽二嬸現在這話，倒是我自以為是了。不過我還是早上那話，既然二嬸不願意當咱們二嬸了，這話不如就跟二叔去說，我們到底是當小輩的，且又跟二房分了家，二嬸就算想讓我們去替您多嘴，我們也沒那膽子去做啊！」

顧二嬸冷不防又被顧長安給頂撞了一回，再想起早上她當著那麼多長舌婦的面，也是這般詆毀她，心裡恨得不行。

「妳這死丫頭嘴巴怎麼就那麼毒？這樣對待長輩，這可是不孝順！妳這樣的丫頭片子，我從來沒見過！」

顧長安直直地看著顧二嬸。「我也沒聽說過，當嬸嬸的還要分了家的姪女上趕著去孝順的。二嬸家這是沒子女了，還是子女不孝順，所以只能等著分了家的姪女去孝順？二嬸心裡有冤屈盡可說出來，我這當姪女的就替二嬸跑趟腿，去縣老爺那兒替二嬸告個狀，就說養出的子女不孝順，好求青天大老爺替二嬸做主，嚴懲不孝子女！」

「妳胡說八道什麼？」顧二嬸的嗓門頓時拔高起來，雖是一臉怒色，卻有掩不住的驚慌。「妳堂哥們孝順著呢，妳那是胡扯，是、是誣衊！」

見顧長安還要說話，顧二嬸心裡發虛，連忙轉身就走。「妳這死孩子也不知道是跟哪個學的胡說八道，得了，我沒工夫對妳說教。」

見她不一會兒就走遠了，顧小六嘟囔一聲。「二嬸走路跟我們家的大白真像！」

顧長安幾人對視一眼，頓時都咧嘴笑了起來。

大白是他們家養的大白鴨子，胖乎乎的，走起來一搖一擺，速度倒是挺快，別說，顧小六這麼一形容，還真像那麼一回事。

上山後，顧三哥給顧長安挖了一株九頭蘭，挖蘭花的空檔，顧四哥已經找到了一根筍，足有顧四哥的小腿長，看著就很鮮嫩。

顧二姊很是滿意。「這一回多做一些筍乾，比照這個再找三根，大概就差不多了。」又挖了幾根筍後，顧四哥先將顧二姊和顧小六送到山腳下。左右都來到山上，便想順帶砍點柴火帶回去。顧二姊力氣小，平時就是撿點枯樹枝，有顧長安三個就足夠了，顧二姊帶著小六在山腳下還能挖點野菜。

顧長安掄起斧頭一下就能砍斷一棵雜樹，湊了一小堆之後，把斧頭遞給顧三哥，她則是兩手分別抓住雜樹，輕鬆地把足有嬰兒胳膊粗的樹幹給折斷了。

顧長安有些漫不經心地把這些雜樹折成兩、三段，又隨手擰了一根只有小指頭粗細的竹子，就跟擰麻花似的，小竹子立刻發出噼啪聲裂開來。這種小竹子長不大，韌性卻是不錯，梨花村的人都喜歡用這種小竹子當繩子捆東西。

「小五，分一半給我跟妳四哥吧，妳少拿一些。」顧三哥看著顧長安捆好的那一捆柴火，眼皮猛跳。

顧長安拍了拍足有她人高的柴火捆。「才這麼點，我揹得動。」

顧三哥嘴角抽了抽。這麼一大捆，而且還都是濕柴，就算是成年漢子揹著下山也有些困難。對於自家小五頂一個勞力的說法果然有誤，小五這都可以頂上兩個壯勞力了！

想想家裡幾個孩子，只有大哥算得上是一個勞力，他跟小四加起來才算一個勞力，他相信，要是小五竭盡全力的話，估計一個人就能頂他們三個。

這麼一想，顧三哥看著顧長安的眼神頓時古怪起來。

顧長安狐疑地摸了摸臉。三哥看著她的眼神有點怪，難道她臉上蹭了髒東西？

「我跟小叔去德興堂的時候，聽說德興堂最近缺少藥材，收藥材的價格要比平時高了兩成。」顧三哥捆好自己的柴火捆，忽然說道。

顧長安頓時眼睛一亮。「什麼樣的藥材都行？」

顧三哥點點頭。「聽說什麼都收，不過周邊村子裡常見的那些種類，怕是賣不出什麼好價格。」

顧四哥聞言還是樂呵呵的。「正好現在地裡的活計都忙完了，三哥，明天咱們一起去看看，哪怕只能換幾個銅板也好，好給小五買肉包子吃。」

顧三哥暗自腹誹。幾個銅板能買幾個肉包子？都不夠小五塞牙縫。

「也好，明天跟大哥一起出來，儘量多找一些，趁早去賣，省得動作慢了讓別的村子裡的人搶先一步，到時候我們這裡就賣不出好價格。」

兄妹三人說說笑笑，各自揹著柴火捆下山。顧二姊遠遠地看到自家小五扛著比她人還高的柴火捆，一向很溫柔的笑容差點沒能維持住。

「二姊，把筍都給我！」顧長安索利地下山，完全沒注意到顧二姊艱難擠出來的微笑，招呼著顧二姊和顧小六幫把手，免得她再彎腰去拿筍。

顧二姊深吸一口氣，眼睜睜看著她把裝著筍的背簍掛在胸前，又把背上的柴火往上抬了抬，腳下生風地先走了。

柴火捆太大，從背後看去只能勉強看到兩隻腳，乍一看就跟柴火捆長了腳似的。

「顧老大家的五丫頭這一身的力氣可真厲害，村裡的漢子都不見得能比得上她。」

「可不是？要是我家孩子也能有這麼一身力氣就好了，能省多少事？」

「一個小丫頭這麼一身力氣……哎喲，就算力氣再大、再能幹，我也不敢給兒子娶這麼個媳婦，到時候小倆口萬一起了口角打起來，挨揍的不知道是哪個呢！」

從山上拾柴火回來的婦人遠遠地看見，口無遮攔地順口說起來，顧二姊幾個還沒走遠，遠遠地聽了個真切。顧三哥和顧四哥且不說，顧二姊的神色可真是複雜無比。

「小五前幾天遭了罪，性子倒是變好不少，膽子也變大了。」當然力氣也變大了不少！

顧二姊和顧三哥聞言微微一愣，臉上的神色又複雜了幾分。

也是，小五的性情轉變是從遭罪醒過來之後才開始的，他們聽過不少人經歷了生死大事後性情大變的故事，之前沒往自家小五身上聯想，現在仔細想想，倒真像是那麼一回事。

顧三哥眼底有些心疼之色。「是我們之前看得太緊了，被人知道力氣大又怎麼樣？要是一開始小五就是現在這樣的性子，哪裡還會差點被人給害死了。」

顧二姊神色越發複雜，可私心裡也是認同自家三弟的說法。

也罷，先前不想讓人知曉，實際上村裡不知道顧家五丫頭力氣大的人，又有幾個？現在想想也是多餘了，畢竟提到梨花村，周邊村子又有幾個敢來提親？

顧二姊三人對視一眼，同時嘆息一聲。

賺錢，必須要多多賺錢！不然，他們家五丫頭可要當老姑娘了！

走在前面的顧長安皺了皺鼻子。怎麼忽然覺得鼻子有些發癢？

說好了要找藥材，第二天只有顧錚禮兩兄弟下地，鄒氏在家中做幾個孩子想要吃的芥菜筍乾。顧長安兄弟姊妹幾個，則是一同去山上、地裡找草藥。

顧家兄妹打算找艾草和白毛夏枯草。艾草在梨花村這邊叫做「青」，鮮嫩的艾草是清明時節用來做草粿的主要材料。長大的乾艾草用處很多，藥鋪也收艾草。新鮮的艾草價格很低，聽顧三哥說，去年五斤艾草才賣一個銅板。

白毛夏枯草的價格倒是高上不少，不過這種草藥的數量不多。兄妹幾人挖了兩天，第三天一大早，顧大哥帶著兄弟將這兩天的收穫全部裝好，趕早去鎮上賣掉。

「大哥，我也去！」顧長安連忙跟了上去。

顧大哥沒拒絕，倒是顧二姊叮囑了兩句，讓顧三哥多看著她一些。

梨花村四面環山，只有一條蜿蜒小路通往山外。從梨花村走到鎮上需要一個時辰，村裡只有一輛牛車，如果不想走路，花一個銅板就能坐一個來回。顧長安幾個不打算坐牛車，顧長安且不說，哪怕是長相看起來很是斯文的顧三哥，其實力氣也不小，這點東西，他們每個人扛一點就夠了。

「小五，待會兒到鎮上，妳要跟緊了。」兄妹幾個腳程都快，不到一個時辰就到了鎮上，顧三哥最細心，再次叮囑顧長安要好好跟著他們。

顧長安應下了，她對鎮上沒什麼印象，自然要跟緊。

「平安鎮不只是在縣城，就是在府城也是數得上的。早年有考入國子監的，出過幾個武將；也有入朝為官之人，不過最出名的應當是紀家。」顧三哥小聲地給顧長安介紹鎮上的事情。「紀家當年只是耕讀之家，最後出了個探花郎，尚了公主，還封了爵位。紀家就在鎮上辦了學堂，聽說連府城都有人特意來紀家辦的學堂入學。」

顧長安看得真切，在說起學堂的時候，顧三哥眼底的情緒分明就是渴望；然而，只不過是曇花一現，顧三哥的情緒就收拾得乾乾淨淨。

「爹當年還進過紀家學堂，只不過只去了一年，後來就去鎮上另外一個學堂，小叔也是。」

顧錚禮和顧錚維雖然長得五大三粗，卻都是正兒八經的秀才公，尤其是顧錚維，現在不過才十七歲就成了秀才，在十里八村也是名聲在外。

讓顧錚維進學，是當年顧家阿爺到死都在念叨之事，這幾年顧家人才縮衣節食地供顧小叔入學，而今成了秀才，縱然有心繼續，顧錚維卻不願意。家底擺在那兒，想再入學也艱難。至於顧三哥幾個，只是跟著顧錚禮和顧錚維識字，卻是沒能進學堂。

三哥他應該很想進學堂吧？顧長安心裡琢磨著，有那麼一點心疼。

「鎮上有兩家藥鋪，德興堂和濟生堂。德興堂是咱們平安鎮上的老店，傳了祖孫四代，醫術好，態度也好，收的診費也不高，尋常百姓去的都是德興堂。濟生堂的坐堂大夫是從縣城請過來的，聽說背後的東家是府城人，有錢人更願意去濟生堂。」顧三哥沒注意到顧長安的走神。「咱們要去的就是德興堂，妳喝的藥就是德興堂的林大夫開的。」

想起黑黝黝的藥，顧長安原本就板著的小臉更加僵硬起來。

那種又酸又苦的滋味，她這輩子都不想再嚐一次！

到了德興堂，顧三哥先進去跟一個夥計低聲說了什麼，那夥計朝顧大哥他們揹著的麻袋看了一眼，朝著後院的方向指了指，又說了些話。顧三哥笑著點了點頭，這才回來示意顧長安三人跟上。「前院是看病抓藥的地方，夥計說從後門進，裡面有人負責收藥材。」

幾人揹著麻袋繞到了後門，果然見門開著，有個一看就長得機靈的小夥計笑盈盈地問道：「是來賣藥材嗎？」

顧三哥笑了笑。「是的。」

「快進來吧！」那夥計連忙上前想給顧長安搭把手。一個小姑娘居然還扛了那麼大一個麻袋，這三個應當是做哥哥的，居然忍心讓那麼瘦弱的妹妹做這種粗活！

顧長安正在想心事，見自己的路被擋住了還特意繞過那夥計，狐疑地看了他一眼，隨手把麻袋放在空地上。

夥計摸摸鼻子。大概是他想岔了，新鮮的藥材能有多重？

「今年艾草的價格比去年要高一些，一文錢三斤。這裡一共有五十四斤三兩，只能算五十四斤，十八文。你們也是趕巧了，早上我們東家就說要多收一點白毛夏枯草，價格也漲了不少，五文錢一斤，一共十三斤二兩，六十六文錢。加上艾草的錢，統共是八十四文。」

顧大哥幾個都是眼睛一亮。他們去年也來賣過白毛夏枯草，那時候只賣了一個銅板一斤，沒想到今年居然能賣出五文錢的高價！

顧長安也是眼睛一亮。她在路上大致知道了物價，糙米五文錢一斤，精米十二文一斤，白肉十三文，瘦肉只需要十文錢。這樣的物價，這八十四文錢對目前的他們來說，可算是一筆鉅款了！

顧長安不客氣地將八十四文錢放在自己身上，顧大哥三個人也沒反對。

「大哥，我們去買包子吃吧！」顧長安想起顧大哥他們說等賺了錢就給她買包子的話，立刻揚起小臉建議道。

顧大哥一口答應下來。「好，給小五買包子吃。」

顧三哥和顧四哥也沒意見。這些錢本就是替小五準備的，她想吃什麼就吃什麼。

平安鎮上有一家高記包子，賣的肉餡包子最受歡迎，兄妹幾個直奔高記。

店裡的小夥計笑呵呵地迎了上來，迎著四人入座。

「客官，您四位要來點什麼？咱們家的大肉包子味道，可是咱們平安鎮上的一絕，三文錢一個；要是不愛吃肉餡，也可以嚐嚐咱們每年只在這時候才有的鹹菜筍丁和薺菜筍丁菜包，兩文錢一個。還有純白麵的饅頭，三文錢兩個，雜麵饅頭一文錢一個。也有米麵可以吃，大骨頭熬的湯，加菜、加肉或是加雞蛋，全都價格實惠，一碗就管飽。」

顧四哥憨憨地摸了摸腦袋，道：「給小五買肉包子，我們吃雜麵饅頭就成了。」

顧大哥和顧三哥也點頭表示贊同。在他們看來，小五夠吃就成了，他們都是當哥哥的，哪裡會跟自家妹妹搶吃的？

顧長安卻是不打算讓自家哥哥們看著她吃好的。「要八個肉包、四個白麵饅頭；加雞蛋的米麵怎麼賣？」

小夥計笑呵呵地應道：「加雞蛋的三文錢一大碗，素的三文錢兩碗。」

顧長安正想要說來四碗加雞蛋的，卻被顧大哥搶先開口阻攔。「來一碗加雞蛋的，再來四碗素米麵。」

顧長安想了想沒再反駁。自家哥哥們這一片愛護之心，她總不能一再推拒。

小夥計立刻拉長了嗓門應了一聲，不一會兒肉包子、饅頭和米麵就全都送了上來。包子有成年男子拳頭大，肉餡肥多瘦少，還加了少許碎蔥，一口咬下去油汪汪的。

饅頭也不是發酵得很蓬鬆，有嚼勁，而且很飽肚子。在顧長安的堅持下，每個人兩個包子一個饅頭，又各自吃了一碗米麵。多出來的那一碗，則是被顧長安分成四份，兄妹四個都是能吃的人，不一會兒連湯都喝得乾乾淨淨。

「八個肉包、四個饅頭一共是三十文，再加上一碗雞蛋米麵三文錢，四碗素面六文錢，一共是三十九文。給爹娘他們一人帶兩個肉包子，一共要十個，再三十文，一共是六十九文。咱們有八十四文錢，用了六十九，還有十五文。」顧長安算好了帳，心裡琢磨著這十五文還能買一斤肥肉。不過辛苦了兩天，這錢轉眼就花得精光，這麼一想又有點心疼。

顧三哥摸摸她的腦袋，輕聲道：「原本就是想要給妳多買些好吃的補補身子，就算都花光了也無妨。德興堂的夥計不也說了最近缺藥材？等明天再去挖，動作麻利一些，至少還能再來賣個三、五回呢！」

顧大哥和顧四哥也連忙附和。「反正也不費事，兩天就能掙百來文，夠給小五妳買肉包子吃了。」

其實哪裡會這麼簡單，草藥的數量也有限，這次不過是運氣好罷了。

顧長安沒戳破，拿了油紙包裹得嚴實的肉包子，兄妹四人起身便走。

「三哥，現在時辰還早，咱們在鎮上轉一轉行不行？」顧長安問顧三哥。她先前就發現了，雖說凡事顧大哥也能做主，可只要是顧三哥的意見和想法，顧大哥都會看重幾分。

顧三哥抬頭看了看日頭，沒拒絕。「想隨便走走，還是有想要去的地方？」

顧長安對鎮上沒什麼印象，想要發家致富，光靠種田怕是難了，還得做點小生意才行。

「隨便走走吧！」順著街上走了一遍，顧長安心裡多少有數了。

吃食還是有市場的，只是現在顧家沒個家底，基本上得從零做起。所以要做吃食，就只能從簡單、成本又低的那些東西入手。

顧長安正琢磨著，視線正好與剛要經過的巷子裡一雙眼睛對上了。

只一眼，顧長安就覺得腦袋裡「轟」的一聲，身體遠比理智反應得更快，甚至都來不及跟顧大哥他們說上一聲，撒腿就朝著那條巷子衝了過去。

巷子裡，剛才與顧長安對視一眼、不小心惹來麻煩的那人，嘴裡不乾不淨地罵了一句，一手夾住拚命掙扎的小胖子，一手摀住他的嘴，艱難地進了一處院子的大門。

「小六子你磨蹭什麼？還不快把人給帶進來，要是被人發現了，咱們可都玩完了！」院子裡還有幾個年輕、流裡流氣的人，是平安鎮上一群混混。平時小偷小摸的沒個停頓，不只是在鎮上，就算是附近十里八村的，看著他們也是避之不及。

小六子示意其他人來接過孩子，一邊齜牙咧嘴地抱怨。「這小子可真胖，累死老子了！剛才還差點被人發現，幸虧是個小丫頭片子，加上老子躲得快……對了，還是趕早把這小胖子換個地方才行，萬一剛才那小丫頭片子帶著人來就壞事了。」

有個長得瘦巴巴的瘦小個子嘿嘿笑了兩聲。「一個小丫頭片子來了能怎麼樣？要真發現跟上來才是好事情，轉手往外一賣，至少也是好幾兩銀子！」

另外幾人也跟著哈哈笑了起來。「可不是，一個小丫頭片子就能把你給嚇成這樣，你這膽子，比老鼠膽子都小！」

「哈哈，小六子這是怕那小丫頭片子，把咱們這院子的大門給砸了！」

「哈哈哈哈……」

「砰」！

幾人正咧嘴笑得高興，下一刻，關得嚴實的大門瞬間被人砸得四分五裂！

顧長安板著小臉慢吞吞地進了院子。

小六子幾個小混混，目瞪口呆地看著那乾瘦的小身影慢吞吞地走了進來，小身影穿著麻布衣裳，頭髮枯黃，瘦巴巴的，看起來一陣風都能吹走。

可就是這麼一個他們幾乎一巴掌就能搧死的小丫頭，就在剛才，居然直接把厚木頭做的大門給打碎，甚至連旁邊的圍牆都有些垮了！

顧長安的視線，落在被其中一個長得膀大腰粗的漢子死死抱在懷裡的小胖子身上，對上一雙瞪得滴溜溜的眼睛。

這就是她忽然暴怒的原因！

這小胖子身上穿的衣裳布料極好，款式看上去也是新的，腰間掛著的小荷包在陽光的折射下有淡淡金光閃過，分明就是夾雜了金絲。只看一眼，便知曉這小胖子的家境極好，而這群混混根本就是綁架了這個小胖子！

顧長安最恨的，無疑就是對孩子出手的這種渣滓！

孩子何其無辜，這些人想要走歪道也好，想要不勞而獲也罷，牽扯到毫無抵抗之力的孩子身上，又算什麼本事？

小六子幾個終於冷靜下來，想起他們幾個爺兒們，居然被一個小丫頭片子給嚇唬住了，頓時惱羞成怒。「死丫頭妳找死啊？敢砸本大爺家的大門，今兒妳不賠銀子就別想走出這裡！」

顧長安收回視線，木著小臉，冷冷地打量著這些人渣。「放了他！」

小六子嗤笑一聲，完全忘了剛剛大門被砸碎時的那種驚懼，不懷好意地上下打量著顧長安。她雖然有些面黃肌瘦，可五官依然是在水準之上，尤其是那一雙大眼睛，只可惜神色冷淡，那雙大眼睛黑黝黝的，看起來有些嚇人。

「小丫頭片子長得還不錯，送到縣城至少能賣上五、六兩銀子！」

「縣城園子裡的花媽媽最喜歡這種小丫頭，嘿，我上回聽人說，花媽媽專門給縣城裡的老爺們採買小丫頭，有錢人就喜歡年紀小的……」

「嘖嘖，這麼點年紀的小丫頭有什麼可玩的？除了嫩……啊！」

越說越是來勁的小六子雙眼發光，卻被一隻小小的拳頭，一拳打得瞬間弓著身子變成了一隻蝦米。劇烈的疼痛讓他壓根兒連聲音都發不出來，只是徒勞地張著嘴，喉間發出古怪的抽氣聲。

顧長安不跟這些人渣客氣，趁著他們還沒反應過來，掄起拳頭一人送上一拳。這群人連反抗的機會都沒有，全部抱著肚子滿地打滾。

顧長安趁著這個機會，拉著小胖子轉身就跑。她不會武功，就算有一身力氣，可架不住年紀太小，而且還有這麼一個小胖子扯後腿，再不跑，等對方反應過來，夠她喝一壺的。

至於事後算帳這種事情，她反倒不那麼在意。雖說這群混混能將人綁到這種地方來，顯然是背後有主使；要是小胖子救不出來的確會是個麻煩，可人都救出來了，看小胖子的穿戴就不是普通的富貴人家，想必事後自然有人會解決這些小麻煩。

當然，就算事後還有麻煩，她也早有準備。

第四章 結緣紀琮

兩人狂奔出小巷子，剛到巷子口，迎頭就碰上一臉擔憂的顧大哥三人。顧長安顧不上解釋，對三人使了個眼色，拉著小胖子衝進人群。顧三哥拉住想要叫住他們的顧四哥，刻意落後一步跟了上去。

自家小五受傷之後，行事便變得穩妥，她這麼做必然是有理由。

顧長安拉著小胖子小跑，直跑至遠處賣餛飩的攤子前才停下來，倒不是到這裡就真的安全了，而是小胖子跑不動了。

小胖子大口、大口地喘著粗氣，一張小胖臉紅通通，一雙大眼更是泛著淚光。

顧長安沒忍住，伸手掐了掐小胖子肉乎乎的腮幫子。「小胖子，你叫什麼？」人都是視覺動物，這小胖子白白嫩嫩，五官長得極為精緻，又是在那樣的情況下見面的，顧長安難免對他有幾分憐惜，說話的語氣溫柔不少。

小胖子好半天才順過氣來，雙眼發亮。「紀、紀琮！我叫紀琮。」說完有些害羞地看著顧長安。「妳、妳叫什麼呀？」

倒是沒掙扎，任由顧長安捏他的腮幫子。

「顧長安。」顧長安報了名字，看著小胖子羞澀的模樣，沒忍住，又捏了捏他的腮幫子，捏完了才把話在腦子裡過了一遍，堪堪反應過來。「你姓紀？是剛回平安鎮老宅的紀家少爺？」

紀琮瞪圓了眼睛，一臉崇拜，好似在問她為什麼會知道自己的身分？想起剛才顧長安打敗那麼多壞人救他的事情，看著顧長安的雙眼都在發著光。「長安，妳真的好厲害啊！」

顧長安咧嘴。小孩子這麼崇拜她，都不好意思說她就是趁其不備而已。當然，也是因為她不敢使全力，真要是全力為之，估計一拳下去就能送他們去見祖宗了。

紀琮瞟了她一眼，飛快挪開視線，又看一眼，立刻又移開，如此反覆三、五回，才扭扭捏捏地問道：「長安，我……我能求妳一件事嗎？」

顧長安對這小胖子是實打實偏寵，聞言點點頭。「說說看。」

小胖子給自己鼓足勇氣，忽然一把拉住她的手，大聲說出自己的請求。

「我、我想拜妳為師！」

顧大哥三人趕到的時候，正好看到這一幕。

顧大哥緊緊地盯著小胖子拉著自家小五不放的手，憨厚的臉上閃過一抹危險的光芒；顧三哥體質較另外兩個兄弟要弱一些，喘了幾口粗氣，臉上慣有的溫和笑容消退了幾分。

倒是顧四哥狐疑地摸了摸腦袋。「拜小五為師要學什麼？吃飯嗎？」

敞開肚皮的話，一頓成人拳頭大的饅頭都能輕鬆吃下十七、八個，還得再來兩碗粥潤潤喉，要是能再來點點心什麼的，也可以解解饞。這本事，的確不是一般人能有的。

顧大哥和顧三哥眼神危險地瞪了顧四哥一眼。自家小五是個飯桶這個事實，他們隱藏都來不及，再拿出來說嘴，這不是把小五往火坑裡推嗎？

顧長安倒是沒想那麼多，小胖子的手肉乎乎的，特別嫩，捏起來非常地舒服。那雙滴溜溜的大眼睛這麼認真地盯著她一看，表情有點小羞怯，怎麼看都覺得喜歡，好在她還沒有喪失理智。

「拜我為師做什麼？跟我學種地嗎？」雖然她也不會種地。

紀琮捏著拳頭在半空中狠狠揮動了幾下。「跟妳學一拳就揍翻壞人的本事！」

顧大哥三人的臉色頓時一變，立刻看向顧長安。顧長安這才後知後覺地想起來，剛才她是忽然跑開的，而且還沒跟他們解釋一句。她有些心虛地挪開視線，也不知到時候能不能說服顧大哥他們保密？要是被顧二姊知道了，她以後想要再來鎮上就難了。

「這本事我沒辦法教……對了，這是我大哥顧屠蘇、我三哥顧柏葉、我四哥顧元正。」顧長安岔開了話題，又向顧大哥三人介紹紀琮。「這是紀琮，就是紀家大宅的那個小少爺。」

紀琮愛屋及烏，乖乖地跟顧大哥三人打招呼。「大哥好，三哥好，四哥好！」

顧大哥三人都有些驚訝，這位小少爺乖巧的態度，跟他們想像中的那種囂張紈袴的模樣相差甚遠。

顧長安沒料到，紀琮居然會叫顧大哥他們一聲大哥，在他們這裡，只有自家兄弟姊妹才會這樣稱呼。

這小胖子倒是不把自己當成外人！

不過不得不承認，紀琮這樣很容易就讓顧大哥三人對他好感驟增，看著他的目光都柔和起來；再聽說紀琮是被人給綁架，最後被顧長安給救出來，三人又瞪了顧長安一眼，卻是對紀琮有些同情。倒是顧三哥在同情之餘，微微皺了皺眉頭。他們只是尋常莊戶人家，萬萬不想惹上這些勛貴人家的麻煩。

紀琮見顧長安不肯點頭，可憐兮兮地看著她。「長安，我、我不能拜妳為師嗎？是不是我筋骨不好，不能跟妳學？」

「……」拜她為師到底是要學什麼啊？天生神力還是當個飯桶？

「小少爺、小少爺啊！」焦急的呼喚聲終於將這點尷尬給化解，一個頭髮花白的老者帶著人匆匆忙忙地跑了過來。老者一把握住紀琮的手，急急忙忙地上下打量他半天，確定他安然無恙，懸著半天的心這才放回原地。

「忠爺爺！」紀琮乖巧地叫了一聲，等老者檢查完，這才把他拉到顧長安跟前。「忠爺爺，要不是長安救了我，忠爺爺你差點見不著我了呢！」

當下就想要將事情重述一遍，卻被紀忠給攔下了。「少爺，快到飯點了，您既然認識了新朋友，不如請您的朋友一起去酒樓用膳？」

紀琮沒多想，連忙邀請顧長安四人一起去酒樓，邊吃邊聊。

哪怕顧長安幾個穿著再是普通不過，而且最大的顧大哥不過只是個半大小子，可紀忠卻是沒有半點怠慢之意，客氣地邀請道：「我們家少爺新來乍到，就能遇三位少爺和姑娘，這也是緣分。何況四位於我家少爺有恩，還望四位能給我們一個機會感謝一番。」

顧大哥和顧三哥對視一眼，卻是搖頭拒絕，道：「也是誤打誤撞，不值當什麼，而且我們出來的時間長了，再不回去，家裡人該著急了。」

話說到這分上，若是再挽留反倒不妥當，紀忠也就沒再多勸說，只是讓人送上了一個小匣子。「既然家裡人在等著，我們也不敢多留。小小見面禮，不成敬意，還望四位能夠收下。」

或許是怕他們再次拒絕，紀忠又立刻說道：「我們小少爺才剛剛回來，雖說是祖籍在此，卻是人生地不熟。小少爺與四位有緣相識，日後應當也有機會來往，若是連這點見面禮都不肯收下，日後便不敢讓小少爺上門叨擾了。」

顧大哥和顧三哥又對視一眼，顧三哥微微頷首，顧大哥便沒再拒絕。

「長安，我過兩天去找妳玩啊！」紀琮又蹭到顧長安身邊，鼓著小胖臉，可憐兮兮地看著顧長安，生怕她拒絕。

顧長安當著紀忠的面，到底忍住了沒伸手去捏紀琮的小胖臉。「可以啊！等你來了，我帶你上山抓野雞和兔子！」

紀琮眼睛一亮，又磨磨蹭蹭地想要去拉顧長安的手，卻是被顧三哥眼明手快地給攔下，最後只好隔著顧三哥，黏黏糊糊地跟顧長安說了幾句話，再三確定可以去顧家找她玩。等人都走得老遠了，這才跟著紀忠回府。

顧長安暗自惋惜了一把。軟乎乎的小手沒摸著，真可惜……

出了這麼一齣事情，兄妹四人沒再鎮上多逗留，到了半路上，顧長安才趁著周邊沒人，打開小匣子看了一眼。

裡面有一塊尺頭、一枝筆、兩個小元寶，另外還有一小包松子糖。顧長安木著小臉收起東西。最後這包松子糖應當是特意替換的，那位看起來像是管家的紀忠，做起事情來倒是讓人挑不出錯處。這種原本只是大戶人家常備的禮盒，紀忠讓人用更討小孩子喜歡的松子糖，更換了其中一樣東西，如此一來，顯得這份禮多了兩分真心。

不過最讓顧長安滿意的，還是那兩個小元寶。他們之前辛苦了兩天，還掙不到一百文，這十兩銀子，足夠他們當成創業資金，做起自己的小生意了。

「咱們拿人家東西好嗎？這有十兩銀子呢！」顧四哥有些遲疑。

像他們這樣的人家，平時最多手裡面也就有點銅板，他還是去鎮上的時候才看過銀子的模樣。之前他們還為了能賺到八十四文錢而高興不已，沒想到一轉眼手裡面居然就有了十兩銀子！

十兩可不是小數目，一畝上等田約七、八兩銀子。他們出了一趟門，立刻就到手一畝多的上等田。

顧三哥倒是鎮定。「這東西要是咱們不拿，紀家反倒是要擔心了。」大戶人家心思多，不怕別人要東西，就怕欠下人情債。

顧長安也跟著點頭。「是人家自己非給的，不是咱們要的，沒事。」

繞了小路回家，到家的時候，顧二姊正要準備做飯。

「小五又做了什麼？」顧二姊一眼就看到顧長安手中的那個小匣子，頓時眼睛微微瞇起。

顧長安頗有些不甘心地想要掙扎一下。「二姊怎麼就知道是我？怎麼不說是大哥他們呢？」

顧二姊輕輕一笑。「大哥身為長兄，帶著弟弟、妹妹出門，絕不會多管閒事；妳四哥向來老實，從不多生事端；至於妳三哥行事從來都極有章程，除了妳之外，還能有誰惹事？」

顧長安拉長了小臉。如果今天只有顧大哥和顧四哥在，顧長安倒是可以刪減一點情節，只可惜有精明的顧三哥在，她只好老老實實地將事情說了一遍。

等說到紀家給了謝禮，顧長安的眼底才多了幾分真切的歡喜。「有了這十兩銀子，就可以琢磨著做點小生意。」

顧長安其實有更多的打算，她爹和小叔都是秀才，兄弟們也個個都是聰明人，知識改變命運這個道理，不管是在現代還是在古代都行得通，想要在這個時空過得好，讓顧家男丁繼續進學是必要之事。

顧錚禮兄弟兩人本就是秀才，哪怕不指望入朝為官，就是考個舉人回來也是好的。除此之外，顧大哥幾個也得入學，尤其是顧三哥和顧小六，一個腹黑，一個機靈，但凡他們有心向學，只要運氣不是太差，秀才和舉人應當不在話下。

至於顧四哥……顧長安選擇性地忽略這個問題。顧四哥也不是傻，就是有點憨而已，若是入學，應當不會太慘……吧？

不管在哪個時空，一個女子嫁妝的多寡，在一定程度上可以決定日後在夫家的地位。顧長安斷不想讓顧二姊因為嫁妝的問題，日後在婆家被壓制，所以儘早為她籌備嫁妝，是勢在必行的事。

這一切的前提，就在於錢上。

之前琢磨著要做點小生意，她最為擔心的是資金問題，如今有了這意外得來的十兩銀子，最為緊迫的問題便輕易解決了。

「生意哪裡那麼好做，就算有了成本，可咱們沒有什麼手藝，又能做什麼生意？」顧二姊輕嘆一聲，到底沒捨得再教訓顧長安。

顧長安想了想，道：「過兩天，我想再跟三哥一起去鎮上看看。」

顧二姊沒反對，不過也沒忘記提醒她。「爹和小叔都是秀才，咱們家可不能當商戶，最多只能做些小生意，不能讓人拿住把柄。」

顧長安心裡也有數。這事就這麼輕易地在顧二姊跟前過了明路，家裡大人那頭倒是沒急著去說。她現在最愁的是做什麼生意，可還沒等她愁出個結果來，隔天一大早村裡就來了一輛馬車。

現在算是農閒的時候，村頭有不少人湊在一起聊天，一看到這輛馬車，頓時都瞪大了眼睛。

「哎喲，這是誰家來人了？咱們村裡還有人能有這麼貴氣的親戚？」有嘴巴快的人，立刻拔高嗓門，難以置信地吆喝起來。

其他人面面相覷，半天沒人搭話。

正琢磨著，趕馬車的那漢子跳了下來，朝著同樣湊在一起的村裡漢子們拱拱手，笑著問道：「敢問這裡可是梨花村？」

幾個漢子對視一眼，一時有些口拙，蹲在一邊聽八卦的顧小六，笑嘻嘻地回了一句。

「這裡就是梨花村，你們找誰呀？」

趕車的漢子也不嫌棄他是個小娃娃，竟是客客氣氣地抱拳見禮。「小哥兒，請問這村中的顧秀才家在何處？」

顧秀才？

眾人皆是心頭一跳，村子裡姓顧的秀才只有顧家大房那兩個了。

顧小六眨眨眼。「你是誰？」

趕車漢子盯著顧小六看了幾眼，恍然道：「聽說顧秀才家的幼子機靈又聰慧，果然聞名不如見面。」立刻又解釋了幾句。「昨日我家小少爺遇上麻煩，被顧家的少爺和姑娘給救了，今日便特意上門致謝。」

顧小六還沒回答，車簾就被人掀開，露出一個小腦袋瓜子來。「小六弟弟，快上車！」長得白白胖胖、唇紅齒白的，正是顧長安四個昨天在鎮上遇見的紀家少爺。

顧小六眼睛一亮。昨天在鎮上發生的事情，他自然從顧四哥嘴裡磨出來了，對這紀家小少爺的模樣也知道個大概。

紀琮是個愛笑的，長得也好看，更別說小孩子的直覺敏銳，顧小六可以感覺到他的善意，只覺得這小胖子少爺怎麼看都順眼。

趕車的人得到自家小少爺的示意，把顧小六抱上馬車，又問了顧小六顧家的位置，這才揚著馬鞭，趕著車穿過村子往村尾駛去。

馬車還沒走遠，原本呆住的村民們突然「轟」的一聲炸開了。

顧家！居然是來找顧家的！

「顧家的小子、丫頭這是走了什麼好運，居然救了鎮上的少爺？人家都上門來道謝，往後顧家不就要發達了？」

「可不是！顧家原本就有兩個秀才，雖說這一時半刻沒找到學堂去坐館，可本事擺在那兒。先前過得窮也是因為分家沒得到什麼家底，又要供顧老三讀書，現在顧老三也考上秀才，又有貴人相助，眼見著顧家能起來了。」

「唉，顧老二家的，你們跟顧老大家可是一家人，往後你們肯定也能沾光了吧？」有眼尖的正好瞥見顧二嬸在角落站著，臉色出奇難看。這人平日裡跟顧二嬸不對盤，見狀眼珠子一轉，立刻笑呵呵地問道。

顧二嬸氣得臉都黑了，最後冷笑一聲，一扭腰轉身就走。

顧小六上了馬車，兩人很快就找到共同的話題——顧長安！兩個都是顧長安的小迷弟，等馬車在顧家門口停下，已經迅速建立起友誼。

已經有小孩給顧家送信，等馬車到的時候，顧長安幾人已經在門口等著。

顧小六喜氣洋洋地正要下車，卻被剛交上的小夥伴搶先一步。紀琮甚至沒讓趕車的人抱他，直接從車上跳了下去，一把拉住顧長安的手，雙眼發亮地盯著她不放。「長、長安，我來找妳玩啦！」

緊跟著下來的顧小六，緊緊地盯著被小夥伴拉著他五姊的手，頓時拉長了小臉。

敢拉他姊姊的手，友誼的小船真的是說翻就翻。

顧長安對這小胖子是真的喜歡，捏了捏他的胖臉。「這麼早過來，早上可吃過了？」

紀琮摸摸肚子，可憐兮兮地看著顧長安。「忘記吃了。」

顧長安拉著他進廚房。「早上我們家吃的是野菜糰子，還剩下幾個，你要不要嚐嚐看？」

紀琮果然眉開眼笑。「要！是長安妳做的嗎？」

顧長安點點頭。「是我跟我二姊一起做的。對了，你自己過來的？你忠爺爺沒有陪著你一起過來嗎？」

紀琮聞言沒多想，順嘴兒道：「忠爺爺說他有事情要處理，就讓凌叔送我過來找妳玩。」

顧長安眼神微微閃爍了一下。一大早就把人給打發出來，怕是要處理的事情跟昨天綁架一事有關。

這麼一想，顧長安看著紀琮的目光不免又柔和了兩分。

顧小六看得真切，原本拉長的臉立刻又鼓了起來。

很好，友誼的小船沈底了！

「長安，這個菜糰子真好吃。」菜糰子只有紀琮拳頭那麼大，紀琮一手拿著一個，一口咬下去，頓時驚訝地瞪圓了眼睛。

這菜糰子看起來不怎麼樣，沒想到味道居然那麼好！

紀琮喜孜孜地想著，一定是長安的手藝好，不然看起來醜兮兮的菜糰子，味道怎麼會那麼好呢？

顧小六耷拉著臉，氣呼呼地抱著顧長安的胳膊撒嬌。「五姊，我也要吃。」

顧長安沒戳破他那點小心思，只道：「中午要燉肉吃，你是打算留著肚子吃肉，還是現在再吃一個菜糰子？」

顧小六眉毛皺成一團。他當然想留著肚子吃肉了！昨天爹和小叔下地的時候，運氣很好地抓住一隻草兔，說好了今天中午要燉了吃；可是，才剛認識的小夥伴巴著他姊姊不放，他又有些不高興，很是糾結。

紀琮完全沒感受到顧小六糾結的心情，努力地嚥下嘴裡的菜糰子，很是好心地勸告。「小六，吃飽了可千萬不能再貪嘴！我以前貪吃過，後來喝了好大一碗藥，那藥可苦了，喝完我連著好幾天吃東西都覺得是苦的呢！」

顧小六頓時被轉移了注意力。「真的？特別苦嗎？」

紀琮又咬了一口菜糰子，聞言點點頭。他對那一碗藥記憶猶新，真的是特別苦。哪怕他吃了一小包乳糖，都沒能壓下那股苦味。自那之後，他吃東西就小心多了，生怕吃多了再來那麼一碗藥。

顧小六同情地看著小夥伴。看在他這麼可憐的分上，五姊就借他一會兒吧！

紀琮胃口極好地吃完兩個菜糰子，他覺得自己可以再吃一個，不過顧長安卻是不肯再給，只說眼看要做午飯了，等中午就吃不下好吃的。紀琮現在最聽顧長安的話，她這麼一說，他立刻不再要吃的。

紀琮又喝了一碗溫水，其間沒忘記跟在家裡的顧二姊打了招呼。

顧二姊顯然對這個白白嫩嫩又特別乖巧的小胖子極有好感，還特意問了他喜好，決定了中午要做的菜餚。這讓顧小六拉長了臉。這個小夥伴絕對是來跟他爭寵的！

「長安，這個是什麼？」紀琮再次對普通的農家小院很新鮮，無論看到什麼都要問上一句；顧長安也不嫌棄他煩人，仔細地一一回答。

聊著聊著話題就有些跑遠了，紀琮有些好奇地問道：「長安，我聽鎮上的人說，梨花村出刁民，真的嗎？梨花村真的有刁民嗎？」

「……」小胖子你這麼耿直，小心會被人套麻袋的！

不過對於刁民這個話題，顧長安表示她拒絕回答。窮山惡水出刁民這說法，她一直都知道，原本以為梨花村村民的日子雖然不算太好過，村裡不講理之人的確也不少，可哪個村子不是這樣？所以當她去平安鎮無意間聽人說起梨花村出刁民的時候，那種心情真是太複雜了。

顧長安直接忽略紀琮小胖子的問題。「小琮啊……」

「小琮你幾歲啦？」顧小六忽然想起一件事來，好奇地問道。

紀琮皺起小胖臉。「小六弟弟，我今年都七歲了，肯定比你大，你要叫我哥哥！」他微微紅著臉朝顧長安看了一眼。「我肯定也比長安大，所以小六你以後就叫我五哥，叫長安六姊啊！」

顧小六立刻不高興了。「我才是顧小六，姊姊是五姊！」

紀琮的胖臉頓時垮了下來。「可是我比你們大，那我肯定是哥哥啊！」

「反正不行。」顧小六在這方面十分堅持，說什麼都不肯讓紀琮當自己的五哥，當然，顧小六還有那麼一點傷心。好不容易找到一個小夥伴呢，可小夥伴居然想要當自己的五哥！真沒想到他的小夥伴居然是這樣的小夥伴！

顧長安不去摻和小傢伙們的爭辯，顧三哥和顧四哥乾脆在菜園子裡除草，也懶得管他們。

顧小六和紀琮商量許久都沒討論出個結論，最後顧小六眼珠子一轉，笑嘻嘻地問紀琮。「那小琮有沒有訂過親啊？」

顧長安心頭一跳，總覺得這個話題再說下去要危險了。「等等，你們……」

「沒有啊！」紀琮老實地搖頭。他還小呢，才不要訂親！

顧小六完全沒聽到顧長安的阻攔，一拍手，笑咪咪地建議。「那你可以跟我五姊訂親啊，那樣你又能當我哥哥，我也不用改成顧小七啦！」而且他們就不用拚命攢錢給五姊買童養夫，更不用擔心五姊會嫁不出去啦！

「……」所以你們兩個心想事成，我就要替你們揹鍋嗎？

紀琮聞言瞪圓了眼睛，心緒恍惚地看了顧長安幾眼。

顧長安心裡稍安。紀琮到底是在紀家那等複雜的人家長大的，比起顧小六總是要懂事一些。

卻不想，下一刻紀琮一張白嫩的小胖臉慢悠悠地染上一層紅暈，羞澀地看了顧長安一眼。「好、好啊！我也想跟長安訂親呢！」

長安不肯收他當徒弟，那他當長安的夫君也很不錯呀！等他們成了一家人，他就把私房都交給長安，到時候她肯定會不忍心再拒絕教他功夫了。

「……」才七歲的小孩子，你到底臉紅什麼啊？

憋著一口氣，眼角餘光瞥見自家姊姊和哥哥們臉上閃過的那一抹贊同之色，顧長安立刻繃起小臉，覺得拳頭有點癢！

她現在才七歲，他們就一副恨她嫁不出去的模樣，她的行情到底是有多差？

「二姊，不如我們中午早些準備吃食？草兔肉得多燉會兒，入味。」顧長安強硬地轉移話題。訂親這種話題，小孩子家家的湊在一起討論有什麼用？

顧二姊淺淺一笑，沒有拒絕，顧大哥幫忙把已經扒皮的草兔剁成小塊。

「妳帶著小琮去玩吧，這裡用不上妳。」

左右無事，除了顧大哥留在家裡幫顧二姊做飯之外，其餘幾個乾脆一起去山上。

「咱們常去的這座山叫小涼山，村裡還有一座大涼山，最高的那座叫做老鷹山，聽說裡面有老虎。小涼山上能打到野味，大多都是野兔、野雞。」顧長安牽著紀琮的小胖手，極有耐心地解釋著。

顧小六插嘴道：「前些時日我們還在山上撿到過野雞蛋，要是咱們今天運氣好的話，說不定也能碰上，真要撿到，就讓三哥替咱們燒了吃。」

紀琮興致勃勃地追問。「哪裡有野雞蛋可以掏？那我們要去山上嗎？山上有沒有好玩的地方？」

顧小六道：「我知道幾個地方可能會有野雞蛋，不過村裡其他孩子也知道，就算真有野雞生了蛋，也不一定能留給我們去撿。再過一、兩個月，山上倒是有些野果子可以摘來吃，現在沒什麼好玩的地方，只能帶你在山上走一圈。」

紀琮也不覺得失望。「那我們去山上找野雞蛋、找兔子！」說罷，還討好地搖了搖跟顧長安交握著的手。「長安，找到了野雞蛋和兔子都給妳吃。」

顧長安大方地點頭。「那多找一點，少了不夠吃。」

紀琮頓時露出大大的笑容，用力點頭。「我會努力的！」

顧小六有些同情地看了紀琮一眼。真想要讓他五姊吃飽，紀琮這一整天都得耗在山上了。看著毫無知覺還樂呵呵的紀琮，顧小六決定對這個小夥伴稍微好一點，畢竟很有可能紀琮將會是唯一一個會來顧家向顧長安提親的人。

抱著這種小心思，顧小六一路上對紀琮很是熱情。

「長安，這個是什麼？能吃嗎？」紀琮指著山腳下的一叢野草問道。

顧長安還沒來得及回答，紀琮又高高興興地指著一棵已經快要長成的毛筍道：「我知道這個，這是竹子！」停頓了一下，又有些不確定。「我記得竹子都是長著枝葉的，怎麼這一株尖上是褐色的殼？」

顧小六笑嘻嘻地解釋。「這是快要長成嫩竹子的毛筍，等徹底長成了，尖上的筍殼就會掉啦！」

紀琮恍然大悟，轉頭又拉著顧長安嘰嘰喳喳，顯然心中很歡喜。

他不過才七歲，還是個孩子呢！愛玩耍是天性，想想這孩子過去可能經歷過的黑暗，顧長安的心又軟了兩分，看著紀琮的眼神也多了幾分縱容。

顧三哥狐疑地摸摸鼻子。他怎麼覺得自家小五看著紀家小少爺的眼神，就像是長輩看著小輩？

也不知道是不是新手的運氣特別好，紀琮上山之後找到了四顆野雞蛋，興奮得脹紅了臉，捧著四顆野雞蛋，都不知道該怎麼走路了。

不過也就剩下這點運氣了，下山的時候紀琮差點摔了一跤，正好被一棵半人高的筍子給擋住了。這讓紀琮大呼小叫的，顧長安乾脆徒手把這筍給拔了出來，讓紀琮看得一愣一愣的。

「長、長安，妳真的不能收我當徒弟嗎？」等下了山，歇息夠了的紀琮一臉期盼。

「不能！」完全沒有轉圜的餘地。

紀琮皺起小胖臉，努力地思考了一番，忽然像是想起了什麼，偷偷看了顧長安幾眼，莫名其妙就紅了臉。

「長安，那、那我們訂親好不好？」訂了親以後，他肯定會讓長安心軟，然後教他怎麼一拳打死一個人的本事！

顧長安深吸一口氣，告訴自己，打孩子是不對的！熊孩子只要不是那麼禍害人，她的內在好歹是成年人了，得忍住怒氣，不能輕易出手揍人，尤其是她已經點亮了力大如牛這個技能之後，她絕對不能輕易動拳頭。

「不好！」

「為什麼不好？」顧小六搶先追問，小臉滿是憂心之色。

紀琮也跟著皺起臉來。「長安，我、我以後肯定什麼都聽妳的，私房錢也都交給妳，妳、妳跟我訂親好不好？」

見顧長安不說話，他眉頭跟著皺在一起。「我、我想當妳的童養夫……」

「這野雞蛋你想怎麼吃？」顧長安果斷地轉移話題。再任由這兩個小鬼繼續下去，估計今天她就能跟這小胖子私下訂親事了。

紀琮立刻被轉移注意力，興致勃勃地建議。「小六說燒野雞蛋好吃，不如燒著吃？」

顧長安沒意見，幾人商量了一下，直接去了河邊。顧三哥帶著三個小的去河邊抓魚，顧四哥則是跑回家又拿了幾顆雞蛋，將幾顆野雞蛋一起埋在土裡，然後才在上面堆了乾柴開始燒火。

河裡的魚不少，顧三哥是抓魚的好手，顧四哥點火的時候，他便抓住了第一條魚，是巴掌大的鯽魚，顧小六自告奮勇地拿去清理。

顧長安被紀琮拉去跟著顧三哥抓魚，顧長安的準頭還不錯，至少還抓了一條；紀琮卻是第一次抓魚，別說抓到了，就連摸都沒摸著，不過不影響紀琮的興致，纏著顧長安不放，好話更是不要錢地往外冒。

顧三哥直起腰，看了傻乎乎的紀琮兩眼，嘆了口氣。

這孩子真不像是鐘鼎高門養出來的，這個年紀還這麼天真，也真是少見。

「長安、長安，這個烤魚吃起來真香！」紀琮驚呼一聲，頓時瞪大了眼睛。這烤魚明明只簡單加了鹽，卻是比他以前吃過的、侯府廚房裡精心烤製出來的魚要好吃很多！

顧長安跟他分吃一條，把魚肚那兒沒有刺的魚肉都給了他。「再好吃也只有半條，野雞蛋還沒吃，二姊在家裡也燉著草兔肉，你得多留點肚子。」

紀琮連連點頭，乖巧應道：「我知道啦！」

顧三哥吃完了自己的魚，明火已經滅了，他用樹枝把殘餘的灰燼扒到一邊，上面的一層土被挖開後，底下的蛋就露了出來。

「小心燙。」顧三哥用樹葉把四顆野雞蛋包好遞給紀琮，提醒他一句。

紀琮樂呵呵地接了過去。「一顆給大哥和二姊，這顆給三哥和四哥，我跟小六分一顆，長安吃一整顆！」

顧三哥微微一笑，從善如流地將不大的野雞蛋分成兩半，給了顧四哥一半。顧小六看了眨眨眼。「小琮哥，半顆野雞蛋不夠我吃。」

紀琮把被他剝得坑坑窪窪的野雞蛋，飛快地塞進顧長安的嘴裡，又剝了一顆，掰了一半自個兒吃了，這才笑嘻嘻地道：「不夠吃也沒法子，剩下的那一顆是要給大哥和二姊的。」分出去兩顆半已經夠好了，他原本只想跟長安一起分著吃呢！

好在顧小六也不是氣性大的，把剩下的半顆野雞蛋給吃了，嘟囔著抱怨。「小琮哥只對五姊好，偏心。」

紀琮的小胖臉微紅，害羞地道：「我、我很喜歡長安啊！」

顧長安拒絕去想這小胖子未盡的話，拿烤好的雞蛋開始剝。「你要吃一整顆還是半顆？」

紀琮輕易被轉移了話題，剛才想要說的話立刻就忘了。「一整顆！」

然而，很可惜，顧長安雖然那麼問了，卻是不打算讓他吃一整顆，她把一顆雞蛋分成兩半，給了顧小六一半。紀琮雖然有點惋惜，不過轉念一想，顧二姊都燉了草兔肉，他沒吃過那東西，想來比雞蛋要好吃不少，雞蛋少吃點也沒關係。

雞蛋也給顧大哥和顧二姊留了，顧三哥又去河邊裝水，把剛才燒火的地方潑了一遍，確定沒有一點火星留下之後，幾人這才起身回家。

到家的時候，顧爹三人也都回來了，已經從顧二姊那兒知曉紀琮的鄒氏，笑咪咪地摸了摸紀琮的小胖臉。「先去洗手，你們二姊燉的草兔肉味道可好了，待會兒要多吃一些。」

紀琮仰頭盯著鄒氏，小胖臉又飛起兩朵紅暈，乖巧地點頭。「謝謝伯娘。」長安的娘親真好看，就跟長安一樣，而且笑容暖暖的，跟繼母完全不一樣。

紀琮坐在顧長安和顧小六的中間，坐下之後，顧長安和顧小六不約而同地先給紀琮挾了一筷子草兔肉。

「這草兔是用馬鈴薯乾和菜乾燉的，怕你受不了，只少少放了幾根辣椒，你先嚐嚐。」顧長安笑盈盈地道。

紀琮從未經歷過有人幫忙挾菜這種事情，愣了愣，微微脹紅臉，也給顧長安和顧小六挾了一塊，這才認真地去啃碗裡的草兔肉。

吃飽喝足，紀琮第一次一早出門，還去爬山、抓魚，早就很睏了。顧小六帶著紀琮去自己的房間午睡，等顧長安去看的時候，兩個小鬼已經頭靠著頭，睡得昏天暗地。顧長安捏了捏他們的小胖臉，拉過小薄被子給他們蓋好肚皮。

顧長安倒是沒有睡意，看了他們之後，正好看到顧三哥在門口坐著，想了想就過去坐在一旁。

「紀家的事情應當有些棘手，讓紀家小少爺常來咱們家，怕是容易給咱們家惹來麻煩。」顧三哥摸了摸顧長安的腦袋，輕聲說道。

顧長安點了點頭。「我知道。

「三哥，我們要做生意的話，還缺少靠山。」她突然說道。

顧三哥絲毫不覺得意外，事實上，從紀琮一出現，他就已經將方方面面都考慮到了。

「如果只在平安鎮做生意，紀家的確是最好的招牌。」顧三哥輕聲道。

「紀忠對紀琮很是忠心，只要讓紀忠知道，紀琮可以從中得到的好處足夠多，他便會盡全力讓我們的生意順當的。」顧長安說得信心十足。

「那妳想好了要做什麼生意嗎？」

顧長安立刻有些發愁。現在最大的問題不就在這裡？

要是撇開她自身的那點手藝，從家人這邊入手呢？娘親倒是會釀酒，難道要靠紀家拿到酒引賣酒？

想到酒，顧長安忽然腦中靈光一閃。

兩個小孩足足睡了一個時辰才起來，聽紀琮小聲地抱怨說不能在這裡吃晚飯，顧長安估算時間差不多了，去拿了一小罐甜酒釀出來。

鄒氏會釀酒，最拿手的便是米酒。只不過糧食矜貴，只有偶爾做一次給家裡的孩子解饞，溫度夠的話，甜酒釀只需要一天就能做好。顧長安受了兩回傷，大家又剛忙完春耕，鄒氏前兩天便特意做了點酒釀。

剩下的這一小罐子甜酒釀，若是再不吃就會發酵成味道清淡的米酒了。正好紀琮是個什麼都吃的小胖子，顧長安想了想，乾脆做酒釀荷包蛋好了。

家裡做的酒釀對顧長安來說已經夠甜，不過顧小六喜歡再加一點黃糖，顧長安便化了一小碗糖水，喜歡甜口的可以自己再加一些。

鍋裡添水燒開，再加入小半罐子的甜酒釀，等煮滾了把燒旺的柴火拿出去，只留下一根慢慢燒著。下荷包蛋的時候火太旺了不好成形，小火燒著等荷包蛋成形了，才把柴火又填回去，大火一燒起來，荷包蛋很快就熟了。

顧小六在一邊提醒。「五姊、五姊，我要吃溏心的荷包蛋，不要太熟了。」

顧長安應了一聲，起鍋的時候留了兩顆溏心蛋。全熟、半熟的她都能吃，紀琮若不喜歡溏心的，到時候可以隨意選擇。

顧錚禮兄弟和鄒氏已經出門了，顧長安將他們三人的那份放在櫥櫃裡。

「嗯，好喝……」紀琮口水氾濫，很是心急，胡亂吹了兩下就往嘴裡舀，燙得他渾身激靈，卻又忍不住繼續往嘴裡送。

顧小六嚥下嘴裡的雞蛋，緊跟著又咬了一口，含糊地問道：「小琮哥以前沒喝過酒釀嗎？」

紀琮連連搖頭。「沒有。」

紀琮吃完了自己的那一碗，顧長安又把自己的分了一半給他。

「長安，我明天還能再來找妳玩嗎？」吃飽喝足，就算他不願意走也不成了，紀琮拉著顧長安，可憐兮兮地追問。

「如果你忠爺爺同意的話，你當然可以來。」顧長安說得有些含糊。

「小琮哥，下次你再來，我帶你去摘野果子啊！」顧小六難得有這麼合得來的小夥伴，雖然總跟自己搶五姊這一點讓他很不爽，不過總體來說，友誼的小船勉強可以在水面上飄蕩一下。

紀琮樂呵呵地答應下來，乖巧地跟顧家一家子一一道別，才被車伕抱上馬車，打道回府。

第五章　羞辱

「三哥，咱們成本有限，要做生意最好還是從吃食入手。」顧長安靠在顧三哥身邊，小聲道。

顧三哥顯然已經考慮過，聞言點了點頭。「方圓幾個鎮，就數咱們平安鎮上的人最愛吃，而且吃食的生意總是最好做的，若是手藝好，哪怕只是普通的小食肆，生意應該也會不錯。」

一個小食肆，對那些有靠山的酒樓稱不上是威脅，鎮上那些酒樓對小食肆也不會打壓。

顧長安道：「娘有釀酒的手藝，用酒釀做的吃食就能算是一個特色。我唯一擔心的是，那幾種吃食有些過於簡單，怕是有人輕易就能學了去……」

「小五，妳忘了一件事。」顧三哥輕笑一聲。「釀酒的手藝是外家祖傳的，外面又有幾個人會釀酒？」就算有，不是自家有酒坊，就是被酒坊高價買斷了做事，酒水的利益遠遠要比做小吃食來得高。

顧長安立刻露出一抹笑意來。「三哥的意思，咱們這生意做得了？」

顧三哥很肯定地點了點頭。「做得了。」

兄妹兩人討論出一個初步結果，當天晚上就將事情跟家裡人說了。

鄒氏有些擔憂。「咱們村之前也有去鎮上開食肆的，最後生意都做不下去，連本錢都收不回來。」言下之意，便是擔心他們這生意做不長久。

顧錚禮也多少有些擔心。「這十兩銀子本就是你們幾個的，沒道理拿出來給家裡做生意，養家餬口的事情有爹。爹正想要告訴你們，有人請爹去坐館呢！」

顧家人頓時驚喜地看向顧錚禮。「當真？是哪家書院？」

顧錚禮停頓了一下，笑呵呵地道：「自然是真的。」

他刻意避開了後面的問題，顧三哥卻是眉頭微皺。「爹，到底是哪家書院？」

顧錚禮面上露出一抹掙扎之色，顧長安幾個臉上的笑容也頓時凝滯了下來，認真地盯著他不放。

顧錚禮到底沒堅持瞞著他們。「是張家村辦的族學，不過他們……」

「不成！」顧三哥還沒說話，鄒氏就立刻冷下臉來，一口否定顧錚禮的說詞。

顧錚禮乾咳一聲，朝幾個孩子看了一眼，回頭好聲好氣地哄自家娘子。「是張家村的村長出面，我不好回絕；再說，都是過去的事情了，我就是去坐館，每天早早去，一直都在學堂裡待著，晚上就回來了，跟村裡人又能見上幾面……」

「說了不行就是不行！」鄒氏一改平常的順從，態度無比堅決。就算避開了張家村的村裡人，還能避開那些學生不成？那難道不是張家村的人？

顧錚禮張了張嘴，又下意識地看了幾個孩子一眼，跟熊一樣壯實的漢子，就跟犯錯的孩子一般手足無措，好半天才憨憨一笑。「左右都是坐館……再說，我最多只在張家村做個一年半載，不會做長久的。」

然而，鄒氏的態度卻是極為堅決，說什麼都不肯讓顧錚禮去張家村坐館。顧錚維對著顧長安兄妹幾個使了個眼色，幾人索利地站起來轉身出了廳堂。顧小六走得最慢，還貼心地替廳中的夫妻兩人將門給關上了。

一行人出了院門沒往村裡去，顧大哥和顧二姊順手把院子裡放著的籃子、鋤頭給拿了出來，乾脆一起去番薯地。

顧長安並沒有對張家村的記憶，滿心好奇地想要追問，卻又擔心原主知道這件事。好在顧小六也很好奇，眼巴巴地拉著顧錚維，好奇地問道：「小叔、小叔，張家村不能去嗎？我娘怎麼會那麼生氣？」

顧錚維重哼一聲。「當年你爹中了秀才之後，原本是要去參加鄉試的，最後卻被張家村的人給算計了。後來你們阿爺身子骨不大好，很快就去了，你爹就始終是個秀才。」能去的時候沒去上，後來就算有心卻也無力，可以說，是張家村的人斷了自家大哥的前程。

其實這件事只有顧長安和顧小六兩個小的不知道，顧大哥幾個卻是早就知道了，只不過再聽顧錚維提起一次，他們的臉色依然很難看。

斷人前程等同殺人父母，尤其以顧錚禮當年的才華，考中舉人根本就是板上釘釘之事，卻是硬生生地被張家村人出於嫉妒而毀了。最可氣的是，最後梨花村和張家村鬧了一場，張家村憑藉宗族的力量，反倒讓梨花村吃了個虧；這還不算，當初的罪魁禍首還在張家宗族的幫襯下，成了張家村有頭有臉的人物。

兩家算是結了死仇，這些年不說顧家，就連梨花村的人跟張家村的人關係也不大好，這一次張家村來請顧錚禮去坐館，根本就是為了羞辱他。

顧長安立刻明白鄒氏的態度為何會那般激烈了。若是顧錚禮當真去了張家村，無疑就是將自己的臉面丟在地上，任由張家村的人去踩！

她知道，顧錚禮說到底還是為了這個家、為了他們。想起那個長得粗獷卻對他們千疼百寵的爹，顧長安暗自咬著牙。

這生意，說什麼都要盡快做起來！

等回家的時候，顧錚禮和鄒氏已經和好如初，自然坐館的事情也不了了之。不說鄒氏反對到底，就是顧長安幾個也不可能同意。

接下來的幾天，顧長安幾人兵分兩路。顧大哥帶著顧三哥、顧四哥繼續挖草藥，他們要做生意，本錢能多一文是一文；顧二姊、顧長安和顧小六則是留在家中，努力研究吃食，畢竟不可能只賣酒釀這一項。

藉著去鎮上賣草藥的空檔，顧三哥三個跟紀忠「偶遇」了一回。紀忠再次感謝了幾人對紀琮的幫助，而顧三哥也順利地從紀忠口中得到一些有用的消息，順便達成初步的合作方向。

如同顧長安和顧三哥所猜測的，紀忠對紀琮足夠忠心，至少目前來說如此。京城那邊的資源紀琮暫時碰不著，如今顧家送上門來，紀忠哪裡有不接受的道理？

「五姊、五姊，這個五香筍乾豆可真好吃！」顧小六這幾天幸福壞了，自家姊姊們做了不少吃食，他都是頭一個試吃。今天吃的是五香筍乾豆，分別是用毛筍尖和野筍，配著黃豆做出來的小吃食。

顧二姊也細細嚐了。「烘乾的筍乾豆要比曬乾的更香一些，也更有嚼勁。」

顧長安木著小臉吃了一口。英明如她，千算萬算，卻算漏了七歲是換牙時期，昨天還沒徹底烘乾的時候她喜孜孜地咬著筍乾，成功地把原本就有些搖晃的牙齒給硌掉了。

重來的人生太艱難！

「毛筍眼見著要過季了，得趕時間多做一些。」顧二姊嚥下嘴裡的五香豆，覺得這種小吃食的生意還真能做得。

「家裡黃豆不多了，明天讓大哥他們去鎮上再買一些回來。」

顧二姊眉頭微微蹙起。「也不能完全繞過村裡人去……真要開個食肆，大哥他們就得騰出手來，不如在村裡收筍？」

顧長安也有這想法。「不過價格不能高了。」

顧小六立刻插話。「昨天鎮上毛筍是一文錢五斤，而且還賣不出去，咱們要在村裡收的話，一文錢八斤都有的是人去挖。」

顧二姊想了想，道：「小六，你去村裡問一問有沒有人去挖筍？價格你看著來，最高不能超過一文錢五斤。」

顧小六往自己的小荷包裡裝了大大的一把筍乾豆，想了想卻又把荷包放回去。這吃食可是他們要拿去鎮上賣的，還是先不給小夥伴們吃。

「八角和桂皮也得多買一些備著，糖也得多買一些。」

「實在不行，把事情交給紀忠去做吧！」顧長安思來想去也沒個好主意，乾脆一攤手，決定把事情推給紀忠去做。

至於方子能不能保密，顧長安琢磨之後還真沒放在心上。開食肆只是為了前期資金的積累，她需要合作夥伴，紀家就是最好的人選，而紀忠想要為紀琮發展勢力，同樣也需要合作夥伴。只要初步合作關係建立，她相信紀忠絕對不會想要跳下他們顧家的這艘船！

「先前三哥問了紀忠，酒釀做的吃食京中也有，是紀琮沒吃過而已；不過咱們鎮上幾乎沒有酒釀做成的吃食，娘的手藝又好，做出來的酒釀就連外公也誇讚。酒釀荷包蛋長期吃對身子也好，倒是可以當成特色宣傳一番。」顧長安抿著唇，說話還是有點漏風，簡直糟心。

顧二姊點了點頭。這幾天她們兩個除了酒釀做的吃食之外，只做出了這五香筍乾豆；此外，顧長安建議做的灌湯包子，他們之前也從未吃過。

這麼一算，主食、點心、零嘴全都有了，現在就等最後確認，食肆就能開起來了！

第二天，顧大哥帶著顧三哥和顧四哥又去鎮上一趟，買回一百斤的豆子。顧小六也在村裡請自己的小夥伴問了一遍，幾乎每家每戶都願意去挖筍來賣錢，一文錢八斤，是顧小六給出的價錢。一大早幾乎每家都有人去山上，有大半的人選擇去大涼山，還沒到中午，顧家院子裡就已經堆滿了筍子。

「這筍是不是有些多了？」顧大哥目瞪口呆。這麼多的筍做成五香筍乾豆得有多少？

顧二姊也沒想到居然會有這麼多，而且這還是一個早上的數量。顧小六說還有人在山上挖呢，估計等到晚上至少還能再收一些。

「也就收這一天，等明天開始就只收野筍。」顧二姊手下動作不停，手腳麻利地剝著筍殼。今天既然已經把話說出去了，不管如何這筍也只能收下了。

顧長安心思一轉，忽然建議道：「不如我們再多做幾缸酸筍？」

顧二姊瞪了她一眼。「做那麼多酸筍做什麼？」還得多買好幾口大缸，這缸可不便宜，他們現在能省一文是一文。

顧長安咧嘴，立刻又伸手捂住，缺牙這個模樣，她真心難以接受。

「酸筍也能做吃食，眼見毛筍都已經過季了，得多存點貨才行。」

不說酸筍做的吃食，被她這麼一提，顧大哥才後知後覺地反應過來。「可不是，這筍已經過季了，咱們要的又都是這種沒冒頭或是才冒出頭來的，也只有大涼山那兒才能找到這些，明天就算讓他們再去大涼山，估計也找不到多少了。」

顧三哥適才沒提醒，這時候倒是先去問了顧長安。「小五又想出新吃食了？」

顧長安按下些許心虛。雖說這幾天嘗試做出來的吃食，基本上都是顧二姊動的手，卻是她動的嘴。她不是不知道這會讓家裡人懷疑她，可她卻是別無選擇。好在都是一些尋常的，顧家人始終沒拿到明面上來問，也算是彼此心照不宣！

「三哥幫我忙好不好？」顧長安很快收拾好情緒，搗著嘴，免得會不小心噴出口水來。

顧三哥立刻應允下來，跟顧大哥和顧二姊說了一聲，叫上顧四哥和顧小六一起去了河邊。

顧四哥憨憨地摸了摸腦袋。「你們去吧，我在家裡幫忙。」這麼多筍呢，剝了、洗了泥還得切片水煮，煮完了還得晾曬；還有黃豆也得先泡上，事情可不少。

顧長安拉著他不放。「四哥，你得幫我做點事情，缺了你可不成。」

顧四哥對弟弟、妹妹向來寵愛，聞言也沒再堅持。何況顧長安也說了只出去半個時辰就足夠，等回來再處理這堆筍就是。

去清水河的路上，遇上幾個揹著滿滿一竹簍野筍的村中婦人，笑呵呵地跟兄妹四人打招呼。「三小子你們這是要出去啊？」

顧三哥微微一笑，待人一向很有禮貌。「是啊！」

停頓了一下，又笑著問道：「桂花嬸收穫不錯啊！」

桂花嬸笑呵呵地道：「趕巧前兩天就看見這一窩的野筍子，本想著這兩天長得差不多就拔回來，說起來都收了滿院子的筍，你們家這是發財了吧！」

顧三哥笑了笑，道：「桂花嬸拔的這野筍子看著就好，筍子粗，看著還乾淨，怪不得我娘總是說，桂花嬸是咱們村裡出了名的俐落人呢！」

桂花嬸聞言頓時樂呵起來，大著嗓門嚷嚷。「可不是！不是我自誇，咱們村子裡我手腳麻利也是數得上的。」

這話倒是不假，不過就算是實情，她身邊幾人也不樂意聽她這麼自誇。

「妳這話說的，好似哪個不勤快似的。」

「可不是，村裡面的婆娘有幾個是懶的？也沒見其他人跟妳一樣自誇的。」

顧長安看著自家三哥避開對方的問題，輕描淡寫的兩句話就挑起了事端，順利地讓自己脫身。所以說，她三哥要是切開來，裡面肯定全都是黑的。

到了清水河邊，顧四哥這才想起問顧長安。「小五，妳想讓我做什麼？抓魚？」

顧長安原本想搖頭，轉頭一想，又想起一道吃食來，連忙又點頭。「三哥、四哥你們兩個抓魚，最好能抓到大一點的魚。」

想抓大一點的魚得靠運氣，顧長安話剛說出口，又想起清水河裡的魚都不大，她想著做魚丸湯怕是不成了，不過要是能抓上幾條，就做給自家人吃吧！

「五姊，我們不抓魚嗎？」作為農家的孩子，顧小六同樣對上山逮兔子、下河抓魚，充滿了謎一樣的熱情。

顧長安拉著他往河邊石頭多的地方走。「不抓，你跟我一起摸螺螄。」

顧小六有點失望，不過摸螺螄也挺有意思，他很快又高興起來。

「把小的扔回去，太小了沒法子吃。」顧長安見顧小六捋起袖子，往泡在河水裡的石頭底部順勢一摸，把大大小小的螺螄全都摸了下來，連忙提醒了一句。

她還指望能做成長期生意呢，可不能大小都一網打盡。

他們運氣還不錯，抓了一條三、四斤重的草魚，剩下的小魚也沒扔了，家裡泡開的黃豆還有不少，小魚醬黃豆的味道也不錯。

「五姊，螺螄是要炒著吃嗎？這麼多螺螄可得花不少油呢，二姊肯定不給炒著吃。」顧小六蹲在顧長安身邊嘀嘀咕咕的。

顧長安收拾好魚，顧三哥已經把螺螄給清洗了一遍。想起家裡還有那麼多的五香筍乾豆要燻製，顧長安又下河摸索了一會兒，撿了四塊到她大腿的石頭。等回到家，可以在院子裡搭上兩個簡易的灶頭，底下放上火炭就能燻製了。

「小五，分四哥兩塊。」顧四哥連忙把手裡的螺螄簍子遞給顧三哥，又讓顧小六拿著魚，騰出手來幫顧長安。

顧長安想了想，又下河去搬了兩塊遞給顧四哥，沒忘記說一聲。「四哥，要是拿不動了告訴我一聲，我還能多拿一塊。」

顧四哥傻乎乎地看著她把自己的那四塊石頭疊在一起，然後輕易地抱了起來。

「小、小五，妳能看到路嗎？」顧四哥結結巴巴地問道。

顧長安木著臉鄙視自己的智商。現在除了缺牙之外，她還是個矮矬子啊！這四塊石頭疊在一起，至少比她半個人還高，視線完全擋住了！

好在她已經點亮天生神力的技能，面無表情地把石頭往旁邊挪了挪。

「三哥、四哥，我們走吧！」顧長安招呼了一聲，一馬當先地往回走。

顧三哥的表情實在無法用筆墨來形容，緊緊地盯著自家小五的背影看了半天，這才有些撐不住微笑地跟了上去。

眼見著快到飯點，去山上挖筍的人基本都在這時候回來。看到顧家兄妹四人時，村裡人的表情如出一轍地一言難盡。顧三哥的微笑開始變得僵硬起來，滿心惆悵。

顧小六跟在顧三哥身後，人小鬼大地嘆了口氣。「這生意可得做起來才行，不然哪裡有銀子可以給五姊買一個好一點的童養夫呢？」想了想又添了一句。「要是能早點把小琮哥定下來最好，小琮哥可崇拜五姊了，以後肯定聽話。」

顧三哥。「……」他還能說什麼？

「爹、小叔，我來幫把手。」顧長安輕巧地把石頭放在一邊，又順手把顧四哥手裡的石頭也接過來放下，連忙跑到正在秤重的顧錚禮和顧錚維身邊，接過他們兩個人抬著的大秤桿子。

顧錚禮見她打算一個人秤重，心頭頓時一跳，連忙道：「用不上妳，五丫妳去幫妳姊……」

「爹，我提得動，你跟小叔歇口氣。」顧長安完全沒有體會到他這老父親的一片心意，輕易地提起竹筐開始秤重。

這種秤桿子可以一次性秤兩百斤的重量，顧長安踩在凳子上先嘗試秤了一筐的竹筍，連帶著筐子一共有五十多斤的分量。

「這毛筍是哪家的？」顧長安問了一句。

一個黑臉的漢子笑呵呵地道：「五丫頭，是林六叔家的。」

顧長安指了指跟前的幾筐毛筍問道：「林六叔，這些毛筍都是你家的嗎？」

林六叔點點頭。「妳跟前的四筐都是我家的。」

顧長安「哦」了一聲，然後在眾人驚愕的注視下，把兩個筐子的繩子綁在一起，輕輕鬆鬆就用秤桿子把兩個筐子一起拎起來。

「連筐子共一百四十三斤。」顧長安示意記帳的顧大哥先記下來，又把剩下的兩個筐子如法炮製給秤了。

「林六叔，秤完了就去我二姊那兒算帳。」顧長安一手拎著一筐毛筍，倒在暫時收拾出來放毛筍的地方。回頭見林六叔還愣在原地看她，她有些摸不著頭腦，一時間沒反應過來是她這大力氣嚇到人了，好心地提醒了一句。

林六叔這才反應過來。「哎？欸，我、我這就去，這就去！」

顧長安沒管他。「爹，你跟小叔待會兒就幫我忙，把兩個筐子綁在一起，秤起來速度快一點。」

顧錚禮徒勞地張了張嘴，一時間不知道該如何是好？

「爹？」

顧錚禮連忙點頭。「行、行……五丫啊，要不還是讓爹跟妳小叔來？」

顧長安卻是不肯，站在凳子上等著他們把筍送過來。

見她堅持，顧錚禮也不好再說什麼。顧錚禮偷眼看了顧二姊一眼，明智地閉上嘴不說話了，把剛裝進筐子裡的筍子搬了過去。「這是妳桂花嬸家的，一共三筐。」

有了顧長安的加入，速度加快起來。一刻鐘後，村裡人送過來的毛筍全都秤完了重量。送走這些村民之後，顧長安甩了甩胳膊，小跑到顧大哥和顧二姊身邊。

就這一上午，怕是要拿出不下一兩銀子來，這銀子可真不禁花！

「一早去山上的人不少，也就這些了，從下午開始送來的估計都會是野筍。」顧二姊見顧長安繃著小臉，淺笑著提了一句。

顧長安暗自慶幸毛筍已經快過季了，不然再送這麼些來，不說沒地方放，就是流水一樣花出去的銀子，也能讓她再心疼一回。不過等看到滿院子堆積成山的毛筍，嘴角又垂了下去。

這得剝到什麼時候啊？

一家人隨便吃了飯，正準備要開始幹活，就見一群婦人各自帶著一把刀，笑呵呵地走了進來。

「顧大嫂，我們來幫妳搭把手。」說話的是個長得瘦削的婦人，面有菜色，不過收拾得索利，看起來很是精神。

另一個長得矮矮胖胖的婦人也笑呵呵道：「顧大嫂，妳可別嫌棄我們不請自來，話還多啊！」

鄒氏驚喜地迎了上去，聽了這話忍不住瞪了婦人一眼，笑罵道：「就屬妳最愛逗弄人。」

其他人跟著哈哈笑了起來，顧大哥幾個幫忙搬凳子，顧長安和顧二姊則是轉身進了廚房燒水泡茶。村裡人都這樣，平時毫不吝嗇搭把手幹點活。早上的買賣是一回事，下午山上沒什麼筍了，家裡的孩子漫山遍野地去找野筍，她們就乾脆來顧家幫忙。

見顧長安和顧二姊也蹲在一邊剝筍，那矮胖的婦人趕她們走人。「這麼些人呢，哪裡還要妳們兩個小姑娘來湊熱鬧？快些玩去。」

有她先開了口，其他人也跟著趕人，顧長安和顧二姊就沒再堅持。「哎，辛苦伯娘、嬸嬸、嫂子們了。」

不過兩人也不得閒，廚房裡的鍋裡還煮著筍，得看著火，家裡倒是有一點酸筍，顧長安決定把剩下的那點酸筍掏出來，今天再做一缸。

家裡沒有香油，她趁著顧二姊不注意，捏了一撮鹽放在裝螺螄的木盆裡。

「小五，這條魚要怎麼吃？」顧二姊這才想起中午他們幾個還抓了魚回來，連忙問了一聲。

顧長安還沒回答，慢一步跟進來的顧小六立刻雙眼發光。「五姊說這魚不燉湯，也不燒著吃，五姊又想了新吃法。」

顧長安點了點頭。「先試試看。」不過她沒讓顧二姊幫忙，自己去了魚皮，慢吞吞地把魚肉都給刮了下來。

將魚肉都刮下來之後不用再剁碎，順著一個方向開始用力攪拌，慢慢地往裡添蔥、薑和水，又向顧二姊要了一點豬油化開，加進魚肉泥裡面，最後再加上適量的鹽。

「五姊，這就可以吃了？」顧小六瞪大眼睛，不敢相信這看起來黏黏糊糊的東西，就是自家五姊說的好吃美食。

怎麼看都不好吃啊！

魚丸暫時不做，這五香筍乾豆卻是不能不做。先前因為顧家住在村尾，距離顧家最近的是葉獵戶家，也就是剛才那個愛說笑的矮胖婦人家，所以只有葉獵戶家偶爾能聞到一點味道。現在村民都在院子裡坐著，一掀開鍋蓋，那霸道的香氣瞬間就讓這些婦人有些躁動起來。

「顧大嫂，我剛才就想問了，妳家到底是做什麼好吃的呢？這香氣，怕是鎮上酒樓都比不上。」

鄒氏笑了笑，道：「我家老大、老三他們上回去鎮上，無意中幫了鎮上貴人少爺的一個小忙，就是上回來咱們村的那一位。那位少爺心好，雇了幾個孩子替他做事，趕巧有種吃食便是要用到咱們山上這筍子，便讓我們簽了契約，替他收筍做成吃食呢！」

停頓了一下，鄒氏無奈地攤手。「不然我們家這家底，收筍的銀錢怎麼可能拿得出來？」

這話村裡人都相信！顧家大房當初幾乎淨身出戶，養了六個孩子不說，還把顧老三供到了考上秀才，日子過得苦哈哈的。

不過現在大家的注意力都集中到適才鄒氏所說的富家少爺身上，就連葉獵戶的婆娘高氏也挑起眉頭，嗓門跟著高了起來。「就是上回來的那輛馬車？」

鄒氏點了點頭，道：「大夥兒或許知道，就是咱們平安鎮上紀家大宅的小少爺。」

有婦人一拍大腿，嚷道：「我就說那馬車咱們鎮上都少見，來的肯定是從京城回來的紀家小少爺，妳們還不信，妳們看看，妳們看看，我說的不就是對的？」

「上回妳可不是那麼說的……」有人立刻反駁，院子裡亂烘烘，各說各話，話題倒是立刻被岔開了。

不是沒人想要把話題再轉回來，只不過有顧三哥和顧大哥在一旁盯著，鄒氏雖然話不多，卻總是三言兩語就掌控了節奏，輕易讓人跟著她的思路走。想要努力扭轉話題之人也不敢將事情做得太過明顯，最後只能恨恨地一咬牙，暫且作罷。

這群婦人都是做慣農活的，再想著這是幫鎮上紀家大宅的小少爺做事，眾人的情緒難免高漲，不出一個時辰，跟小山似的筍堆立刻變成了一大一小兩堆。

高氏站了起來，拍拍身上的泥土和碎屑，笑呵呵地指著筍殼堆道：「這筍殼太多，還是都擔到山裡去。在大涼山挖了不少筍，正好我家老葉下午不出門，讓他來幫忙擔去大涼山。」

另外幾人也紛紛跟著表示，待會兒就讓自家男人過來把筍殼擔去大涼山，剩下的就由顧家人擔去小涼山。

鄒氏又再三道謝，最後還拉著高氏的手，特別誠懇卻又有些隱晦地說自己記下眾人這份情了。眾人忙忙叨叨的，不就是為了這句話嗎？當下就喜孜孜地走人，完全沒計較其他。

廚房裡沒什麼事情了，顧長安先跟著顧大哥他們把筍殼處理掉。

「大哥，我要拿麻袋裝，多裝幾個。」顧長安心塞地站在畚箕邊，再看看比她人還高的扁擔，搗著漏風的門牙要求換裝備。

這豆丁的身高，還有缺牙的痛苦，七歲的人生真艱難。

顧大哥笑呵呵地去拿麻袋。「小五啊，要裝滿嗎？」他不會承認拿畚箕和扁擔就是為了逗自家小五玩。小五掉了牙齒就不愛說話，他們幾個當哥哥的一瞧見就忍不住想要逗她。

顧長安沒答話，緊緊抿著唇拿起麻袋，一下子就裝滿了半袋子，然後用小短腿一頓亂踩，把筍殼都踩實了，接著繼續往裡裝，如此反覆三、四回，才把麻袋裝得滿滿的。一連裝了四個袋子，單手拎起一個就堆放在一起，最後用麻繩牢牢捆綁起來，然後才蹲下身，回頭示意一旁表情詭異的顧大哥和顧三哥搭把手。「大哥、三哥，你們幫我托一把。」

顧大哥和顧三哥面面相覷，最後只能順著顧長安的意思，好讓她順利地揹起來。

顧長安輕輕鬆鬆地站了起來，背上疊得高高的麻袋危險地搖擺了幾下，硬是沒掉下來。她什麼都沒說，只是朝顧大哥和顧三哥看了一眼，小短腿的速度倒是不慢，大踏步地朝著小涼山而去。

顧大哥呆愣地摸摸後腦勺，回頭看了看顧二姊和顧三哥，發現自家弟弟、妹妹相似的臉龐上，都露出完全一樣似笑非笑的模樣，他忽然板起臉。「小五都忙起來了，小三你是怎麼當哥哥的，杵在這裡做什麼？還不快點幹活！」

顧二姊立刻低頭，開始幫忙把筍殼都裝起來，好似剛才用那種眼神看著顧大哥的人不是她一樣；顧三哥雖然還是那副微笑的模樣，卻是不敢再多說一句，手腳麻利地收拾，很快就扛起一個麻袋準備出門。

「小五扛了四個，小三你這個當哥哥的只扛一個怎麼能行？再來一個！」顧大哥笑呵呵的，又給顧三哥加了一個麻袋。

顧三哥那張俊秀的臉扭曲了一下，到底不敢扔下來，只好扛著兩個麻袋慢吞吞地出發。

這一個下午，顧家一家子都是在切筍、煮筍和煮豆子中度過。顧長安以前其實挺喜歡吃五香筍乾豆，不過從現在起，她大概要停止對這種小吃食的喜愛。

晚上的時候就把魚丸給煮來吃了，家裡沒有芫荽，味道稍稍差了一些，不過勝在是純手工製作，而且特別新鮮，又是用魚頭、魚皮熬的魚湯做湯底，什麼都不用加味道就很好。出鍋的時候在碗裡撒上一把青蒜碎末，也是香氣撲鼻。

魚丸湯得到顧家人一致好評，得知第二天顧長安打算去鎮上找紀琮，顧錚禮和顧錚維趁著天還沒黑透又去了清水河邊，找了兩個水勢不算急的地方放了兩個竹簍，看看能不能抓到魚？要是有收穫，便可以讓紀琮嚐一嚐魚丸的味道。

第二天一大早，顧長安和顧三哥揹著竹簍出發之際，天邊才微微泛起亮光。四月的早晨氣溫有些低，而且還有露水。顧長安不喜歡一大早出門，褲子和鞋子都會碰到，很快就會沾濕一大片。

平安鎮上一大早就很熱鬧，趕著進鎮賣菜或其他東西的人，比他們要早起不少。顧三哥對鎮上熟，帶著顧長安直接去了紀家。

剛進門，紀琮就胖臉微紅地衝過來，拉著顧長安的手，雙眼水汪汪的，就跟見了主人的小狗似的。「長安，妳總算來了！」看到一旁微笑的顧三哥，連忙又乖乖地打招呼。「三哥。」

顧三哥輕聲笑了笑，眼神讓紀琮心裡有點發毛，卻是想不通到底是怎麼了？

好在顧三哥沒有跟這蠢萌小胖子計較的意思，很快又收回視線。紀琮也是心大，見顧三哥不再那麼磣人地看著他，又立刻笑呵呵地巴著顧長安不放。「長安、長安，我讓廚房給妳準備很多好吃的，妳餓不餓？我現在就讓人把吃的送上來。」

「長安，快把背簍給我，我來幫妳揹。」

「長安、長安……」

顧長安牽著紀琮的小胖手，好脾氣地聽他嘮嘮叨叨個沒完，特別地包容。一旁的紀忠一邊顧著跟顧三哥說正事，一邊也沒忘了觀察顧長安。如果說之前只是懷疑的話，那麼紀忠現在完全可以肯定，這比自家少爺小了幾個月的顧家小姑娘，的確是用長輩看待晚輩的眼神在看自家少爺。

這種自家孩子被別人家孩子比下去的感覺，紀忠覺得有點心塞。

等知道顧長安還帶了吃的，紀琮立刻高興起來。「長安，妳真好，這麼遠的路還給我帶吃的。」

原本就心塞的紀忠一顆心快要徹底堵住了，忍了忍才沒提醒自家少爺——那是顧家兩個孩子帶給他們試吃的。

紀琮拉著顧長安朝廚房跑去，說是要去做魚丸吃。見兩個小的先跑了，紀忠忍住沒去拍心口，面上還是笑呵呵的。「我家小少爺是個急躁性子，怠慢顧三少爺了。」

顧三哥淺淺微笑。「紀管家客氣了。紀小少爺性子開朗，又平和待人，我顧家兄妹能入小少爺的眼才是天大幸事，何來怠慢之說？」

紀忠多看了他一眼，他無比相信，只要有一個契機，這人必然會一飛沖天！若是有一日可踏入官場，此子前途不可限量。

顧三哥自然有自己的考慮，一老一少慢吞吞地走著，時不時交談幾句，等走到廚房，兩人不約而同地對視一眼，一個笑得慈眉善目，一個笑得溫潤如水。

顧長安一抬眼正好看了個真切，心中忍不住嘀咕了一句。

老狐狸遇上了小狐狸！

心裡嘀咕，手上動作卻是不慢。廚房正好有熬好的魚湯，做了湯底下鍋燒開，再下魚丸，發現紀家的廚房有芫荽，立刻抓了幾根切碎放在碗裡。昨天晚上放的竹簍圈了兩條魚，早起鄒氏、顧二姊和顧長安三人就把魚丸給做好，煮熟後才出門，現在只需要入鍋煮一會兒就可以了。

白瓷碗裡裝著四、五顆白嫩嫩的魚丸，點綴著細細的綠色，熱湯一淋下去，芫荽的香氣頓時瀰漫開來，與魚湯、魚丸的香味交織在一起，立刻引得人口水都氾濫起來……

紀琮肚子早就餓了，一聞到魚丸湯的香味，肚子頓時「咕嚕」一叫了。

紀琮立刻摀住肚子，小胖臉通紅，結結巴巴地解釋。「長、長安，是肚子它自己叫的，我、我管不了它……」

顧長安沒忍住，摸了摸他的腦袋。「嗯，是肚子不乖，跟你沒關係。」

紀琮的臉更紅了，卻是努力繃著小胖臉，一本正經地點頭表示贊同。就是肚子不乖，不然他才不會在長安跟前出醜呢！

紀忠適時出聲，邀請道：「顧三少爺、顧五姑娘，我家小少爺一早便命人準備好了早膳，還望兩位賞臉。」

紀琮連忙拉著顧長安，慢半拍地又去拉顧三哥，抬步朝外走。「三哥、長安，今天廚房做了好幾樣，都是在京城時常吃的菜式，我們一起去嚐嚐啊！

「長安，妳喜歡吃甜的還是鹹的？」紀琮不讓丫鬟伺候，堅持要親手為顧長安盛粥。

顧長安認真地想了想，道：「來個甜粥吧！」

紀琮繃著小胖臉，認真地給顧長安盛了一碗八寶粥，又問了顧三哥之後，也給他盛了一碗甜粥。紀忠肯坐下來陪著用早膳，卻是堅持不肯讓紀琮動手替他盛粥。

紀琮沒喝粥，分了一小碗魚丸湯給紀忠之後，喜孜孜地抱著剩下的魚丸，打算自己一個人都給吃了。

吃飽喝足，該開始談正事。

魚的來源是個麻煩，魚丸的生意只能暫時擱置。紀忠不覺得可惜，倒是這五香筍乾豆讓他很是喜歡。「這東西下酒倒是不錯，除了放在食肆裡賣，還可以放到酒樓寄賣。」

顧三哥道：「不在食肆裡，只在酒樓先寄賣一段時日，等生意穩定下來，再直接以稍低的價格賣給酒樓一些。」

新的吃食需要一段時日來打出名聲，何況只是小吃食，酒樓也不會太放在眼裡，所以最初用寄賣的方式是最合適，等生意步入正軌，用稍低的價格批發出去對他們更加有利。

「是不是應當趁著還能找到毛筍多收一些？鎮上的酒樓不過是縣裡，甚至是府裡酒樓在這邊的分號，要是在這裡賣得好，他們便會往縣裡和府裡送，到時候需要的數量就多了。」

顧三哥笑了笑，卻是沒有附和。「這就足夠了。」

一回吃個夠，下一回就不會那麼惦記了。這小吃食乾脆只放在酒樓裡出售，價格不高不低，就算材料簡單了一些，卻是獨一份。

他們賣的，就是這「獨一份」！

如此一來，食肆的主要生意就在酒釀做成的吃食和其他小吃食上。顧長安先前所說的灌湯小籠包算一種，不過這種小籠包的價格不低，所以數量也要控制，除此之外，她還準備做螺螄粉。

當然，這兩種吃食算不上多正宗，顧長安畢竟只是看過那些放在網路上的做法，跟正宗的怕是有些區別；不過這裡沒有這樣的吃食，她問過紀琮，確認京中也沒見過，便多了幾分信心。

賣個新鮮吧！

等歇夠了，事情也討論得差不多，紀琮便自告奮勇地帶顧長安他們去看鋪面。

按照兩家協議，紀家提供鋪面和保護，顧家則是提供方子、出人工，最後雙方五五分成。相較之下是顧家稍微吃虧一些，不過顧長安卻覺得紀家來充當這靠山，他們這筆生意就做得一點也不吃虧了。

「鋪子離紀家很近，只隔著一條街，往後長安妳來鋪子裡的時候，我就可以出來找妳啦！」紀琮樂呵呵的，一想到日後可以天天跟顧長安見面，心裡就喜孜孜的。

顧長安面無表情地往他頭上潑冷水。「紀管家說，你以後上午要跟著先生唸書，下午要習武，你打算晚上來找我嗎？」

紀琮的一張小胖臉頓時皺成一團。

紀家提供的鋪子距離紀家祖宅的確只隔著一條街，位置有一點偏僻，而且鋪面也不算大。不過讓顧長安滿意的是，這裡距離那些富人住的街道很近，而且平安鎮有名的書生巷就在附近，那些書生有不少都不是本地人，當中有一部分家境不錯，聽顧小六說，他們經常在酒樓或是食肆解決吃飯問題。這些都會是他們潛在的客戶！

紀琮的鬱悶來得快、去得也快。「忠爺爺說這個鋪子最合適，雖然有點小。」

這鋪面最讓顧長安滿意的，是店門前有一大塊空地，恰巧屬於他們所有。她跟顧三哥一致認為，必須要在門口放兩個爐子，放上大鍋做吃食。

「長安、長安，那食肆什麼時候正式開張？」紀琮不甘心被顧長安忽視，巴著她一迭連聲地問道。

回答的是顧三哥。「這兩天要將一應什物都置備齊全，從明天開始就會天天來鎮上，最久不會超過三天，食肆應當就可以開張了。」

顧長安也贊同，他們拖得夠久了。

說幹就幹！他們兩個是帶著銀子出門的，先去雜貨鋪子買碗盆，又去鐵匠鋪訂了三口大鍋、兩口小鍋。蒸籠就不需要了，梨花村不說漢子，就是女子都會用竹子多少編點東西，顧爹和顧大哥手藝都不錯，做個蒸籠不是難事。

油鹽醬醋需要不少，再將廚房給收拾好，把買來的這些東西全都安置歸位。顧長安和顧三哥沒在鎮上多逗留，跟依依不捨的紀琮約好了隔天再見，兄妹兩人這才回梨花村。

接下來的兩天，一家人分別忙碌起來，顧錚禮、顧大哥還有顧錚維三人，動手做蒸籠、竹筷和竹碗。鄒氏繼續釀酒，尤其是甜酒釀，分批釀了不少。顧二姊和顧四哥則是燻製筍乾的主力，顧小六成了小跑腿的，除了東一榔頭、西一錘子的幫忙之外，還肩負著去村裡收購雞蛋的任務。

顧長安則是繼續跟顧三哥往鎮上跑，不只是要打掃鋪子，後院也得收拾。好在水井之前一直都有在使用，倒是不需要重新再掏一回。

緊鑼密鼓地忙了兩天，一切都準備妥當，就等開張。

第六章　開張大吉

到了日子，天還黑著，在鎮上住了一晚的鄒氏和顧二姊就起來了。

顧長安不停地打著哈欠，半瞇著眼睛跟著爬起來。她先去井邊把昨天晚上放進去的肉凍提出來，又提了一桶水，井水清涼，洗了一把臉後，整個人都精神起來。

「娘、二姊，我來做灌湯包子。」顧長安自告奮勇。

鄒氏點頭應了，道：「今天只做包子和酒釀嗎？是不是少了一些？」

顧二姊手下動作不停，聞言只是淺淺一笑，道：「不是還有米粉？頭一天開張，種類還是不要太多。」

顧長安也道：「可不是，總共這麼點大的地方，沒法子跟酒樓一樣準備太多花樣，何況咱們人手也不足。」她是想要掙錢讓一家人過上好日子，不要繼續這麼苦哈哈，可若是熬壞家人的身子來換銀子，那不是本末倒置嗎？

聽兩個女兒都這麼說了，鄒氏便不好再說什麼。

說話的工夫，同樣在鎮上住了一晚的顧三哥和顧四哥也起來了，開始收拾桌椅，重新燙了碗筷，準備一應開張事宜。

做的包子不多，一籠只放九個，一共四個蒸籠，賣光就沒了。

等包子一蒸上，顧三哥也將外面的鍋子點上火，鍋子裡的大骨湯開始沸騰，香味瀰漫開來。旁邊鍋子裡放的湯水是中午賣螺螄粉要用的，一等燒開，香辣的味道一下子四溢，向四周席捲而去。

這一個早上，平安鎮不少人家都被這一股鮮辣濃香給驚醒了，下意識地吞了口口水。有的甚至忘了要先洗臉，出了門就發現，自己不是唯一一個被食物香味吸引早早起床之人，就連那點尷尬也立刻消失。

「哎，這是哪家出了新吃食？味道可真吸引人！」

「應當是這附近的，不過沒聽說有新食肆開張了啊！」

有人卻是眼睛一亮。「說起來這兩天街尾好像有家鋪子在收拾，不少人進進出出送貨，我好似瞧見鐵匠鋪子還送了幾口鍋子過來。」

「也不知道賣什麼？不過這味道聞起來可真香，我得去看一眼。」

「店家開張大吉啊！」有動作快又嗜吃的人，聞著味道來了，很是敷衍地拱拱手道了一聲喜，立刻問道：「店家，你們家賣的這是什麼吃食？又鮮又辣的，以前在鎮上沒見過啊！」

顧三哥上前接客，笑道：「承您吉言！小店做早上和中午生意，早上有灌湯小籠包和湯粉，還有祖傳手藝的酒釀。中午則有咱們鎮上獨一份的螺螄粉……」

「外面這鍋子裡的是什麼？」邱城是個童生，從外地來平安鎮求學，家中小有資產，娶的妻子在做生意方面很有天賦，故手中向來很寬裕。他不喜清淡，平時吃個饅頭都喜歡配著辣椒醬一起吃，早起聞到這又酸又辣的味道，就忍不住分泌口水，這才趕過來嚐一嚐。

顧三哥笑容不變，道：「這是螺螄粉的湯底。」

「給我來一碗螺螄粉。」邱城立刻道，他的心思就放在這吃食上了，完全沒注意聽顧三哥剛才說的那些話。

顧三哥笑著解釋道：「客人有所不知，這螺螄粉的湯熬的時間越長，吃起來的味道越是醇厚鮮美。而且，今日時辰尚早，您不如用些清淡的，等中午這湯熬好了，我們再給您準備一碗辣椒油，吃起來那才叫一個過癮。」

邱城遲疑了一下，到底點了點頭。「也成。早上有什麼？」

顧三哥回道：「有咱們這兒常吃的大骨湯米粉，還有我們家祖傳手藝的灌湯小籠包；當然，還有平安鎮上獨一份的甜酒釀。您可以選擇什麼都不加，冷、熱兩種吃法的甜酒釀，也可以嚐一嚐酒釀做成的吃食，有酒釀丸子、酒釀荷包蛋……」

顧長安在一旁聽著，暗自滿意地點頭。顧三哥自然比不上酒樓裡那些店小二來得巧嘴，不過顧三哥說話不疾不徐，很容易讓人靜下心來細聽。這第一個客人起先被婉拒吃不到螺螄粉，其實是有些不高興的，可最後卻在顧三哥的溫和態度下，慢慢改變了態度，不知不覺就跟著進了店裡坐下來。

深吸一口氣，她始終覺得三哥就該站在朝堂之上，不卑不亢地在一群老、少狐狸裡面慢慢占據上風，那才是他該去的地方。

不過現在多想無益，聽邱城好奇地問道：「甜酒釀？是釀酒的那種酒釀？」

顧三哥笑道：「兩者手藝略有不同，這是我外家的祖傳手藝，您來一碗嚐嚐？單純酒釀五文錢一碗，加純丸子的六文錢，紅豆丸子七文錢，加酒釀荷包蛋則是八文錢一碗。」

邱城還真沒吃過酒釀做的吃食，立刻道：「那就來一碗酒釀荷包蛋！」

就是稍稍有些心疼，八文錢一碗，當真不便宜！

顧長安聞言心頭微微一喜。總算是開張了！

邱城原本是懶得再出門去找地方用早飯，八文錢對他來說也不是拿不出來，本著先嚐一嚐，若是不好往後就再也不來的想法，這才要上一碗酒釀荷包蛋。卻不想，等這酒釀一燒開，那種甜香中帶著絲絲酒香的味道，立刻就勾住了他的心神。

邱城在讀書上的天賦一般，不過讀書人有的毛病他也有，尤其好杯中物；而他的夫人則是認為他這個小愛好不是毛病，喝多了又是個老實安靜的，左右就是在請人喝酒上多花費點銀子，也就更加縱容，導致邱城在進學之餘，至少把一半的時間都耗費在喝酒上。

由此可見，邱城對但凡跟酒有關的東西有多執著了，這酒釀的香味一瀰漫出來，他哪裡還坐得住？等顧三哥將酒釀荷包蛋放在他面前，邱城已經忍不住口水滴答直流，也不管燙不燙，立刻舀了一勺子酒釀送進嘴裡。

「好吃……」邱城被燙得打了個哆嗦，卻是捨不得吐出嘴裡的酒釀。

顧三哥原本打算說些什麼，看他這樣子笑容微微一頓。不過他可以理解邱城，他第一次吃到酒釀荷包蛋那時，也恨不得把舌頭都吞下去。要他說，這還不夠絕，酒釀起鍋之後再添兩勺沒加過水的涼酒釀，然後再放半勺紅糖，那種滋味才是真正的絕妙呢！

邱城吃得頭也不抬的時候，紀琮跟著紀忠也到了。紀琮興匆匆地跑進來，發現自己居然不是第一個，立刻覺得有些失望，不過等看到一旁的顧長安，就馬上湊過去。

「想吃什麼？」顧長安替他擦了擦額角的汗。估計這小胖子是跑過來的，才這麼點路額頭都冒汗了。

紀琮微微低下頭，好讓顧長安能夠擦得舒服點，還下意識地蹭了蹭，然後才略微有些撒嬌地道：「想吃酒釀丸子，有紅豆餡的那種。」

顧長安點了點頭。「要不要再來幾個灌湯小籠包？才出鍋的，蘸著醋吃，味道再好不過。」

「要！」紀琮立刻點頭，想了想又問道：「我可以要點辣椒油嗎？小六說加醋、加辣椒油才是最好吃的。」

顧長安點頭道：「不能加太多，早上還是吃清淡一些好，你要是喜歡吃辣的，中午給你做螺螄粉吃。」

紀琮喜孜孜地點頭，跟在顧長安身邊轉來轉去的，看著她做酒釀小丸子，還給紀忠做了一份酒釀荷包蛋。其間他試圖自己動手，卻被顧長安不客氣地拒絕了，最後只打發他拿碗裝了丸子往鍋裡下，也算是幫忙了。

邱城剛吃完酒釀荷包蛋，顧四哥正好端著兩碟灌湯小籠包進來，嬰兒拳頭大小的包子，胖乎乎、白嫩嫩的，麥香和肉香撲鼻而來。

紀琮迫不及待地先喝了一口酒釀，燙得大口呼氣，趕忙又挾了一個包子，在放了醋和辣椒油的碟子裡蘸了蘸。

邱城吞了口口水，問顧四哥。「包子有什麼餡的？」

顧四哥嘴巴有些笨，顧三哥連忙上前，道：「今天只有灌湯肉包，五文錢三個。今天小店剛開張，您又是第一個客人，酒釀半價，包子買三送一。」

邱城頓時眼睛一亮。「先給我來三個嚐嚐！要是味道真的好，我就替你們多宣傳宣傳。」

顧四哥聞言立刻拿了一籠包子下來，挾了四個放在碟子裡，拿托盤送了過來。

邱城剛才看到紀琮的吃法，也跟著小心地咬了個口子，輕輕地吹了吹，然後小小地吸了一口。

嗯！

邱城頓時瞪大了眼睛，動作不慢地將湯汁都吸光了，又將包子整個塞進嘴裡，半天才將包子嚥下去，雙眼發光地喊道：「店家，再給我來一碗酒釀丸子，要紅豆餡的，也再來三個包子！」

顧長安熟練地燒水放酒釀、下丸子，心底有些雀躍。這書生顯然很滿意，書院那邊就不需要再想其他法子宣傳了。

邱城吃得極為滿意，總共吃了兩碗酒釀、八個包子。臨走還打包走八個包子，酒釀半價，包子買三送一，他一共花了二十七文半，給了二十八文。他撐得一直在打嗝，還保證會替他們宣傳一番。

邱城的確是個守信之人，他才離開沒多久，就有人找過來。同樣是書生打扮，說是邱城的鄰居，最後買了十文錢的小籠包帶走，沒要酒釀吃食，不過離去前眼睛都黏在門口那螺螄粉的湯底上。

生意比他們預料得要好，很快就賣完了。一家人隨便下了一碗大骨湯粉墊了墊肚子，回屋裡開始數錢。

「包子賣了三十文，酒釀荷包蛋六碗……加起來總共是一百六十九文！」饒是顧三哥早有準備，真等將總數算出來之後，也是忍不住歡喜起來。他都如此，更別說其他人了。

顧小六更是顧不得跟紀琮湊在一起嘀嘀咕咕，瞪圓了眼睛盯著那堆銅錢。「三哥，真的有一百六十九文嗎？好、好多啊！」

就連顧錚禮和顧錚維也有些不鎮定。他們萬萬沒有想到，居然一個早上就賺了將近兩百文！

顧長安將話題拉回到正題上。「中午酒釀也可以賣，三哥和四哥跑堂，大哥跟我一起忙活，紀琮你跟小六一起收錢。」見紀琮一副著急的模樣，她也給他找了個活幹。

顧錚禮和顧錚維齊齊皺眉，顧長安卻是堅決地無視了兩人。

顧家想要發家，他們的前程就是必要條件之一。他們在家關起門來，哪怕是給她們洗衣服都成，可在人前卻是要擺出姿態來。

中午要做的吃食做法都很簡單，湯底已經熬好了，顧二姊又重新去熬了辣椒油，用剩下的油炒了一大盆酸筍，撒了點青蒜末，又酸又香，就連顧長安也忍不住吞了吞口水。

還沒到中午，就有人上門來問門口那鍋裡的東西是什麼、能不能賣？湯底已經熬好了，當下顧長安便給來人做了一碗螺螄粉，又送了一小碟酸筍，辣椒油放在一旁桌上，若是嗜辣的可以自己再添一勺。

羅貴是個經商的小商人，他早年來平安鎮經商，就在鎮上買了一處宅子，宅子不大，當時花費的銀子也不多。事實證明他眼光獨到，當初便宜買下的宅子，如今價值至少翻了五倍。

年後他就出門，路過平安鎮，跟以往一樣休息了一番，原本今天打算要走，卻不想天還沒亮，就被一股酸辣鮮香的味道給勾醒了。早上的時候，讓跟著他經商的小子過來給他買一份，店家卻告知說是中午才開賣。

羅貴忍了又忍，到底沒忍到中午就跑過來了。才坐下沒多久，那勾得他口水直流、連等不及就跑過來的吃食就送了上來。面前是慣常用來吃麵的大碗，中間放著油汪汪的米粉，旁邊放著酸筍、幾根肉絲、青菜和螺螄，上面還灑著青蒜葉子。

羅貴嚥了嚥口水，湯底裡放著辣椒油，紅通通的，看著就嚇人；不過羅貴老家那兒好吃辣，當下不管其他，挾起一筷子米粉就塞進嘴裡。

「嗯！」羅貴頓時瞪大了眼睛。鮮、鹹、辣、酸，還有他從未吃過的調味滋味瞬間在舌尖炸開。那種美妙的滋味，讓自詡因為經商吃過各地美食的羅貴，也忍不住沈迷其中，當下二話不說，埋頭苦吃起來。

此時，顧大哥帶著顧小六和紀琮出去玩了，顧四哥跟著顧錚禮和顧錚維去買乾米粉，鄒氏和顧二姊在後院，店裡只有顧長安和顧三哥。見這客人如此，兩人對視一眼，眼底都帶著幾分笑意。

顧長安倒了一杯梨水給羅貴送過去，羅貴含糊地道了一聲謝。

就這麼幾口米粉、一口梨水，不一會兒羅貴連碗裡的湯也給喝得乾乾淨淨。

放下碗筷，羅貴長出口氣。「好吃！」

解了饞，羅貴便有心思管其他的，見顧長安小小年紀就手腳麻利地做出這麼好吃的東西，笑呵呵地問她。「小店家，這螺螄粉味道可真不錯，不過我來平安鎮的次數不少，還是頭一回見著，看來這是店家家中獨有的手藝了？」

顧長安點點頭。「是。」

羅貴一臉「果然如此」的表情，又問道：「今天才開張？我前幾天就到鎮上了，怎麼沒見你們在鎮上宣揚？」

顧長安努力了一下，發現笑容不是那麼容易擠出來的，只好一本正經地說假話。「我們家先前沒人做過生意，對這些不知情。」

這麼一說，羅貴自然就相信了。祖祖輩輩都沒做過生意，對做生意裡面的彎彎繞繞不清楚，實在太正常了。

「不過這螺螄粉的味道也是獨一份了，鎮上多得是好這一口的，就算沒宣揚，你們這裡的鍋子一燒起來，味道能讓滿鎮子的人都聞到；只要往後這東西還是這麼好吃，生意肯定沒得說……」

說到這裡，羅貴這才想起自己光顧著著急吃東西，居然忘了問一問這螺螄粉要多少錢了？這有肉、油也多，怕是不會便宜了。

一旁的顧三哥眼尖，主動笑著道：「咱們這螺螄粉一碗六文錢，要是一碗不夠飽，留著湯，可以再添一份米粉，兩文錢一份。」

羅貴眼睛一亮。這再添粉倒是挺合適的，胃口大的人多添一份米粉，也就足夠吃飽了，這螺螄粉的確對得起這價格。

以顧三哥的手段想要跟一個人交好，根本就是輕而易舉，三言兩語就讓羅貴對他心生好感，話匣子也打開了。

慢慢地客人多了，羅貴沒有多留。

那一鍋湯底的用處果然很大，而且邱城的確是個說話算話之人，早上在書院裡大肆宣揚早上吃的那一頓美味無比的早飯，他外帶的包子也被幾個好友搶著吃了。一聽說新開的這家食肆，中午還有更加美味的吃食，一出學堂就直奔這裡，到了門外，邱城的同窗抬頭看著門口的牌匾。

「小食肆？這字倒是寫得不錯，不過這店名……」細品之下也挺別致。

顧三哥走出來的時候正好聽到這話，眼底閃過一抹無奈之色。字自然是顧錚禮寫的，店名則是折騰了一圈，顧小六鬧得頭疼，乾脆出主意說就叫「小食肆」。他們幾人一聽，覺得這名字倒也合適，乾脆就這麼定了下來。

「顧小弟，我今天可是為你們多拉來客人了，轉頭你可得好好謝謝我才行。」邱城看到顧三哥，笑呵呵地一拱手，沒忘了給自己討個賞。

顧三哥微微一笑，從善如流地改口。「邱大哥幫我們良多，的確該準備謝禮才對。」又對著其他幾人笑道：「幾位店裡請。」

能跟邱城交好的，倒是沒幾個愛擺架子的，當下也都笑著應了，跟著邱城一起進了店裡。

「顧小妹，快先給我來一碗那個，對了，螺螄粉！酸筍要多，辣椒油也要多一些，再撒一點青蒜。」一坐下，邱城就著急地招呼顧長安。

顧長安點點頭。「邱大哥稍等。」

期待了一早上的邱城沒有失望，帶著一群同窗吃得熱火朝天，等吃飽喝足後才離開了。

中午除了賣螺螄粉之外，還有新熬的一鍋大骨湯，一文錢一大碗，喝完了可以再續半碗，還送一小碟酸筍。鎮上有不少做工的人，中午大多只是吃乾糧填飽肚子。一文錢有湯、有鹹菜，就是乾糧都好入口了，肯花這一文錢的人也不少。

顧長安發現，數錢果然是個讓人身心愉悅的好工作。「我這裡一共有九十三文。」

「七十八文。」顧三哥道。

顧小六和紀琮數了兩次。「我們這裡六十九文。」

顧大哥察看了帳本，道：「一共賣出螺螄粉二十八碗，續的米粉十五份，還賣了四十三碗大骨湯，總共收入應該是兩百四十一文。」

顧長安眨眨眼。他們這裡一共有兩百四十文，所以開張第一天就遇上不給錢的嗎？為了確保不是自己數錯了，顧長安和顧三哥又重新數了一遍，的確是兩百四十文，少了一文錢。

顧小六心疼得不行，一臉沮喪。「都怪我沒算好帳，這才讓人渾水摸魚了。」

顧長安倒是沒太在意。「人太多，出錯也正常，下回仔細點就行，這一文錢就當成是買吃食給吃了。」

顧小六聞言反而更加心疼，小臉都皺成了一團。「可是我這不是沒吃著嗎？」

顧長安幾人頓時哭笑不得。這小財迷！

「鎮上一共有三家酒樓，一家是本地的老字號，原本只是一家小食肆，因為有祖傳手藝，慢慢就做大了，不少當地人認準了他家的手藝；而且東家在平安鎮也是個大家族，這才沒被外來的給擠垮。剩下的兩家則都是從外地來經營的，也就是這十來年的事情，不過那兩家酒樓背後有人，所以很輕易地在鎮上站穩了腳跟。」顧三哥將自己知道的事情一一道來。

顧長安問道：「我們要先去哪一家？」

這三家酒樓當中，她更傾向於跟外來的那兩家做生意。

顧三哥道：「先去百膳樓看一看，百膳樓是外來的酒樓，比絕味樓對當地人要更加和善一些。」

絕味樓做事強勢一些，喜歡用低價「買」村民們的獵物。相比之下，百膳樓做的卻是要好得多，至少至今為止，還沒聽說過百膳樓有欺負人的事情。

百膳樓和絕味樓在同一條街上，相對而立，兩家之間距離相差不足百尺。

「上回聽小六說，這兩家酒樓背後的東家關係不是太好，在府城便喜歡競爭，所以在平安鎮上的這兩家酒樓競爭也很激烈。」快到百膳樓的時候，顧三哥還補充了兩句。

顧長安木著臉沒吱聲，對自家兄弟走到哪兒、消息打探到哪兒的習慣已經習慣了，好在已經到百膳樓，顧三哥也就不在意顧長安沒做回應。

「兩位客官裡面請！」跑堂的立刻迎了上來，看到顧長安兩人只穿著普通的粗布衣裳也沒露出任何鄙夷的表情，反而熱情地將人請了進去。

光憑這一點，顧長安對百膳樓最初的印象就不錯。

「小哥，我們有點事情找你們鄧掌櫃，不知鄧掌櫃可在？」顧三哥微微一笑，態度誠懇。

跑堂小哥愣了愣。「不知客官找我們鄧掌櫃有什麼事情？」

顧長安將背簍拿了下來，道：「談一筆生意。」

跑堂小哥看了被遮得嚴實的背簍一眼，沒再追問，笑著道：「兩位請先坐下稍等，我去問一問掌櫃的。」

顧長安兩人沒等多久，不一會兒跑堂小哥就出來，笑道：「兩位客官，鄧掌櫃請兩位到後院說話。」

鄧掌櫃是個長得跟白麵饅頭一樣胖乎乎的中年漢子，跑堂小哥帶著兩人到後院的時候，他正坐在院中泡茶。

顧長安和顧三哥對著鄧掌櫃見了個禮，齊聲叫道：「鄧掌櫃。」

鄧掌櫃擺手示意跑堂小哥先下去，笑得一團和氣，招呼兩人坐下。「正好泡了茶，先坐下陪我喝杯茶。」說著還當真倒了三杯。

顧長安和顧三哥對視一眼，從善如流地坐下喝茶。

鄧掌櫃本就是個妙人，平生最愛喝茶，也愛請看得順眼的人一起喝茶。

顧長安勉強能猜出是龍井，至於這茶水到底有多好、好在哪兒，諸如此類的，就別指望她能知道了。所以，她對喝茶的理解，就是吹涼，然後一口喝盡。

真的是特別豪爽。

鄧掌櫃也不生氣，笑呵呵地又給她倒了一杯。要是顧長安裝模作樣，他反倒不願意再糟蹋自己的好茶。茶水嘛，不就是拿來喝的？這小丫頭喝起茶來，看著就覺得好喝。

顧三哥看得真切，嘴角抽搐了兩下。

等喝了兩輪，鄧掌櫃才問道：「聽底下的夥計說，你們想要跟我談一談吃食的生意？」

顧長安等喝完茶水，才將放在一旁的背簍拿起來，掏出一個陶罐來。「這是家裡做的五香筍乾豆，下酒最是合適，平常當零嘴也不錯，鄧掌櫃先嚐嚐？」

顧長安準備了一個小碗和乾淨的筷子，從陶罐裡挾了一些筍乾豆出來，放在鄧掌櫃面前。

五香筍乾豆的香味並不濃烈，要說賣相也只是一般，不過鄧掌櫃看在這兩個孩子合自己眼緣的分上，沒拒絕地接過了筷子。

剛一入口，鄧掌櫃就「嗯」了一聲，微微有些吃驚地看向神色坦然的兄妹兩人。不急著開口，反倒是細細品起口中的五香筍乾豆來了。

筍乾和豆子都很有嚼勁，鹹淡適口，細嚼之下還帶著淡淡的甜和絲絲的辣，最關鍵的是，這筍乾和豆子都有著一股難以形容的香氣。

這種味道他以前從來不曾吃過！

作為一個酒樓的掌櫃，鄧掌櫃立刻敏銳地察覺到這筍乾豆的價值不大，有價值的是裡面他從未吃過、香味有些獨特的調味料。

又往嘴裡送了一根筍乾，鄧掌櫃瞇著眼睛打量著這對兄妹。明明只是莊戶人家的孩子，年紀不大，來了這裡卻是神色坦然，光是這份定力，就夠讓他高看一眼。當然，他也看得出來，想要得到這其中最為關鍵的調味料，怕不是那麼簡單之事。

放下筷子之後，鄧掌櫃笑咪咪地問道：「那麼，我們先談一談這生意要如何做？」

顧長安大大方方地道：「這五香筍乾豆鄧掌櫃您嚐過了，以鄧掌櫃的本事，想必知道這其中關鍵在於調味料。鄧掌櫃應當更想要調味料，而不是我們這筍乾豆；不過，調味料的方子暫時不出售，我們只賣五香筍乾豆。」

鄧掌櫃沒急著追問，反倒是拍了拍自己的額頭，笑呵呵地道：「瞧我這老毛病又犯了，一跟人喝茶就忘性大，不知道兩位如何稱呼？」

顧長安道：「我們兄妹是梨花村人，我叫顧長安。」

顧三哥微微一笑。「我是她三哥，顧柏葉。」

鄧掌櫃的神色略微有些古怪。「柏葉，長安？看來令尊、令堂是好酒之人。」

顧三哥只含糊地解釋了一句。「祖上有傳下手藝。」

鄧掌櫃聞言也沒多想，隨即又想起剛才顧長安說的話，神色變得複雜起來。「梨花村人？」

顧長安點點頭。

好在鄧掌櫃沒再說什麼，話頭一轉，又問起這筍乾豆的生意，顧長安兄妹打算要如何來做？

這一點顧長安和顧三哥早就商量過了，這一回則是顧三哥來回答。「筍乾已經過季，想要再找也難，別人就算想要仿製也不容易，換句話說，咱們之間的這筆交易，算是獨一份了。」

就算知道這是兩個小娃娃想要提價的話頭，可這也是事實，鄧掌櫃只好無奈地點了點頭，道：「的確如此。」

顧三哥微微一笑，繼續道：「再者，其中的調味料連鄧掌櫃都動了心，聽說周邊的鎮上、縣城乃至府城都有百膳樓。能讓鄧掌櫃動心，想來是因為這調味料就連府城都沒有。」

「……」又是一個無法否認的事實。

顧三哥得到了鄧掌櫃的再次肯定，才將自己這一方的條件清清楚楚地說了出來。「一小碟子的筍乾豆就足夠喝一頓酒，一碟子賣八文，每賣出去一碟子，百膳樓可以抽走兩文。」

一碟子看著不少，實際上沒多少分量，一斤至少可以裝上二十碟。八文錢一碟子，一斤的售價在一百六十文，如今肉價一斤才十來文，這不過用筍乾和豆子做成的吃食，這樣的價格幾乎算得上是天價了。

鄧掌櫃笑呵呵地討價還價。「小友這可就不地道了，寄賣的話，對我們百膳樓可沒多少好處；再者，小友也知道在其他鎮上、縣裡和府城都有百膳樓，需求量不算小，我看，不如你們直接把方子賣給百膳樓，百膳樓絕不會讓你們吃虧。」

顧三哥輕笑一聲。「先前家妹已經說了，這方子最貴重的就是在調味料上，而這調味料，我們暫時不打算出售。」

鄧掌櫃就是再嘗試一把，不成功也在預料當中，完全不覺得失望。「寄賣於我們百膳樓並沒有任何好處，何況這筍過季了也是個問題；若是一天賣出個百來斤，恐怕你們的存貨也撐不了幾天，如此一來，我百膳樓的老客若是真喜歡上這一口，到時候我上哪兒去給他們弄來？」

顧三哥不慌不忙地道：「一人若是買上幾斤，的確會造成存貨告罄，所以，每日賣出的貨得是限量的。」何況，物以稀為貴，每天只賣個十份、二十份，才能讓人願意花錢來爭搶，等到那時候，吃的就不是筍乾豆了，而是一種身分和地位。

接下來的時間便是一大一小開始各種扯皮、討價還價，一個不堅持要買方子了，卻是不肯接受寄賣；另一個則是只肯接受寄賣，而且對於分成的方式也不肯做任何改動。

顧長安不動聲色地看著，慢吞吞地喝著茶水。鄧掌櫃很貼心，早讓人送了點心過來，現在就她一個人閒著，自然有心情慢條斯理地品嚐百膳樓的點心。

你來我往至少半個時辰，鄧掌櫃才喝了一口已經涼了的茶水，道：「既然這樣，那我們雙方都各退一步。百膳樓接受你們的寄賣，不過時限一個月，一個月之後，百膳樓有優先權買下你們所有的存貨，半年之後，你們把方子賣給百膳樓。」

顧三哥並未急著回答，停頓了片刻，才道：「寄賣的一個月當中，不只是平安鎮，其他幾個鎮上、縣裡和府城的百膳樓，都要同時出售我們這五香筍乾豆。寄賣期結束之後，存貨的賣價只能比我們寄賣的售價要高，而不能壓價。」

不等鄧掌櫃心中暗喜，顧三哥微笑著又補充了一句。「寄賣的價格，指的是我們賣出去的總價，而不是給百膳樓抽成之後的價格。」

這小狐狸！

鄧掌櫃無聲地罵了一句，不過對顧三哥的欣賞卻是不減反增。

顧三哥繼續道：「方子一年之後賣給百膳樓……」

「半年！」其他都好說，唯有這一點鄧掌櫃無比堅持。這方子若是用在做菜上，憑藉這獨特的味道，足夠讓百膳樓更上一層樓了。

「鄧掌櫃應當知曉這方子的貴重之處，所以只能……」

「半年之後將方子賣給百膳樓，作為補償，在方子賣給百膳樓之後，接下來的半年時間，可以從平安鎮的百膳樓半年的利潤當中，抽取一成給你們。」

顧長安接下話。「一成半！畢竟全部的百膳樓都可提前半年受益，得到的好處就不用多說了吧！」

顧三哥表示贊同，微笑著道：「畢竟絕味樓有本事的廚子也不少，這五香筍乾豆裡的配方萬一被他們給蒙對了，到時候百膳樓豈不是吃虧？」

鄧掌櫃無言以對，被牢牢地掐住了七寸。「好！」

又商定了一些細節上的問題，鄧掌櫃便讓人送了筆墨過來。

「我們要先簽下契約，如此對我們雙方都有好處。」鄧掌櫃道。

顧三哥忽然問道：「請恕我冒昧，鄧掌櫃是平安鎮百膳樓的掌櫃，當真能決定將半年的利潤分給我們一成半？」

顧長安也跟著點頭。他們可不想現在簽下契約，到最後卻是因為太過疏忽，導致該拿的利益拿不到手。

鄧掌櫃嘆了口氣，再次感慨這對兄妹就是一對小狐狸，倒也沒隱瞞之意。「我在東家跟前算是能說得上話，這點還是可以做主的。不過你們若是不放心，我們可以先簽下寄賣和優先將剩下貨物全數賣給百膳樓的契約；半年之後出售方子以及收益的契約，等我回稟了東家再做決定。」

顧長安和顧三哥對視一眼，覺得這樣的方式更加合心意一些，當下答應下來。鄧掌櫃見他們終於接受了，這才將第一份契約寫好交給他們。

原本還想著這兩個孩子不一定認字，好在他沒打算糊弄他們，乾脆先給他們讀一遍……

正琢磨著呢，就見他以為不識字的兩個孩子湊在一起，開始看起契約來了。

鄧掌櫃寫的契約並沒有文字陷阱，這一點讓兄妹兩人很是滿意。跟百膳樓的合作不會只有這麼一次，一個精明卻足夠誠實的合作夥伴，總是讓人心情愉悅；只不過對於最後一條，兄妹兩人要加以說明才行。

「我們只能保證方子不會從我們手中洩漏，此外從任何管道被其他人知曉，都跟我們無關。這一點煩勞鄧掌櫃寫上去，如果是我們洩漏的，我們願意賠償五百兩。」

鄧掌櫃只好又補上了一句，半真半假地問道：「這方子不會輕易被人研究出來吧？不然的話，你們還是早些將方子賣給百膳樓吧！」

顧三哥輕笑一聲。「若是這方子可以被人輕易研究出來，以百膳樓的本事，想必也不會等到今日跟我們簽下這份契約。」

顧長安則是信心滿滿。「鄧掌櫃安心便是。」

鄧掌櫃也就是那麼一說，就像是顧三哥所說的，要是輕易就能找出其中關鍵，他壓根兒不可能跟他們簽訂契約。若接受寄賣，轉頭百膳樓就能把方子推斷出來，哪裡需要將半年的利潤給分出去一成半？

簽訂契約需要見證人，鄧掌櫃又去請了與他關係極好的德興堂林大夫。正好林大夫就是給顧長安看病的那一位大夫，顧家兄妹自然無異議。

簽訂了契約，林大夫順手給顧長安和顧三哥都把了脈。

「小子莫要多思，放寬心，吃喝上注意一些，最好能補補身子。」林大夫慢條斯理地道，然後又看著顧長安。「小丫頭身子骨倒是不錯，健壯如牛！」

顧三哥。「……」老大夫，要不是看在您年紀大了，一定請您嚐一嚐健壯如牛之人的拳頭！

「……」不知道林大夫家有沒有跟自家小五年紀相仿的小子？要是乘機賴上林大夫跟他家小子訂親，自家小五的親事就不用愁了。

鄧掌櫃哈哈大笑起來，不過對老友這形容倒是沒太放在心上。

送走了林大夫，鄧掌櫃才問道：「這筍乾你們每日送過來，還是讓百膳樓隔幾日過去多拿一些？」

顧三哥道：「我們送過來便好。倒是忘了告訴鄧掌櫃的，我們在街尾開了一家小小的食肆，今日才開張，等從村裡送蔬菜過來時，順便再帶過來。」

鄧掌櫃聞言頓時眼睛一亮。「就是一大早熬了一鍋湯，讓人饞得連覺都睡不好的那家小食肆？」

「鄧掌櫃謬讚了，家中艱難，不過是餬口罷了。」顧三哥笑道。

既然雙方已經敲定合作，顧長安和顧三哥沒再多留，起身告辭。

鄧掌櫃倒也沒挽留，卻是讓人打包了百膳樓的幾樣招牌菜，點心也裝了幾包；甚至還特意給了一小包龍井給顧長安，特意言明，就是喜歡顧長安這般喝茶大氣之人。

顧長安滿頭黑線，她還是頭一回聽見用「喝茶大氣」來誇人的。

好。

推拒再三之後，兩人只好收下東西。反正來日方長，轉頭他們再給鄧掌櫃送些東西就

兩人前腳剛出百膳樓，緊跟著就有人進了後院，將顧家情況詳細說來。包括顧長安無意中救了平安鎮的紀家小少爺紀琮，跟紀家走得很近，甚至新開的鋪子就是靠著紀家的事情，也都沒錯過。

鄧掌櫃慢慢地敲著桌子，半晌之後才道：「怪不得這兩個小傢伙還識文斷字，原來是梨花村顧秀才家的小娃娃。」

若是有人心思不純想要動心思，怕是要吃個大虧了！

第七章　互惠互利

顧小六拉著顧四哥在門口等著，遠遠地看見兩人連忙迎了上去。「三哥、三哥，談成了嗎？」顧小六眨著眼，一臉期待地問道。

顧三哥笑了笑。「先回去再說。」

顧四哥憨憨地摸了摸後腦勺。「爹、娘和小叔，還有二姊都已經回去了。娘說家裡的事情還有很多，明天讓爹和小叔送東西過來，她跟二姊就不過來了。」

顧長安聞言反倒更加安心。「也好，家裡的事情可離不開娘和二姊。」

回鋪裡之後，顧三哥簡單地將百膳樓的交易跟其他幾人說了。能有固定收入自然是好事，不過這麼一來，自家娘親和顧二姊就得留在村裡。小食肆的人手已經不夠，顧長安略一思索就做出決定。

買人！

買到手的人就是她的所有物，到時候萬一有背主的，拔了舌頭再發賣都沒人會管她。

第二天的生意比起第一天也不差，忙碌到午後客人才逐漸變少。紀琮吃了午飯之後被顧大哥送回紀家，兄妹幾人結算了一下收入，加上百膳樓拿來的訂金，他們今天的收入將近三兩銀子！

「大哥、三哥，還有四哥，我有事情想要跟你們商量一下。」都收拾妥當之後，顧長安叫了哥哥們一起坐下，木著小臉滿是認真地道。

顧大哥依言坐下。「小五有什麼事情？」

顧長安將帳本放在桌上，一臉認真。「雖說開張才兩日，不過只要維持手藝，不缺斤少兩，咱們鋪子的生意便不會差。等生意更穩定一些後，還可以再添一些東西，到時候收益也會更好。」

這一點兄弟幾人也都相信，顧小六更是樂呵呵地表達對自家五姊的信任。「五姊說得對，以後說不定咱們每天都能掙一兩銀子啦！」

顧長安摸摸他的腦袋瓜子，才又看向顧大哥三人。「所以，我想下個月讓大哥、三哥和四哥去學堂。」

顧大哥三人頓時愣住了，尤其是顧三哥更是心潮澎湃，一時間情緒難以自控。

「我不去！」最後先開口的還是顧大哥，卻是一口拒絕。「讓妳三哥跟四哥去正合適，我現在大了，去了也學不出什麼來。」

他已經十三歲了，是他們的大哥，合該為弟弟、妹妹們撐起一片天，怎能把家裡的活都扔給弟弟、妹妹們，自己去學堂呢？

顧三哥眼底的光彩也緩緩褪去，道：「讓小四跟小六去就成了，家裡事情多，我跟大哥若是去學堂，家中的事情難不成都壓在你們身上？這不成！」

顧四哥更是脹紅了臉。「我、我本就不愛唸書，讓大哥跟三哥去就行了，我力氣大，人又笨，我、我不想去。」

顧小六一臉茫然。「我、我也不去，我還小！」他才五歲啊，上學堂不就不能玩嗎？

顧長安看了他一眼，改變主意。「你們都得去，小六也跟著去。」

見顧大哥他們還想要反對，顧長安搶在他們之前道：「就算爹娘和小叔知道了也只會贊同，大哥現在不過才十三歲而已，為何不能入學？更何況大哥也不是從零開始，爹和小叔教導了我們這麼多年，只要去學堂一、兩年，不說立刻考上秀才，至少通過童生試不會有任何問題；再有爹和小叔私下的指導，過幾年去考秀才又有何難？」

顧大哥和顧三哥臉上隱隱有動搖之色。他們的確是喜歡唸書，只不過之前家裡沒那條件，所以只能跟著顧錚禮和顧錚維學習罷了；可是，不能去學堂對他們來說，始終是個遺憾。如果，如果可以去學堂……

「我、我不想去！」再次開口拒絕的是顧四哥。他知道去學堂的好處，然而一來他擔心家裡兄弟幾個都去學堂了，生計都得壓在爹娘、小叔和姊妹們身上；二來，他的確不像大哥和三哥那樣喜歡唸書。

顧長安直直地看了顧四哥片刻，沒再繼續堅持說服他。對顧四哥她有兩種安排，既然他不願意去學堂，等會兒再處理他的事情。

「那鋪子裡的事情誰做？」顧大哥問道。現在這是家裡的主要收入，他們不可能放棄。

顧長安道：「就算你們不去學堂，等下個月我也想跟你們商量一下買人的事情，就算暫時買不起，也得先請兩個人。」想賺錢也不能把一家子都拘在這麼一個食肆裡不能動彈，何況等哥哥們去了學堂，他們家的確沒有適合的人繼續在鋪子裡守著了。

「買人？」顧大哥有些吃驚。「買人可得不少銀子。」

顧長安看向顧小六，顧小六立刻心領神會，道：「長相一般的姑娘、小子，十歲以下的基本上是三、四兩銀子；壯年漢子要貴不少，至少得六兩到十兩之間；識文斷字、有手藝的一般在五兩以上。咱們要買人的話，最好買一家子，有大、有小的，能稍微便宜一些。」

顧長安點了點頭，這才跟顧大哥道：「到時候就買手腳麻利的小孩，或是乾脆買一家子。就算有老人也成，不是說家有一老，如有一寶嗎？年紀小的，小六也能多個玩伴，要是再稍微大一些，就替大哥你們跑跑腿，當個書僮。」

被她這麼一說，顧大哥倒是有些心動起來。

作為家裡的長子，顧大哥做得很好。開著食肆早起一、兩天倒不是難事，可開了食肆就得一直這麼起早貪黑，小五又是特別有主意的人，爹和小叔不能在店裡多忙活，她又不肯讓娘和小二拋頭露面，說到底，這個食肆就得靠著小五撐著；小五才七歲，力氣再大、人再能幹，也不能讓她一直在這裡頂著。

「那就等下個月再說吧！」最後顧大哥和顧三哥拍板，一切等一個月之後再說。如果生意好，足夠讓他們兄弟三人去學堂，而且還能買得起人在食肆裡做事，那麼一切都順著顧長安的話去做；如若不然，暫時還是打消去學堂的念頭吧！

顧長安聞言沒再勸說，反正她對食肆的生意很有信心。

開張第三天，食肆裡的生意就開始慢慢穩定下來；至於筍乾豆的生意，聽鄧掌櫃說很是不錯。十八斤的筍乾豆，要不是掐著量賣，數量再翻倍都不夠賣。不過最開始就說好了數量有限，掐著賣才能提高身價，饒是如此，那十八斤筍乾豆也沒撐夠兩天。接下來顧家一天要提供十斤筍乾豆，至於百膳樓如何安排，就是百膳樓自己的事情了。

顧長安算了一下，接下來每天賣出十斤，一斤可以賣兩百文，百膳樓抽成五十文，剩下一百五十文，顧家可得一半，也就是七十五文。一天賣十斤，顧家每日可收入七百五十文，一個月就有二十幾兩銀子的進項。他們家從貧農一下子就跨入小富。現在食肆的生意也不錯，按照這幾天的收入，一個月下來扣除紀家的分成，顧家也能有十幾兩的收入。

簡單算了帳，顧長安將帳本交給顧三哥。

「大哥、四哥，你們過來幫我一點忙。」顧長安將兩個哥哥叫到廚房，拿了八顆雞蛋，小心地將蛋清跟蛋黃分離，並讓顧大哥幫忙打發蛋清。

「小五要做什麼？」顧四哥幫忙將蛋黃給打散，順口問道。

顧長安有些含糊地道：「做點新吃食，送去紀家，有事情要跟紀管家談一談。」

有自家哥哥們幫忙，很快攪拌好麵糊下鍋蒸上。她做的是蒸蛋糕，因為沒有模子的緣故，蒸蛋糕成了餅狀；不過也沒關係，要送人的選中間那塊，切成小塊就成了。

顧大哥不肯讓顧長安用手去拿蛋糕，自己把蛋糕從紗布上撕下來，快速拿起來放在一旁的砧板上。顧長安往鍋裡倒了涼水，降低鍋裡溫度後，才將剩下加了山楂的麵糊給倒在紗布上，再次蒸了起來。

顧長安先將最中間那塊切下來，趁熱切成小塊放在一旁，這是待會兒要送去紀家的；然後才將剩下的蛋糕切成手掌大小，分給幾人一人一塊，又拿了一塊給在前面算帳的顧三哥。

「嗯……」顧小六吹了吹，不怕熱地一口咬了下去。綿軟的口感，香甜的滋味瞬間在舌尖綻開，讓他頓時瞪大了雙眼。

他從來沒吃過這麼好吃的點心！

當然，大概也是因為他沒吃過多少點心的緣故。

顧大哥和顧四哥的反應也差不多，雖說都是男孩，可是糖太貴，平時能吃到的機會少，相比之下自然更加喜歡甜口的東西。何況這蛋糕入口綿軟，雞蛋和牛乳的香氣融合在一起煞是勾人。而且，加了那麼多糖呢，吃起來就香甜！

顧長安嚐了一口。能在這麼簡陋的條件下做到這程度，她覺得勉強可以了。

「你們覺得味道怎麼樣？」顧長安問道。

顧大哥誇讚。「好吃，甜！」

顧四哥想了想，跟著誇。「甜！」

顧小六頭也沒抬，埋頭苦吃。

顧長安木著小臉，對這三個糟心的兄弟算是死心了。想要問一問他們的意見實在是太難，待會兒去問問三哥，三哥應該可以給她一點建議。

等第二鍋蛋糕也出鍋，顧長安拎著籃子去了紀家。也是趕巧，她剛到紀家大門，就見紀忠從外面回來。

「五姑娘，您怎麼有空過來？可是食肆有事情？」紀忠連忙迎了過來。

顧長安提了提手中的籃子，道：「給紀小少爺送些新吃食，正好有些事情想要跟您商量。」

紀忠笑著道：「原想著明日要去食肆一趟，正好我也有些事情想要跟五姑娘商量，趕巧您過來了……先進府裡說話，估計小少爺已經知曉您過來，怕是要迎出來了。」

果然，他們才跨過門檻，就見紀琮匆匆忙忙地跑了出來，小胖臉上滿是興奮之色。

「長安，妳來找我嗎？」紀琮跑到顧長安身邊，微微喘著氣，伸手去拉她的手，心裡喜孜孜。

長安肯定是來找他玩的！

顧長安牽著他的胖手，道：「做了些新吃食，想著你沒吃著，便給你送了一些過來，下午練武可累著了？」

說起此事，紀琮就鼓起小胖臉。「得蹲馬步，有些累，不過沒關係，我可以忍。」

這倒是讓顧長安稍稍有些意外了。紀琮嬌生慣養，而且心性就是個沒長大的孩子，她本以為他會抱怨練武太苦，都準備好說詞想要安慰他，沒想到紀琮居然有這份定力，倒是讓她刮目相看。

「練好了，功夫變好，免得被人欺負。」顧長安語重心長地教導。「等你回京之後有的是人需要你去揍呢，要是不好好練，萬一被人欺負了怎麼是好？」

紀忠輕咳一聲。顧家五姑娘這勸說，怎麼聽都覺得好像有那麼點奇怪。

紀琮連忙點頭表示記住了，小臉微紅地看著顧長安，眼中居然有些忐忑之色。「長安，妳等我啊！等我變得厲害了，我、我就來保護妳啊！」

顧長安心中滿意。算她沒白疼這小胖子。但卻沒像紀忠想像的那樣，認同紀琮的說詞，而是繃著臉很是認真地道：「那你動作要快些，不然壞人都被我自己給揍完了。」

紀琮聞言頓時有些焦急起來。「我、我一定會更加努力的。」

顧長安捏了捏他的手。「我會看著的，不過就算再努力也要量力而行，要是練壞了身子，那你就別想以後保護我了。」

紀琮聽話地點點頭。「我記住了。」

紀忠在一邊看著，忽然覺得有那麼點糟心。他家小少爺其實是有那麼點嬌氣，原本還想著今天練武時不曾哭天兒抹淚，是因為開始懂事了，沒想到，他的確是變懂事了，只不過是出於想要快點強大起來保護顧長安的緣故。

他家小少爺這是要變癡情種啊！

「長安、長安，妳給我做了什麼新吃食？」紀琮的注意力又回到吃食上。

正好走到花廳，顧長安便將蒸蛋糕拿出來。「這叫蛋糕，這回只能用蒸的，下回做個烤箱可以烤一個給你嚐嚐。這種加了山楂乾，稍稍有些酸，不過小六更喜歡這一種。」

紀琮讓人準備了碟子和筷子上來，給了紀忠各一塊。皺著眉頭想了想，到底還是忍著心痛又多分出一塊給他。「忠爺爺也嚐嚐，這是長安親手做的，肯定好吃！」

「小少爺，五姑娘親手做了這些好吃的給您，您是不是親自去廚房吩咐一聲，讓他們給五姑娘做些點心？」紀忠忽然笑呵呵地建議道。

紀琮眼睛一亮。「確實該如此！長安，妳等等我啊，我這就去廚房給妳挑選幾樣好吃的點心。」等到看到顧長安點頭之後，他連忙小跑著去了廚房。

花廳裡只剩下兩人，紀忠喝了一口茶水，這才笑咪咪地看向顧長安。「五姑娘今日過來，可是想要商量四少爺來紀家一同習武之事？」

顧長安不意外紀忠能夠猜到自己的打算，乾脆地點頭，道：「我四哥無心入學堂，或許在習武方面更有天賦一些。今日冒昧前來，便是希望能讓我四哥有機會一同來紀家習武。」

紀忠聞言哈哈一笑。「說起來我紀忠在京城也是見過不少豪門世家子弟的做派，論起為人行事，五姑娘相比那些精心教養的世家子弟也完全不差，不過此事卻是有些不妥當之處，不知五姑娘可否聽我一言？」

顧長安點頭道：「長安洗耳恭聽。」

紀忠擺擺手，笑道：「只不過是一己之見罷了。如今顧家也算是與小少爺綁在一起，以我對五姑娘的瞭解，日後顧家絕不會困在小小的平安鎮；而且，日後京城那邊怕是會將顧家同樣當成眼中釘，所以，私以為顧家人應當做到兩點。

「其一，顧家老爺和小老爺既然已經是秀才，便該繼續走科舉之道，五姑娘無須擔心日後，只要有才華，待來日自然會有人在暗中運作，替顧家打通關卡。其二，技多不壓身，當文官也得有一身好本事，免得吃虧，所以依我之見，不是只將四少爺送過來習武，而是要將大少爺、三少爺、四少爺和六少爺一同送過來習武。」

顧長安直直地看著紀忠。「如此一來，紀家付出的卻是要比顧家多。」

付出和得到的不對等，她並不願意看到顧家最終成為紀家的附屬。

紀忠眼底精光一閃。「五姑娘是我見過想法最為獨特的生意人，日後我家小少爺想要順利繼承紀家，需要不少銀子；再者，以五姑娘與小少爺的關係，想必五姑娘會願意在百忙之中抽出些許時間，為小少爺開拓一些路子。」

顧長安木著臉盯著紀忠看了半晌，最後扯出一個僵硬的笑臉來。「可以！」

更何況，她出的主意，自然是要拿那麼點分成的。

這話不需要說出口，彼此都有這份默契。

兩人達成了協定，等紀琮興沖沖過來，驚喜地得知顧家兄弟會來陪他一起習武。

「長安，那妳來嗎？」紀琮緊張地盯著顧長安。如果長安也能來的話那就太好啦！

顧長安面無表情地盯著他。「我來做什麼？揍你們嗎？」

「……」他、他晚上要再添一碗飯！

他把心裡話全都寫在了臉上，顧長安移開視線，不忍心告訴他，吃得多，除了長得快之外，還會長得胖！

顧家兄弟完全沒有想到，自家小五出門一趟，回頭就告訴他們，要送他們去紀家習武。

顧四哥有些傻愣愣，好半晌才遲疑地問道：「小五，妳、妳……」他想要問，小五去求紀家小少爺，是不是因為他才去的？

如果他家小五真的為了他放低身段去求人，那他這個當哥哥的，日後還有什麼臉面對她？

「互惠互利罷了。」顧長安原本不想解釋，只是看顧四哥眼圈都快紅了的樣子，只好解釋了幾句。「日後顧家跟紀琮怕是要綁在一起了，所以讓咱們顧家人學的本事越多，對紀琮也越有助力。」

見顧大哥幾個情緒還不是太高昂，顧長安敲了敲桌子，道：「明天等爹娘來了，正好跟他們商量一下，等你們入學之後我們一家子的住處，最好在鎮上找個宅子住下。」

顧大哥有些擔心地皺眉。「要去學堂，還要買房，手頭怕是緊了。」

顧三哥道：「房子慢慢看，可以先租下一處住著，等手頭寬裕了，再來買房也不遲。」

「那不回梨花村了嗎？」顧四哥有些捨不得梨花村。

「自然是要回的，等手頭寬裕一些，還得重新再蓋個大宅子，在平安鎮暫時住下是為了讓你們上學方便一些。」顧長安又吩咐顧小六。「小六，找房子的事情就交給你了。」

顧小六頓時眼睛一亮，拍著胸脯保證道：「五姊，就交給我了，我肯定辦好。」

「明天爹娘來了，我跟娘一起去扯點布，給你們做兩身習武穿的衣裳，這幾天就先穿著舊衣裳吧！」顧長安想起前世的練功服，每人做兩套，正好可以換著穿。

次日來的人只有顧錚禮和鄒氏，顧錚維要下地，還得幫忙顧二姊繼續燻製筍乾豆。

等忙完中午的活，顧大哥四個去了紀家。顧錚禮守著小食肆，顧長安跟鄒氏一同去了布莊。

她們去的布莊叫做蘇記，算是當地老字號。蘇記的布料顏色正，價格也合理，平安鎮上的人，尤其是周邊村子的村民，都願意去蘇記買布疋。

一樓放著兩排木櫃，櫃子上放著不少布料，還有打成格子的櫃子靠牆放著，每一格裡都放著同樣的布疋。二樓都是成衣，顧長安不打算上去看，她娘和二姊的手藝都很好，不用買成衣。

「娘，先買這種給大哥他們做兩身，這顏色耐髒。」顧長安一眼就相中一疋天青色的棉布，算不上是細棉，卻又比粗棉布要稍稍軟和一些。

鄒氏摸了摸，也覺得這布料不錯。「小哥，這布一疋多少？」

有夥計立刻笑盈盈地迎了過來，笑著道：「這料子是咱們東家去外地買來的，比細棉要粗一些，卻是比粗棉又要細一些。價格在兩種布料之間，一疋正好一百文。您要是多買兩疋，小的可以給您稍微便宜一些，一疋只收您九十八文。」

鄒氏道：「只便宜兩文太少了，這種顏色的我要三疋，那種灰色的也要三疋，我也不跟你多要，九十文一疋。」

夥計頓時瞪大了眼睛。「這位大姊，就算您說今天把咱們蘇記這布料都包了，這個價格也不成啊！您這樣，就按照您要的那個數，每疋收您九十五文。門口放著的那些布頭，給您拿一包，您別看都是布頭，做個鞋面、繡個花還是夠的。」

這一包平時都要賣十幾文呢！

一疋布能省下五文錢已經不算少了，畢竟蘇記的賣價比起其他布莊，本就要更加厚道一些。鄒氏和顧長安先讓夥計將她們需要的布疋選出來放在一邊，幫顧二姊選的自然不能挑這一種。

顧長安給顧二姊挑選了桃紅和淺綠兩種顏色的細棉，又選了白色的細棉做貼身小衣。這兩疋的價格貴上不少，一疋就要一百三十文。鄒氏倒沒心疼，她不是不心疼自己孩子，往年是因為窮，現在有這個能力，能給女兒的她自然不會吝嗇。

「五丫，妳也得做兩身，鵝黃的襯人，娘給妳買這種？」鄒氏讓夥計拿了鵝黃色的布疋，在顧長安身上比劃一番。

顧長安雖然長得瘦巴巴，皮膚卻白皙。說到這個，顧長安也忍不住慶幸，好在她跟顧二姊在這一點上都隨了鄒氏，不然那一身健康的小麥色，在這個時代可不受待見。她倒不是臭美，只不過能好看點，誰又願意醜呢？

這鵝黃色還真挑人，不過顧長安比劃著倒也挺合適。她其實不大願意穿這種不耐髒又太過鮮豔的顏色，可惜鄒氏在這一點上極為堅持。

「娘，不是給二姊買了兩疋了嗎？足夠我們兩個各做一身衣裳還有多餘的呢！就不用再多買了，買多了也無用。」

鄒氏眉頭微蹙。「只給妳買這一疋！給妳二姊買的布料有剩下的，打算給妳桃子表姊她們做一身衣裳。」

桃子表姊是顧長安姨母家的孩子，顧長安有三個表姊、一個小表妹。顧長安姨母家的日子也不好過，不過這些年沒少幫襯過顧家。

顧長安可以體諒鄒氏的心情，不過現在的確不是好時候。「娘，給表姊她們做衣裳還是再等一等吧！」

現在不能讓別人知道他們一家的收入，不只可以讓自家過上好日子，還能買這種細棉布料做衣裳送人，她不想用錢來考驗親情和人性。

鄒氏眉頭緊蹙。「可是……」

「娘，這事情回頭我再跟妳細說，現在妳且聽我的；再者，送衣裳還不如想法子拉姨母家一把。」顧長安不好細說，只是堅持不給表姊她們做一身衣裳。

鄒氏知道自家五丫頭最近很有主意，雖然心裡有那麼點不舒服，可到底不再多說什麼了。

又選了天青色的細棉布，這是要給顧大哥他們做一身好衣裳上學堂穿的。顧長安又給鄒氏買了藕荷色的布料，鄒氏起先不肯，最後在顧長安的堅持下，只能同意下來。

顧長安其實很無奈，鄒氏給自己選的都是顏色特別老氣的，事實上鄒氏如今甚至還不到三十，放在她那個年代，穿個粉紅色都沒人議論，如今不肯穿粉紅、桃紅色，選個藕荷色總是差不離。

「再給小琮做一身衣裳。」鄒氏想了想，又提出要給紀琮做一身。鄒氏已知曉紀琮的處境，對他很疼惜，既然先前都說要把他當成自家人看待，她也不想短缺了他的。

顧長安自然應允，又選了月牙白的布料；至於練功服，最先挑選的那種布料本就有多，湊一湊給一個才七歲的小胖子做一身衣裳綽綽有餘。

林林總總算下來，最後竟是買了十來疋。

「總共是一千七百三十文，這是說好給您的一包布頭。」夥計將布料都堆在一起，又去外面選了最大的一包布頭放在一起。

顧長安道：「一千七百文，再送兩包布頭。」

夥計立即瞪大了眼睛。「姑娘，這也太多了，我們可是小本生意……」

顧長安木著臉盯著他。「我們買得多，你平時一天都不見得賣這麼多布料；再者，往後的生意還多著呢，你這回多一些讓利、給些便利，日後我們不也認準蘇記這一家了？」

不知怎地，夥計總覺得被盯得有些心裡發毛，原本到嘴邊拒絕的話硬是轉了個彎。

「那……那好吧，往後妳們可得多來照顧我們蘇記的生意。」

鄒氏笑道：「不只是我們自家來，就是我們村子裡也會替蘇記多拉點生意。」

顧長安給了錢，又讓夥計將布料送到小食肆那兒去，臨走前沒忘記跟夥計提醒一聲。

「我們梨花村的人往後就認準你們蘇記了，到時候梨花村的人來，你可得給多一些優惠。」

夥計呆愣愣地目送她們遠去，最後一拍腦門。「梨花村？不就是那個刁……這下子虧大了！」

他後悔不及地回去鋪子，卻沒看到有兩個婦人提著籃子站在蘇記不遠處，看著顧家母女的背影，眼中滿是震驚之色。

顧長安不知道她們母女買東西時被有心人看到了，知道顧錚禮和鄒氏今天要過來，早上顧大哥去買肉的時候多買了兩斤五花，還買了一根筒骨和一塊肝。

等顧錚禮和鄒氏要回去的時候，顧長安把這些也都給帶上了。

「娘，前些年家裡人身子都有些虧損，現在家裡日子好過起來，也該多補一補。這肉買了該吃就吃，給爹和小叔做一頓紅燒肉，娘您多吃點豬肝，補氣血。」

鄒氏白了她一眼。「我都記下了，說得好像我捨不得給妳爹和小叔吃肉似的。」

顧錚禮連忙安撫。「小五不也是心疼妳，想讓妳多吃點嘛！」

鄒氏瞪了他一眼。「就你話多！」

顧錚禮連忙閉嘴，對著她討好一笑。

鄒氏這才又叮囑顧長安幾句，將買的布料都放在牛車上，慢悠悠地回村。

天擦黑的時候，顧大哥四人才從紀家回來，四人臉上雖有疲憊之色，卻難掩歡喜。

「五姊、五姊，習武很有意思啊！武師傅還誇我了，說我很有天賦呢！」顧小六還沒進門就開始嚷嚷，小跑著湊到顧長安跟前，小臉紅通通的，激動非常。

顧長安從他領口處往背後摸了摸，摸到微微的濕意，抬頭看顧大哥幾個。「大哥，我給你們燒了熱水，都先去洗一洗吧！」

她又對顧小六叮囑。「乖一點，跟著大哥去沐浴，別鬧大哥，出了一身汗，容易得病。」見顧小六得不到回應有些失望，又摸了摸他的腦袋。「我先給你們做吃的，晚上有紅燒肉，等你們洗完澡出來，我們邊吃邊說，五姊特別想知道武師傅是如何誇獎小六的。」

顧小六立刻又高興起來，四兄弟去後面沐浴。顧大哥進了洗澡間後，先脫了自個兒的衣服，用布巾擦汗，再把顧小六剝光了放進桶裡。抬頭一看，見顧四哥正在提水，他便一把抓過一旁的顧三哥，甚至沒等顧三哥反應過來，兩、三下把人給剝光了，拎起來也抱進木桶裡。

顧三哥。「……」

遇事向來從容不迫的顧家三郎一臉懵。等被他家大哥粗手粗腳地搓澡的時候，顧三哥才反應過來，崩潰地掙脫顧大哥的手，猛然站起來惱羞成怒。「大哥！」

顧大哥隨手把澡布拍在他肚子上。「都這麼大的人了，還得大哥給你洗澡不成？快些自己洗。」

說完不管顧三哥的臉色多難看，再把顧小六給拎過來，跟洗馬鈴薯似地搓來搓去，刷了刷後又拎起來放在外面的小凳子上，用澡豆擦了一遍，再用清水沖乾淨，才用乾布巾擦乾。

「行了，自己穿衣裳去。」回頭看著還愣在木桶裡的顧三哥，顧大哥濃眉一皺。「小六年紀小得人幫忙洗，你都這麼大了，難不成還得大哥幫你？」嘴裡這麼說著，卻已經伸出手去幫忙了。

顧三哥的臉都綠了，連忙擋住顧大哥的手，兩、三下就把自己給洗乾淨，趕忙跳了出來，把木桶讓給顧大哥。「大哥，你快些洗吧！」

顧大哥看了他幾眼。「真不用我幫你？」

「不用！」顧三哥咬牙切齒。真不知道自家大哥是怎麼想的，居然還想幫他洗！

顧四哥悶笑幾聲，又提了一桶熱水過來，也脫衣跳進木桶裡。

四兄弟的動作都不慢，等洗完出來，顧長安正好把米飯盛好。

「五姊、五姊，今天晚上真的吃紅燒肉啊！」顧小六衝到桌前，看著色澤紅豔、香氣撲鼻的紅燒肉，口水都快流下來了。

這幾日他們家不是沒吃著肉，可基本上都是混著菜炒一炒；紅燒肉卻是不同，這可是大塊的肉，一口咬下去全都是油脂，那滋味，光是想像就讓人忍不住流口水。

白花花的大米飯，還有油亮的紅燒肉，加上一盤辣椒炒酸筍，一碟蒜蓉青菜苗，還有一碗骨頭清湯，三菜一湯，足夠讓顧家兄妹幾個吃得心滿意足。

「真的，快吃飯吧！」

「大哥，多吃一點。」顧長安見顧大哥只吃了一塊肉就不再伸筷子，知道他身為長兄，習慣把好的都讓給小的，替他挾了兩塊肉，這才道：「你們開始跟著習武，在吃食上就得多注意一些。大哥你也別想著省下來給小六他們，你是大哥，日後合該你來保護我們，所以你的責任才是最重的，要比三哥他們更加努力，首先就要先養好身體。」

顧三哥也跟著點頭。「本該如此！如今咱們家日子好過起來了，大哥該先顧著自己的身子才是。」

顧四哥最實在，立刻給顧大哥挾了一塊肉，嘿嘿笑道：「大哥，你快些吃。」

顧大哥愣愣地看著碗裡的三塊肉，最後憨憨一笑，給自家弟妹一人挾了一塊，接著才把一整塊肉直接塞進嘴裡。「都吃！」

兄妹幾個都是能吃的人，三菜一湯外加一鍋飯，最後都被一掃而空。

今天輪到顧大哥洗碗，顧長安便問起幾人在紀家學武之事。

顧小六原本吃撐了有些睏，聞言頓時來勁了。「五姊，那武師傅可厲害了，一掌就能隔空劈碎大石頭。武師傅還誇我有天賦呢，說我要是肯努力，日後成就肯定不比他低。」

顧三哥笑了笑，道：「武師傅一身本事的確不錯，不過今日我們只跟著蹲馬步，又學了簡單的拳腳功夫。」

所謂的天賦不錯，就是順口一誇嗎？

顧小六沒聽出自家三哥的言外之意，還在喜孜孜地等待顧長安的誇獎。

顧長安想了想，還是勉為其難地誇了一句。「不錯，所以你更要好好學。」

顧小六得了誇獎，笑得眼睛都瞇成一條線，更是暗自下定決心要好好習武，這樣日後才有機會保護他五姊。萬一五姊以後嫁出去，或是五姊嫁的人比她還能打，到時候他就有機會去幫五姊打架啦！

第八章　厚臉皮

小食肆的生意很快就步入正軌，每天的收入差不多都在一兩銀子左右，這還是顧長安堅持不肯準備太多的緣故，每天都有不少人買不著。

一般都是顧長安和顧家四兄弟在食肆裡忙活，其餘人則留在家裡。筍乾豆需要處理，顧錚禮兄弟兩人還成天往山上跑，找點漏掉的毛筍，或是到處去找野筍。

這天顧錚禮和顧錚維又上山，他們昨天找到了一處野筍，發得正茂，兩人打算都去拔回來，應該能做上幾斤筍乾豆。

「二丫頭，娘來看著火，妳別靠得太近了。」鄒氏不肯讓顧二姊在火堆旁邊多待，雖說這炭火本就不旺，可是熏久了也會壞人肌膚。

顧二姊沒堅持。「娘，我們輪流來便是，何況這火炭的溫度也不能高了，就是熏人罷了，不妨事。」

見鄒氏還想要拒絕，立刻又道：「娘，我手慢，大哥他們的衣裳可得盡快做出來，妳得多花心力呢！還有紀家小少爺的衣裳，我怕做得不夠好。」

聽她這麼說，鄒氏就沒再多堅持。「那成，妳注意著些，實在不成等妳爹和小叔回來，讓他們搭把手幫忙烘烤。」

顧二姊應了一聲，洗了手去屋裡將先前裁好的布料拿出來。前兩天她已經跟鄒氏趕工給四兄弟和紀琮各做了一套練功服，第二套得趕出來，緊跟著還得做他們去學堂穿的，那才是最要緊的！

一想起自家哥哥和弟弟們可以去學堂了，顧二姊的眉眼越發溫柔起來。

母女兩個說著體己話，又想像了一番顧大哥幾個去學堂之後的美好前程，臉上笑容不斷。

「哎喲，大嫂在忙著呢！」顧二嬸提著半籃子野筍，笑呵呵地走了進來。

鄒氏看了顧二姊一眼，示意她別輕易接話，免得給顧二嬸有牽扯到她身上的機會。

「弟妹來了。」

顧二嬸不是個需要別人給她臺階的，笑呵呵地道：「今天去山上正好看見一叢野筍，想著大哥、大嫂最近都忙著這事，就順手幫忙拔回來了。」說著朝四周張望，起身想要把這半籃野筍，倒在顧錚禮他們拔回來的那一堆野筍中間。

鄒氏連忙攔下。「倒是煩勞弟妹惦記了，不過這些野筍弟妹還是拿回去自家吃吧！她爹和小叔拔回來的，就足夠我們娘兒倆收拾的了。」

顧二嬸聞言好似完全沒有聽到一般，還笑呵呵地作勢要把這半籃野筍給倒出來。

「弟妹今天過來可是有什麼事情？要是沒什麼事情今天我就不招呼妳了，妳也看見我們這裡忙得很呢！」鄒氏見她如此，乾脆不攔著了，只是笑容微微一收，轉開話題。

顧二嬸果然腳步一頓，大呼小叫地道：「哎喲，大嫂，妳說這話我就不愛聽了，咱們可是嫡親的妯娌，公婆都沒了，我家那口子可是大哥唯一的親人。」

「弟妹說這話我也不愛聽，難不成在弟妹的眼裡，小叔就不是顧家兄弟了？再說，就算不把我算在其中，我們六個孩子才是我家那口子真正的血親不是？」鄒氏說話總是輕聲細語，可話裡的意思無疑是在跟顧二嬸針鋒相對。

顧二嬸卻完全不生氣，反倒是笑呵呵地應和。「是是是，大嫂教訓得是。大嫂妳也知道我這個人，嘴笨不會說話，不過咱們都是一家子，大嫂鐵肯定不會跟我計較的。」

鄒氏不帶絲毫笑意地彎了彎唇角。「弟妹說得是，我怎麼會跟弟妹計較呢？」

「我就知道大嫂妳最有氣度了。」顧二嬸嫌蹲著說話太累，連忙使喚顧二姊。「二丫頭，還不快去給二嬸搬個凳子來，妳這孩子，還真沒眼力見。」

顧二姊只埋頭做針線，當作沒聽到顧二嬸的使喚。

鄒氏搶在她還想開口之前道：「弟妹今天來我們家到底是有什麼事情？若是沒事情的話，我們母女倆就要忙了。」

顧二嬸當下顧不得沒凳子坐，笑呵呵地道：「大嫂，聽說最近你們這生意做得很是紅火？哎喲，我可是聽說了，你們那食肆忙得不得閒；還有這筍乾，聽說也在百膳樓裡賣，那麼一小把，就得賣好幾文錢呢！」

鄒氏沒接話，只是靜靜地看著她。

顧二嬸也不用別人搭話，涎著臉湊近了一些，道：「大嫂，大哥跟小叔都是秀才，不能去食肆裡做活，妳看，妳跟二丫頭還得在家裡做吃食往百膳樓裡送，食肆裡就幾個孩子怎麼能行？我跟他們二叔商量了一下，往後我們兩口子輪流去食肆裡幫襯一把，都是一家子骨肉血親，看著那麼點大的幾個孩子忙裡忙外，我們也著實不忍心。我們家那兩個孩子也能幫忙跑個腿、收個錢什麼的。這親戚嘛，不就是你幫我一把、我拉你一回的，妳說是不是？」

顧長安到門口的時候，正好聽到顧二嬸這一番義正詞嚴的說詞，當下小臉便是微微一沈。

「二嬸這是想去我們家食肆幫忙？」顧長安走進院子，木著臉開口問道。

她走路聲音輕，顧二嬸又滿心思地只看著鄒氏，冷不丁有人在背後開口說話，嚇得顧二嬸一個哆嗦，差點尖叫出聲。回頭看到是顧長安的時候，心裡咯噔一下。

這死丫頭怎麼回來了！

「是五丫頭回來了！哎喲，瞧我們五丫頭這小臉養得白胖、白胖的，瞧著就讓人喜歡。」顧二嬸笑容有些牽強，不過誇獎顧長安的時候倒也沒吝嗇，看那樣子，估計是恨不得把顧長安給誇暈了才好。

顧長安面無表情地看了她一眼，這才看向鄒氏。「娘，您去泡點筍乾，晚上我想吃筍乾。」

鄒氏連忙應了一聲。「成，娘先去泡上，晚上幫妳做。」說罷，完全不給顧二嬸張嘴的機會，轉身就去廚房忙活。

跟顧長安一起回來的還有顧三哥，笑著跟顧二姊道：「二姊，我衣服被劃破了一道口子，妳幫我補一補吧！」

顧二姊聞言跟著起身，淺笑著道：「正好想讓你試一試衣裳，我瞧著你好像長個子了。」

顧三哥替顧二姊拿著東西，兩人也轉身進屋。

顧長安接替鄒氏的活計，將筍乾都翻動了一遍，頭也沒抬。「剛才我聽二嬸說，二嬸跟二叔太過心疼我們，所以想去我家食肆裡幫我們一把，正好再幫忙收收錢什麼的？」

顧二嬸乾笑一聲，想起食肆裡可能有的收入，到底控制不住心中垂涎，厚著臉皮道：「可不是？妳爹和妳小叔都是秀才老爺，不能去食肆幫忙做活；妳娘和妳二姊光是忙活家裡這一堆事情就脫不開手了。我跟妳二叔是閒人，家裡沒其他賺錢的門道，地裡的莊稼也都種下去，剩下的小事情交給妳堂兄們就成。」

一邊說、一邊小心地偷看顧長安，語氣中多了兩分討好。「在鎮上討生活可不比咱們村子裡，沒個大人看著遲早要吃虧的。我跟妳二叔別的不說，這一身力氣總是有的，到時候真有人找事，肯定不讓你們幾個吃虧。還有採買東西什麼的，那可都是要大力氣，你們幾個小孩子怎麼能幹那些活呢？」

顧長安抬頭直直地看著她，忽然咧嘴。「我們幾個都幹不了力氣活？」

顧二嬸正要點頭，忽然想起顧長安那一身怪力，隨著想起還有顧長安的野蠻，笑容頓時有些維持不住。

「二嬸這心思倒是不錯，不過這件事我們家做不了主。」顧長安將人看得頭皮發麻，一臉面無表情。「我們家有多窮，二嬸也知道。畢竟攛掇老人把長子、幼子都分出去，一文錢不給，只給了一點自己不要的山地後，二嬸一家可是把顧家之前攢下來的家底全都拿到手了。我們家連飯都差點吃不起，真要有那銀子，早就去買地了。」

顧二嬸見她否認，立刻有些不高興，一時間倒是忘了害怕。「五丫頭，妳這話是在糊弄二嬸呢！我都算過了，你們一個月至少能有二十兩銀子的收入。妳說這話，是不是根本就不想拉拔妳二叔一家？我們兩家可是骨肉血親！」

顧長安冷眼看著她，認真地點頭。「就是不想拉拔二嬸你們。當初妳跟二叔讓阿奶把我們家掃地出門，我們一家子差點餓死，那時候二嬸怎麼不惦記我們是骨肉血親，來給我們送口吃的？」

顧二嬸的臉頓時就拉了下來。「妳這死丫頭，都過去的事情還說什麼？現在妳家有本事了，怎麼不肯拉妳二叔、二嬸一把？再說，就算不看我們的面，你們也不可憐可憐妳堂哥他們？」

顧長安歪著腦袋，黑黝黝的眼睛盯著人看的時候，總讓人有種心驚肉跳的感覺。「為什麼要可憐他們？他們有爹、有娘，又不是死了爹娘沒人管、沒人養的。」

「妳！」顧二嬸氣得臉色都青了，好不容易忍住了一腔怒火，說話的語氣不免多了幾分火氣。「多大點事情，妳就跟妳二嬸推三阻四的，就算今天妳爹在這裡，也肯定會同意這要求。」

顧長安眉頭一挑。「就算我爹在這裡，他說了也不算。二嬸年紀大了，或許是記性不大好，一開始我們就說了是替紀家小少爺做事，我們沒本錢、沒手藝，不過是得了紀家小少爺的幫襯，替他跑跑腿罷了。食肆一個月賺再多的銀子，跟我們家也沒關係，我們一個月就拿那麼點工錢而已。」

顧二嬸終於裝不下去，尖聲道：「只拿工錢你們家敢買那麼多的布疋？那可是上好的細棉布，一百多文一疋呢，你們家一買就是一牛車！每個人至少能做上兩身，給你們多高的工錢，你們能買得起？」

「二嬸這話說得倒是有趣，我們家這麼多年都沒穿過一身新衣裳，如今不過是一人做一身罷了；倒是二嬸家裡，堂哥他們哪年沒做上兩身新衣裳？」

顧二嬸冷哼一聲。「有人親眼瞧見妳跟妳娘在蘇記買了十來疋棉布，妳還敢抵賴？」

她就說顧二嬸怎麼知道那麼多，果然在蘇記買東西的時候，被村裡人看到了。

顧長安冷眼斜睨著顧二嬸，冷冷道：「我有什麼可抵賴的？我哥他們承蒙紀家少爺看重，這才提前預支了一部分工錢給我們，好讓我大哥他們往後穿得體面一些，這才去蘇記多買了些布料，也好多得些優惠。二嬸若是實在羨慕，不如自己求到紀家少爺跟前便是。」

顧二嬸惱怒道：「妳這死丫頭說話怎麼這麼刻薄！妳說謊糊弄人也不認真一點，那麼多的布料，得提前預支多少年的工錢？明明那食肆就是顧家開的，妳怎麼就不肯承認呢？」

顧長安冷眼看著她。「二嬸管自家的錢袋子還不滿足，這是打算把我們家的錢袋子也一起管了？不管預支多少年的工錢，跟二嬸有什麼關係？不說那食肆是紀家的鋪子、紀家的生意，就算真是我們家的，跟二嬸也沒半點關係。二嬸的顧家，可是跟我們顧家壓根兒就是兩家！」

顧二嬸的耐心逐漸告罄，語氣多了幾分蠻橫。「五丫頭，老話都說這有血緣的親人，打斷骨頭還連著筋呢！妳爹跟妳二叔那可是一母同胞的親兄弟，何況妳爹還是長兄，要是傳出去，妳爹連自己親弟弟都不肯幫襯一把，妳爹這秀才名頭還要不要了？」

顧長安懶得跟她多廢話。「誰家都是長子繼承家業，二叔、二嬸爭搶顧家祖宅、祖業的時候，怎麼沒想過我爹是長子？至於我爹的秀才名頭自然是要的，二嬸也別想著在外面壞我爹的名聲，但凡讓我聽到半句說我爹不是的話，我便同樣讓人在外傳言，說當初二叔、二嬸毒死了我阿奶。」

顧二嬸心頭猛然一跳。「妳胡說八道！」

顧長安幽幽地盯著她。「我會胡說的事情可不只這一件，二嬸如果喜歡的話，我們可以慢慢地來試試。」

顧二嬸終於失去全部的耐心，倏然跳了起來，指著顧長安破口大罵。「死丫頭，妳別給臉不要臉！去幫你們忙那是給你們臉面，妳要是敢拒絕，就別怪我帶人去鬧上一場，到時候就讓鎮上的人都看一看，顧秀才是怎麼苛待自己親弟弟的！」

這智商也是了不起了。

顧長安一言不發，一把拖過自己剛才坐過的凳子，站了上去後，就跟顧二嬸身高相差不多，也不多話，伸手一把揪住顧二嬸的衣襟，直接把人給拎起來！

還是有點分量的！

顧長安掂了掂，顧二嬸約莫有七十公斤。在很多人家連飯都不太吃得飽的年代，能把自己的體重養得如此，由此可見顧二嬸吃喝得有多好。

她還有心思考慮顧二嬸的體重，顧二嬸已經殺豬似地慘叫起來，肥胖的身子扭動著，還伸腳試圖去踢顧長安。

顧長安甩了甩手，滿是惡意地威脅道：「二嬸，您要是一腳把我踢翻了，我倒下去之前，萬一不小心手一抖把您扔進炭火裡怎麼辦？」

顧二嬸的動作頓時僵住了，緊跟著又尖叫起來。「鄒氏！鄒氏妳個破落戶，妳個賊婆娘，妳還不快出來看看妳這個無法無天的閨女？妳再不出來妳閨女就要殺人啦！」

然而，屋裡始終靜悄悄的。

顧二嬸一邊掙扎著想要下地，心中暗恨不已。屋子就這麼點大，她這一叫，屋裡的人如何會聽不到？那鄒氏也是可恨，從頭到尾就是打算忽略她，還說什麼進去泡筍乾，有這工夫，去山上挖筍都能來回走一趟了。

顧長安一動不動，小身板很穩當，低頭看著掙扎的顧二嬸，語氣中倏然多了幾分陰冷。「二嬸，我們兩家早就已經分家，你們不來招惹我們，我們自然也不會去對付你們。食肆與你們沒有半點關係，現在沒有，以後也不會有。如果二嬸非得要跟我對著幹，我敢保證，二嬸去鎮上鬧一回，我就回來打斷堂哥的一條腿！二嬸可以試試看，到時候就看堂哥們到底有幾條腿夠我打的！」

「妳、妳敢！」顧二嬸艱難地喘了口氣，雖然撂下狠話，卻是帶著幾分掩飾不了的懼意。

她心知肚明，顧長安是肯定敢的！之前她就敢直接把人提著浸在河水裡，不過是再狠一點打斷一條腿而已，她怎麼會不敢？

顧長安靜靜地盯著顧二嬸，黑黝黝的眼睛直將人看得心裡發寒。

片刻之後，顧長安將人放了下來。「二嬸可以試一試，看我到底敢不敢！」

顧二嬸幾乎咬碎一口牙，恨不得把顧長安活活掐死才好；然而，她到底什麼都不敢做，最後只是怨毒地看了她一眼，悶不吭聲地轉身就走。走了兩步又猛然回頭，把方才落在一旁的籃子給拿走了。那半籃子的野筍自然也不可能留下。

等人走後，屋裡幾人才走了出來。

顧二姊看著顧二嬸的背影。「二嬸不會善罷甘休的。」

顧長安面無表情地道：「我不怕她鬧，就怕她不鬧。」

顧三哥眉頭微皺。「二嬸也就罷了，二叔的心眼可不算少，娘、二姊，妳們在家裡要小心一些，免得被算計了。」

鄒氏眼底有幾分厭煩之色。「你們放心吧，都折騰這麼多年了，還能不防著他們那兩口子？」

顧長安也是厭煩，不過不急在一時對付顧二叔家。她卻不知道，就因為這一次沒將事情看得太過重要，所以才犯下一個幾乎致命的大錯……

沒了糟心之人鬧騰，鄒氏才有工夫問顧長安和顧三哥。「可是短缺了什麼？讓人捎個口信回來不就成了。」

顧三哥道：「好些時日沒回來了，小五想要回來看看，順便再帶點筍乾豆走。鄧掌櫃說，有個貴客就好這一口，對方是百膳樓都得巴結之人，不好回絕對方，便打算給對方送上幾斤。」

顧錚禮前兩天才送了一批過去，不過那都是按照數量給百膳樓送過去的，這是額外的，顧長安才決定自己跑一趟。不過顧三哥不放心，硬是沒去紀家，跟著回梨花村。

鄒氏有些不捨。「那得早些回去才好。中午可吃了？」

顧長安道：「吃了，不過我想吃娘做的炒麵了。」

鄒氏看到她木著臉卻露出幾分饞色，頓時止不住笑意。「成，娘去給妳炒一鍋。」

顧二姊手裡飛針走線，一邊問起食肆裡的事情。顧三哥對自家兩個姊妹向來愛護，哪怕顧二姊是姊姊，也不妨礙他那寵愛之心，一掃對待顧四哥和顧小六的強勢，輕聲輕語地回答顧二姊的話，耐心十足。

如今顧家小食肆已經在平安鎮上站穩腳跟，誰都知道小食肆跟百膳樓的關係極好；再加上紀家的緣故，一時半刻沒有人會不長眼去小食肆裡鬧事。

「下個月要去學堂，決定好要去哪一家？」

顧二姊就是這麼一問。如今顧家跟紀琮交好，想來顧大哥幾個也是要去紀家學堂的。不想，顧三哥卻回道：「去鎮上的明山學堂。」

顧二姊手中的動作驀然停頓，有些驚訝地抬頭看顧三哥。「怎麼去明山學堂？紀家那邊……」

「紀小少爺不會在意這些，去明山學堂自在一些。」顧三哥不欲多說，有些事情他並不願意讓家裡人知道太多。

見顧二姊似還有疑問，顧長安接下話，道：「二姊，紀家的學堂容易起是非，大哥他們是要去安心學習，是非太多會打擾他們。」

顧二姊聞言便不再多說。

「也是，當初小叔也是去明山學堂後考中秀才，想必明山學堂也有獨到之處。」想起自家小叔也是從明山學堂出來的，顧二姊就安心下來。

「都去廚房吃。」鄒氏做完吃的，讓三個孩子都進廚房，她則是接過活計，繼續看著炭火。

鄒氏做了大半鍋的炒麵，還加了肉絲和雞蛋，油放得不少，聞著香氣撲鼻。

「看著就好吃！」顧長安給顧二姊、顧三哥各自盛了一大碗，又裝了一碗放在灶頭，等會兒好給鄒氏吃。剩下半鍋，顧長安摸了摸肚子，覺得今天自己可以放開肚皮吃個夠了。

顧二姊給顧長安倒了一大碗溫開水，然後眼睜睜地看著自家小五飛快地把那半鍋炒麵給一掃而空。

「吃飽了嗎？」顧二姊不自覺地看向顧長安的肚子，發現吃了這麼多東西居然只有微微鼓起。

她的肚子到底能裝多少東西？

顧長安用帕子擦了擦嘴，又喝了半碗水，滿足地長出一口氣。「中午沒吃太飽，怕回來牛車震得想吐。」

這一次輪到顧三哥一臉詭異。小五中午吃了兩大碗螺螄粉、兩個肉餅、兩個菜餅，喝了一大碗大骨湯、半盤子酸筍，又吃了一大碗的燉豬肺。這分量分一分，都夠一家三、四口人飽餐一頓了，沒想到在他家小五這裡，居然是沒吃太飽！

顧二姊閉了閉眼。小五的飯量又往上增加了嗎？那力氣是不是也變大了？

「小五啊，待會兒妳幫二姊去河邊搬一塊石頭回來，要那種青石，重一點的。」顧二姊忽然道。

顧長安沒注意顧二姊的表情，隨口應了一聲，旋即又想起來。「二姊，太重的石頭妳用不上，妳搬不動啊！」

顧二姊。「……」

顧三哥悄悄彎起唇角，立刻又用力地壓了下去。

顧長安和顧三哥把東西收拾索利之後沒有多留，若再多留片刻，回鎮上天就要黑了。等回到鎮上，顧大哥他們三個已經回來，紀琮也跟著過來了。

「長安，妳怎麼現下才回來，我都等妳好久了。」紀琮一看到顧長安就立刻拋下顧小六，眼巴巴地看著她，一副被拋棄的可憐模樣。

顧長安牽著他的手進了後院。「回家的時候跟我娘和二姊多說了一會兒話，回來就晚了一些。你一個人過來的？」

紀琮喜孜孜地看著被顧長安牽著的手，笑呵呵地道：「不是，跟大哥他們一起過來的。」

長安，我晚上在這裡吃，好嗎？」

顧長安點頭。「好。你想吃什麼？」

紀琮立刻高興起來。「小六說中午你們吃了豬肺，我也想吃。」

顧長安彎了彎唇角。「好！再做一道蒜泥白肉、滷豬心，最後再來一個骨頭菜苗湯。」

紀琮連忙又補充一句。「我還想再要一個辣椒爆炒酸筍絲。」

顧長安一口答應下來，甚至沒跟他客氣，讓他幫忙去洗青菜苗了。紀琮對此很高興，喜孜孜地去洗青菜苗了，都沒讓顧小六幫忙，說什麼都要自己親手洗完。

顧長安看了一眼，看他做事很仔細，將菜苗掰開洗得乾乾淨淨，也就沒管他。顧四哥幫忙燒火，她便開始準備晚飯。

豬肺是中午就做好的，待會兒熱一遍就行。滷豬心則是放好了調味料，交代過顧大哥他們從紀家回來的時候煮上，這時候也差不多了，就把瓦罐拿下來放在木板上，待會兒吃之前，再撈起來切成片。

她手腳麻利，不一會兒飯菜就上桌。

紀琮爭著要幫忙，手腳不怎麼麻利地給幾人盛了一碗湯，還沒忘記一本正經地教導人。「長安說吃飯之前要先喝湯，喝了湯之後要先吃蔬菜，然後才能吃肉。」

等都喝了湯之後，顧長安才挾了一筷子豬肺、一筷子豬心給紀琮。「你先吃一些嚐嚐看。」

紀琮連連點頭，喜孜孜地挾著豬肺吃了起來。

豬肺的口感各有不同，肺葉那兒比較綿軟，所有的氣管都被剖開，清洗得乾乾淨淨；氣管部分吃起來就跟脆骨一般，顧長安最喜歡吃這個部位。

紀琮顯然也很喜歡，豬肺有些辣，他一邊吸著氣，小嘴被辣得通紅，還一直往嘴裡送。

「長安，這個真好吃！」紀琮嚥下滿嘴的食物，一臉崇拜地看著顧長安。長安果然很厲害，就連豬肺都能做得這麼好吃呢！

顧長安又挾了一塊肉。「你喜歡的話，下回再給你做。」

紀琮連忙點頭，心裡喜孜孜的。

飯後，顧長安送紀琮回去，想起自己這幾天準備的東西，便順手帶上了。

紀忠盯著手裡的東西，好半晌才猛然挺直腰板，看著顧長安的眼中多了幾分驚喜。

顧長安依舊是一副面無表情的模樣。「紀管家覺得可行？」

紀忠放下手裡的東西，忽然笑了起來。「五姑娘給的這東西，如何會不可行？我相信只要這作坊辦起來，不需要多長時間，連京城那裡都能搶占一塊容身之地。」

顧長安微微彎了彎唇角。「紀管家覺得可行就好。」

她給的是手工皂的製作方法。剛到梨花村的時候，家裡壓根兒沒有肥皂，還是到鎮上開了食肆之後，才買了澡豆。沒什麼香味，清潔度一般，還不便宜，才那麼點大的澡豆，一塊就需要十幾、二十來文。

用皂角、草木灰來做肥皂的法子她還是知道的，再不濟也可以將能買到的皂基融了重新再添加東西，這法子也不是不成。使用皂角以及草木灰做手工皂，她以前都嘗試過，只要有耐心，最後都能做出成品。

紀忠很快就穩住心神，道：「五姑娘玲瓏心，著實讓人佩服。

「五姑娘出了方子，不過剩下的卻都是要由小少爺支出，所以日後五姑娘得兩成利潤。五姑娘，您覺得可行？」紀忠又問道。

顧長安抬頭看了紀忠一眼。「我只要利潤的一成即可。」

紀忠考慮了一番，到底沒再堅持說要多給。

敲定這件事，就意味著收入會開始往上漲。顧長安跟紀琮道別的時候，看著他依依不捨的模樣，還大方地任由他牽著手將她送到門口。

辦這麼一個作坊不簡單，加上避開京城紀家也不是簡單之事，想要正式有收入，還得等上一段時日。

第九章　引人覬覦

將此事處理完後，顧長安便將心思放在租賃院子上。

先前顧小六尋了幾處，顧長安大致去看了位置，都不是太滿意。她不想選擇太熱鬧的地段，可是太過安靜的地方，距離學堂有些遠；若離學堂近的話，去紀家又會太遠，顧大哥他們已經跟紀琮協商好，往後從學堂回來之後才去紀家習武。

她不想浪費時間，打算直接去牙行問一問。

「顧五姑娘，您怎麼在這裡？」

顧長安回頭看了一眼，才恍惚想起來，這應當是上回他們去百膳樓，帶著他們去見鄧掌櫃的那夥計。

「五姑娘，小的叫有財，是百膳樓的夥計，上回是小的給您領路去見鄧掌櫃的。」夥計大概跟顧錚維的年紀相仿，長著一張天生討喜的臉，眉眼看起來自帶笑意。

顧長安點了點頭，道：「我記得你。今日沒去百膳樓？」

有財笑道：「小的有幸！今日是小的輪休，出來替家中長輩跑趟腿，趕巧就見著您了。」

顧長安想了想，打聽道：「家裡人打算下月開始在鎮上租一處宅子住，不知去哪個牙行合適？」

有財臉上的笑意頓時更深。「可不太巧了嗎？五姑娘您有所不知，小的二叔就是在官牙裡當牙人的。我們家從高祖就住在鎮上，對鎮上也算是熟悉了，您若是相信小的，小的帶您去找他？」

顧長安聞言自是沒有拒絕的意思。「也好，你若是得閒，就煩勞你這一回了。」

有財樂呵呵地道：「您這是照顧小的二叔生意呢，小的感激都來不及，哪裡當得您這一聲煩勞，這邊請！」

不得不說，這有財的確是能說會道之人，找的話題不會讓人覺得無聊，熱情卻又不顯得諂媚，就算是顧長安這麼個喜歡安靜之人，也始終不覺得厭煩。等到地方的時候，一個中年漢子已經在門口等著了。

「二叔！」有財打了聲招呼，又介紹顧長安。「二叔，這位是顧家五姑娘，新開的那家小食肆就是五姑娘家的。」

漢子聞言頓時面露喜色。「就是賣酒釀和螺螄粉的那家小食肆？顧五姑娘，當真是好手藝。」

顧長安點了點頭。「多謝。」

有財笑道：「五姑娘，小的還有事情，就不多留了。」

顧長安微微頷首表示感謝。「今日有勞了，過幾日小食肆要試新吃食，有財大哥若是得空就去坐坐，也好幫我們品一品。」

有財頓時大喜。「承蒙五姑娘看得起，小的一定去。」

一旁的有財二叔一臉羡慕，巴不得得到邀請之人是他才好。

送走有財後，有財二叔笑呵呵地道：「顧五姑娘，那小子適才肯定沒說清楚。我家姓徐，排行第二，您叫我一聲徐二就成。適才有財送信來，說是您想要租宅子，我手頭正好有幾處要出租的，不如您隨我到牙行裡稍坐，咱們再細說？」

顧長安點了點頭。相比起立刻出去看宅子，請她進牙行細說，反倒是讓這人看起來更加可靠一些。

徐二介紹了兩處宅子，一處就在鬧市之中，兩進的小院子，顧家幾口人也住得下。一個月租金是二兩，不過徐二也說了有還價的餘地。顧長安首先便否定這一處，此處太吵鬧，而且價格太貴。

徐二笑道：「其實我也不建議五姑娘選這一處，雖說在鬧市買東西或是其他要便利一些，卻是有些鬧騰。您再看這一處，這處宅子地方極好，靠近咱們鎮上的明山書院，周邊住著的大多都是讀書人，圖個清靜。五姑娘家已經出了兩個秀才，想必日後家中兄弟也要走科舉之路，住在書院旁邊，與讀書人交流就方便了。」

顧長安有些心動，問道：「租金如何計算？」

徐二笑道：「因為那地方不算偏僻，還靠近明山書院，所以租金不算太便宜。同樣是兩進的院子，比先前那一個要稍微大一些，一個月也是二兩的租金。」

顧長安沈吟了片刻，問道：「對方只租，還是可以賣？」

徐二心頭一喜。要是顧家肯買下，那他能拿的就更多了。

「您也是趕巧了，其實最開始對方就想要賣了，只是對方價格咬得死，賣了快兩個月還沒賣出去。他們去別的地方借了一筆銀子，這宅子實在賣不出去，過段時間就只能抵債了。」

徐二建議道：「您若是動了那份心思，我就帶您去看看。地方是真的好，說句實在話，要是我有銀子，那宅子我肯定要入手。租出去是一筆收入，或是現在自己住，往後不想要了，轉手賣了也能賺上一筆。」

「對方打算賣多少銀子？」顧長安最關心的是這一點。

徐二立刻道：「對方要價一百二十兩，我幫您再去要個實誠價格，大概還可以往下降一點。」不過最少也得要一百兩以上。這個價格在平安鎮其實也算是偏高了，只不過那地方的確是好，這幾年明山書院雖然沒有舉人老爺，不過學院有本事，會教學生的先生倒是多了幾位，童生已經一連出了好幾個。

也是因為如此，最近明山書院那兒房子的價格水漲船高。這院子對方買到手的時候，最多就是五、六十兩，如今倒是翻倍了。

顧長安沒立刻做決定，跟著徐二去看了一圈，最後顧長安還是覺得靠近明山書院的院子最合適不過。

「這處宅子大概能租多久？」顧長安問徐二。

徐二想了想，道：「上回我記得他說過，借的銀子大概過個半年就得還，已經過了將近三個月；若是五姑娘想要買下的話，就要三個月之內湊齊銀子才行。」

三個月湊齊一百兩的話倒不是難事。

顧長安考慮了一番，道：「那就有勞徐二叔幫忙說合了。這宅子我先租三個月，三個月之內，我看看能不能湊齊銀子買下宅子？」

徐二笑呵呵地道：「五姑娘好魄力！既然五姑娘有心買下，我先去跟對方商量，看能不能給五姑娘省下一些租金？」

徐二得再去找對方一趟，兩人便約好隔天再來簽訂契約。

吃完飯，顧長安備好材料，準備做新吃食，這一次準備做的是涼皮。

原本她都快忘了自己還會做這個，是前兩天揉麵粉時忽然有些口渴，偏頭看見水，想起自己還會做涼皮。

將揉好放置一旁的麵團用清水揉洗，最後變成兩盆麵漿水和一團麵筋。

「三哥，把這麵筋放在鍋裡蒸熟就可以了。」顧長安將麵筋裝在碗裡遞給顧三哥。

「五姊、五姊，我也想幫妳忙。」顧小六巴著顧長安不肯放。

顧長安便讓他去扒蒜；家裡炸好的辣椒油也沒了，讓他再把乾辣椒剪成碎末。

洗麵團的水慢慢變得澄清，等待的空檔，顧大哥幾個去拿了書本，卻是沒留在屋裡，一邊看書、一邊幫忙做事，燒火、提水什麼的，完全不需要顧長安動手。

等麵漿徹底沈澱後，將上面的水慢慢倒掉，在平底鍋裡倒上薄薄的一層麵漿，放在已經燒開水的鍋上蒸上三、四分鐘。

等熟透了就揭起來放在一邊，如此反覆，將麵漿全部做完。這時候最開始揭起來的涼皮已經晾涼了，捲起來切成一指寬的條狀。

平安鎮這邊有芝麻，不過大多都是炒熟了用來做點心。顧大哥問了顧長安之後，特意用自己這段時間存下的私房錢，給她訂了一個小石磨。顧長安之前磨了一小罐芝麻醬，今天是頭一回拿出來吃。

把蒜末、芝麻醬放進碗裡點上醋，顧小六想要吃酸甜的，顧長安又加了糖，再將蒸熟的麵筋拿出來切成小塊放在一起，攪拌均勻之後就完成。辣椒油也準備妥當，喜歡辣的自己添加即可。

饒是晚飯都吃得不少，這涼皮依然讓兄妹幾個停不了嘴。

「大哥，你們覺得這涼皮的生意能不能成？」

顧大哥喝了口溫水，長出一口氣。「能！這天眼見著要熱起來，涼皮吃著正適口。」

顧三哥也贊同，道：「比起螺螄粉，想必有不少不喜辣的人會更加喜歡涼皮。」

顧四哥嘴巴笨，又吃得太多影響了思考能力，愣了半天才用力地點了點頭。「特別好吃！」

顧小六……已經撐得說不出話來，以行動表示他到底有多喜歡涼皮。

得到他們的肯定，顧長安心裡便有數。

將涼皮暫時放在一邊，顧長安又把主意放在酒釀上，做了酒釀饅頭。做法也很簡單，用酒釀代替水和麵，蒸出來的饅頭香軟可口，還帶著淡淡酒香。酒釀本就是甜的，連帶著饅頭也是甜絲絲，味道挺好。

顧長安本想早上販賣，不過顧大哥他們堅持要放在中午。顧長安轉念一想，中午螺螄粉吃著辣了，來一個甜絲絲的酒釀饅頭，能夠舒緩那種火辣辣的感覺，最後聽從顧大哥幾人的意見。沒想到酒釀饅頭賣得還不錯，就連來這裡花一文錢買一碗大骨湯的人，都會花錢買兩個。

小食肆的生意做得好，日子也過得飛快，轉眼就是一個月過去。

這一天食肆的東西賣得特別快，早早就收攤。顧大哥去租了牛車，將早就買好的東西全部提到車上。

他們今天說好了要回梨花村。

正要走，就見紀家的馬車過來了。還沒到門口，紀琮就鑽出車廂，恨不得直接跳下來。

「長、長安，等等我，我也要跟你們回梨花村。」

顧大哥連忙上前兩步，先把人給穩住了。馬車還沒停下呢，萬一摔下來，這小胖子可別摔出個好歹來。

紀琮對著顧大哥討好一笑，藉著他胳膊的力量直接跳了下來。

這段時間的武功可不是白練的！

他蹦蹦跳跳地湊到顧長安身邊。「長安，我都跟忠爺爺說好啦！我要跟你們回梨花村，等明天再跟你們一起回來。」

他常跟著去梨花村，顧家兄妹自然不會拒絕。馬車和牛車慢悠悠地走著，進村的時候，顧長安幾個敏銳地察覺到氣氛有些不對。

葉獵戶家的兩個孩子遠遠地看見坐在車轅上的顧家兄弟，連忙跑了過來。

「顧大哥、顧三哥、顧四哥！」葉家兩個小子，小的跟顧小六同齡，嘴巴特別甜。不過此時一邊喊著人，一邊眼巴巴地看著馬車，一副很想坐上去的模樣。

顧大哥哈哈一笑，跳下馬車，把葉獵戶家的兩個小子都抱上馬車，小孩子都喜歡坐車。

葉獵戶家的小子果然高興得不得了，就連大一點的那個也是興奮地四處張望。不過他到底要年長一些，比顧四哥還要大上一歲，沒忘了正事。「顧大哥，這些天有人在村裡說你們家壞話。」

顧大哥和顧三哥對視一眼，眼底都有一抹了然之色。

「他們都說什麼了？」顧三哥問道。

葉鋒，也就是葉家大小子有些著惱地道：「我娘說，那些人就是眼紅你們家日子好過了，還說肯定有顧老二家在背後使壞呢！」

「他們說顧大哥你們沒良心，以前村裡人那麼幫你們，現在你們自己發財，不肯幫襯村裡人。還說讀書人就是心狠，連自己的親兄弟都不肯拉拔一把，往後誰敢跟你們家結親，不知道出什麼事情的時候，你們不但不幫忙，還會在背後使壞。」年紀小的葉銳還不是那麼懂事，小嘴一張就把話一骨碌地全都說出來。

顧大哥和顧三哥的臉色陡然沈了下來。

小食肆生意做起來之後，他們兄妹幾個就已經討論過這件事。他們猜得到村裡人會眼紅，更會在背後說三道四。當初村裡人對他們家有一份恩情在，這份情他們領，所以他們不會眼睜睜地看著村裡人一直窮下去，等生意步入正軌，他們就會伸把手，幫扶村裡一把。當然，他們也料到顧二叔他們一家不會那麼輕易放過他們；可饒是他們早有準備，也是被這一波流言給氣到了。

不用猜也知道，這一番話背後一定有顧二叔一家在推波助瀾。顧大哥和顧三哥這一刻對顧二叔一家多了幾分憎恨。他們都是漢子，名聲差一點他們不害怕，可是家中姊妹日後可都是要嫁人的，說什麼跟他們家結親不只得不到好處，還會倒楣，這要是傳到外村去，不知內情的人會如何想？他們家的姑娘往後怎麼說親？

葉銳的嗓門不小，在後面牛車上的顧長安聽得一清二楚。不過相對於顧大哥和顧三哥的憤怒，她倒是沒那麼生氣。

「長安，有人在說妳壞話嗎？」紀琮似懂非懂，皺著眉頭問道。

顧長安捏了捏他的胖手，這肉乎乎的手感，真的不管捏多少次都覺得特別。「沒有。是不是睏了？」

被轉移話題後，紀琮沒反應過來，伸手揉眼睛。「有一點。」

顧長安知道他每天中午都要小睡片刻，今天估計是急著跟來梨花村，所以沒休息，左右現在天色還早，待會兒讓他跟小六先去睡一會兒。

知道今天家裡孩子都要回來，顧錚禮和顧錚維沒有上山，見馬車和牛車一起駛過來，知道紀琮肯定也跟著來了。沒想到走過來一看，紀琮居然跟著顧小六一起坐在牛車上晃悠，顧錚維忍不住哈哈笑了起來。「小琮喜歡坐牛車？」

紀琮被他抱了下來，笑咪咪地點頭。「跟長安在一起，坐什麼都行。」

顧錚維忍不住又笑了起來。他想不明白這麼個嬌貴的小少爺，怎麼那麼喜歡黏著他家小五？不過他家小五那份聰明勁沒幾個人比得上，紀家小少爺黏著她算是他有眼光。

顧錚維內心戲十分豐富，把自家小五誇了又誇，也幸虧他沒說出口，不然估計紀琮跟他一唱一和的，都能讓人嚇哭了。

「怎麼又買了怎麼多東西回來？」鄒氏見顧長安幾個手裡又是大包、小包的，忍不住訓了兩句。

顧長安繞過鄒氏沒讓她接手，道：「這些是紀琮帶來的幾樣吃食。」

紀琮聞言連忙乖巧地道：「有金絲棗糕，伯娘肯定會喜歡吃。」

鄒氏的語氣立刻溫柔起來。「那伯娘待會兒一定多吃兩塊小琮帶來的金絲棗糕。」

紀琮遲疑了一下，還是點了點頭。

其實不用多吃兩塊也沒關係，那樣的話長安就能多吃一點啦！不過這話說出來好像不怎麼好，紀琮不傻，也就沒說出來。

跟在後面的顧三哥正好看到他胖臉上的糾結，心思一轉，便猜到他的小念頭，嘴角忍不住抽了抽。

葉家兄弟沒多留，臨開前鄒氏往他們手裡塞了一小包點心。兩家的關係親近，葉家大小子微微有些臉紅地收下了，帶著小弟回家去。

見葉家小子和他們一起回來，顧錚禮幾人就知道幾個孩子已經知道村裡的事情了。

「村裡的事情你們不用管，他們是眼紅我們家日子過得好。」顧錚禮不想讓孩子們因為上一輩人之間的矛盾而憂心。

顧大哥身為長子，有些事情還得他出面來說：「爹，這件事你們就別擔心了，我們先前就已經做好準備，待會兒一起去找村長，跟村長說就成。」

顧長安安頓好紀琮，又壓著想要出去打探消息的顧小六也跟著小睡片刻，等她出來，顧大哥和顧三哥已經將事先商量好的計劃跟顧錚禮他們說了。

顧錚禮和顧錚維兄弟兩個到底是秀才，見識多，兩人對視一眼，慢慢消化著才聽到的話。既然是商量事情，鄒氏和顧二姊自然也在。

顧二姊沈思片刻。「你們有幾分把握？」沒等幾人回答，她又道：「我們家的生意是做起來了，筍乾豆的銷路也不成問題，可想要拉拔起一個村子，本錢、人脈，這些都得算在當中。」

顧大哥道：「所以我們先辦一個作坊，從村裡請人來做事。每家每戶都只出一個人，這活是長年累月的，每個月得的工錢也不算低，不說養活一家人，給家裡添一碗大肉總是行的。」

其實就算工錢不高，村裡人也一定會願意來做事。活不好找，去鎮上找活大多都是幹苦力，不只累，還賺得少。在村裡辦作坊，做事就方便了，不管早起或是中午，甚至是下工之後還能照顧家裡、地裡，誰不樂意？至於銷路，百膳樓和紀忠那邊會負責解決。

顧錚禮和顧錚維，帶著顧大哥和顧三哥去村長家。顧大哥是長子，這種事情他跟著出面實屬正常；顧三哥則是向來說話有條有理，嘴皮子比顧大哥索利多了。

顧長安很自覺地跟了上去。「爹，我也想去聽一聽。」

孩子都這麼說了，顧錚禮只好讓顧三哥帶著顧長安，幾人一起去村長家。

「早些回來，我跟二丫頭這就開始準備做飯了。」鄒氏叮囑了一句。

顧錚禮應了一聲，打頭走了出去。

梨花村窮，哪怕村長家日子在村裡過得最好，卻也只是住黃泥房。不過院子挺大的，地面整得平平整整，門口還種了一棵大桃樹，在茂密的樹葉中能看到不少半個嬰兒拳頭大小的青桃。

「哎，這不是顧秀才嗎？」幾人走到院門口，還沒來得及開口詢問，正好有個年輕婦人從堂屋走了出來。

顧長安也認識這婦人，是村長的大兒媳。她是從外村嫁過來的，顧家人跟她並沒有什麼來往，不知為何，顧長安總覺得她看著他們的眼神有些古怪。

顧三哥笑著問道：「春芬嫂子，村長伯伯在家嗎？」

這年輕婦人聞言卻是不作答，反而帶著幾分惡意地盯著顧錚禮和顧錚維，皮笑肉不笑地道：「喲，秀才公就是不一樣，上別人家家門，連個招呼都不屑打呢！」

顧家人的臉色有些難看，顧長安拉住顧三哥的衣袖，示意他不要再開口，上前幾步，隔著一個院子面無表情地盯著婦人。「村長家的兒媳就是不一樣，可以不敬長輩，也可以逼著別人家的漢子跟自己說話，可真是少見！」

婦人的臉色頓時一變，有些氣急地罵道：「死丫頭妳胡說八道什……」

「村長伯伯！村長伯伯在家嗎？」顧長安卻只當沒聽到她的話，揚聲叫道。

村長剛才在屋裡隱約聽到自家兒媳在跟人爭執，剛想走出來就聽到顧長安的大嗓門，眉頭微微皺了皺，不過到底擔心出了什麼事情，還是走出來看一眼。

「你們怎麼有空過來？快屋裡坐。」一看是顧錚禮和顧錚維，村長臉上頓時露出笑，連忙招呼幾人進屋說話；至於顧長安，村長只掃了她一眼，權當沒看到這個人。

顧長安也不在乎，左右一個外人，跟她沒有任何屁關係。

村長對顧錚禮兄弟的態度極好，畢竟是兩個秀才。就算他是村長，也得對人客客氣氣的，何況他對他們還多了一份指望，往後說不定梨花村得靠著顧家兄弟了。

那年輕婦人目光有些閃爍，剛才是一時氣昏了頭，現在再看自家當村長的公公待人這麼客氣，冷汗一下子就冒了出來。

這要是被告上一狀，那、那她……

顧長安木著臉掃了婦人一眼，心裡暗暗地記上一筆。

對她家人不敬，那就別想得好！

村長姓李，叫李山。進了屋，他招呼顧錚禮和顧錚維坐下說話，顧大哥三個則是自己找了小板凳在下首坐下。

「今天怎麼有空過來？」村長給顧錚禮和顧錚維倒了涼茶，笑著問道。

顧錚禮笑道：「孩子們說有事情想要跟你商量一下，明天他們又得去鎮上，只能趕在這時候來了。」

村長眼神一閃，視線轉向顧大哥和顧三哥。「大小子和三小子想要找村長伯伯說什麼事情？」

顧大哥手指微微動了動，到底忍住了，沈聲道：「村長伯伯也知道，我們幾個先前意外幫了鎮上紀家小少爺一個小忙，紀家小少爺賞臉，想要幫襯我們家一把，所以在鎮上開了一個小食肆，我們兄妹幾個便一直在食肆裡替紀家小少爺做事情。」

村長笑了笑，半真半假地道：「是替紀家小少爺做事？倒是我誤會了，還以為那食肆是你們自家開的呢！」

顧三哥淺淺一笑，道：「村長伯伯知道我們家是什麼狀況，當年分家，我爹和小叔幾乎是淨身出戶，我們家真要是有那銀子能開得起一個食肆，我爹和小叔又怎會在考中秀才之後就不再進學了？當官總好過做買賣，您說是不是？」

饒是村長還有其他心思，聽了這話也是禁不住點了點頭。

的確，顧家什麼境況他身為村長哪裡會不知道，別的不說，這些年顧家但凡手裡有點銀子，就不可能讓幾個小子留在家裡，不送去學堂。好不容易供到秀才，顧老三也沒能繼續再進學，這都是沒錢給鬧的！

村長的心思，顧三哥也推測得到，繼續接下顧大哥的話。「做吃食的方子，買筍和豆子的銀錢，都是紀家小少爺給的；就是開食肆的鋪子，也是紀家小少爺的。我們莊戶人家別的不說，至少都是實誠人，別人給了好處還信任我們，我們做事自然要盡心盡力一些，村長伯伯，您說是不是這麼個道理？」

村長聞言倒是頗為認同。「的確是這麼個道理！」

顧三哥笑道：「村長伯伯平時沒少教導我們，這些道理我們可都記在心上。」

村長瞪了他一眼，到底是露出了真正的笑意。「你小子，就是嘴巴甜，不過這跟你們來找我又有什麼關係？」

這一次是顧大哥接下了話頭。「村長伯伯也知道，那些大戶人家的孩子自小學的東西就多，做的事情也不比大人差多少。開個食肆，其實就是鬧著玩，如今他想將生意做大一些，所以又給了我們幾個方子。」

話說到這份上了，做了這麼多年的村長也不是白幹，他立刻就明白顧大哥話裡的意思，倏然挺直腰板。「你是說，要給我們村裡人一條掙錢的管道？」

顧大哥和顧三哥對視一眼，又齊齊地看了顧長安一眼，然後兩人才笑著點頭。「正是如此！我們打算在村裡辦一個作坊，每戶人家都可以出一個人去作坊裡做事，不說一個人就能養活一大家子，家裡好歹能多點進項。小少爺也說了，這生意要是穩定下來，工錢也能漲一漲。」

顧錚禮也跟著道：「畢竟是占了咱們村裡的地方，這地方也會買下來，到時候村裡也能多一筆收入。何況家家戶戶的日子都好過了，到時候再跟村裡人商量，說不定我們梨花村也能辦一個自己的學堂。」

村長頓時眼睛一亮！

村裡人都排外，在村裡辦一個作坊，基本上還是要記在顧家人名下。就算是村長也不免嫉妒，這要是落在他頭上，往後的好處可是不少；不過嫉妒歸嫉妒，他還沒傻到為了爭奪這點好處，就把這天大好事往外推。

村長是個聰明人，很快就想通其中的關節，臉上的笑容更加燦爛。「這敢情好！小禮啊，這事情是已經決定了，還是得再考慮考慮？你是我們梨花村的人，可得在小少爺跟前，替我們梨花村多說一說好話才行。」

顧錚禮笑道：「我們這邊已經是確定了，現在就看村長和村裡。村長要是覺得沒問題，那我們就先選定作坊的地方；等村裡人同意之後，我們就買下地方開始建作坊。對了，建作坊還得請村裡人搭把手，工錢照給，不過到時候得煩勞村長出面招人。」

又確定了一些大致的細節，顧家人才起身告辭，村長熱情地想要留人吃飯。

村長的婆娘和兒媳大概聽了牆根，尤其是村長婆娘，同樣很熱情地留飯。「飯都快做好了，你們幾個今天正好一起好好地喝一杯。」

顧錚禮笑著推辭。「嫂子，真不用了。出來的時候，孩子的娘就開始動手準備飯菜，等下回來，一定留下來嚐嚐嫂子的手藝。」

聞言村長婆娘不好再留，顧錚禮和顧錚維跟村長夫婦兩個道別。顧長安兄妹三人對視一眼，也各自笑著跟村長和他婆娘道別，卻是齊齊略過村長的大兒媳。

村長和他婆娘都是人精，一眼就看出三個孩子對他們家大兒媳的抗拒和冷漠。當著人前沒有任何表示，一等顧家人出了院門，兩人回頭看著大兒媳的眼神頓時一冷。

村長夫婦會如何收拾他們家大兒媳暫且不說，顧長安兄妹三人一離開村長家，落後一步，三人湊在一起小聲說話。

「這作坊的地要記在大哥名下……」

顧長安的話還沒說完，立刻就被顧大哥給攔下了。「不行！方子是妳想的，說起來整個生意都是妳支撐起來的，本該是我們這些當哥哥的來替你們掙舒坦日子過，如今倒是反過來。我們得到的夠多了，這地和作坊，卻是萬萬不能記在我們名下。」

顧三哥也是認同地點頭。「這話放在以前我不敢、也不能說出口，如今卻是可以張嘴說一說了。我，是想要走科舉之路的。爹和小叔教導了我們這麼多年，只不過先前一直覺得沒有機會進學，沒往這方面去想，如今有了機會，本該去爭一爭，若是如此，作坊記在我們名下便不合適。」

顧大哥勸說道：「爹和小叔日後也會走科舉之路，記在我們哪個名下都不合適。本就是妳自己的法子，如今倚靠紀家還得分給紀家一部分，妳為我們家付出的已經夠多，哪裡還能占了妳的地？依我看，這地就以妳的名義買下來。」

顧三哥也是這想法，顧長安想了想，點頭應了下來。作坊說到底是為了拉拔村裡一把，更是為了堵住別人的嘴，她還真沒太放在心上。這地和作坊，記在她名下無妨，權當是她當上小地主的第一步吧！

見她同意下來，顧大哥和顧三哥暗鬆了一口氣。

依小五這性子，幸虧他們這些家人並沒有壓榨之意，不然放在有些自私的人家，她的日子都不能好過；不過妹妹過於大方，他們這些當哥哥的就替她多著想吧！

至於為何不說將地和作坊記在顧二姊名下，顧大哥和顧三哥也是有自己的思量。顧二姊原本就有好名聲在外，等著求娶之人不算少，要是再被他們知道顧二姊名下有那麼一塊地和一個作坊，等她說親之時，來求娶的人怕大多都是心思不純的。

顧長安不知道自家哥哥們在琢磨這些亂七八糟的，還沒走到家遠遠就看到顧小六和紀琮衝了過來。

紀琮尤為委屈，拉著顧長安不肯放。「長安，妳怎麼把我丟在家裡不管我了？妳去哪裡啦？」

顧長安毫不遲疑地牽著他的手，輕聲安撫。「跟著我爹他們去村長家說事情了。醒了多久？肚子可餓了？」

紀琮果然忘記追問為何丟下他的事情，連忙道：「醒了好半天了，有一點餓，二姊說等你們回來就可以開飯了。」說起晚飯，他又樂呵起來。「伯娘做了白斬雞，小六說那是伯娘的拿手好菜，特別好吃。二姊還說做白斬雞留下來的雞湯會給我喝。長安，我分給妳一半啊！」

顧三哥輕笑。「小琮只分給長安喝嗎？三哥也想喝呢！」

紀琮頓時苦惱地皺起眉頭，遲疑了一下才慢吞吞地點頭。「那、那也分給三哥喝一口。」大概是怕顧大哥也要，他連忙看向顧大哥，小聲問道：「大哥你都長大了，也要喝一口嗎？」

顧大哥和顧三哥哈哈大笑，顧大哥揉了揉他的頭髮，寬慰他一句。「放心，大哥和三哥都不會跟你搶的。」

紀琮抬頭看了看顧大哥，對著他露出一個傻乎乎的笑容。他是小，心思也單純了一些；不過出於小獸的直覺，顧家兄弟幾個裡面，對他最為生疏、客套的就是顧大哥，只是剛才顧大哥揉他頭髮之後，他發現顧大哥對他似乎也真的關心。這種滋味真不錯。

顧長安看在眼裡，卻是什麼都沒說。到家裡的時候，鄒氏和顧二姊已經把飯菜都擺出來，顧四哥幫忙端出半盆雞湯，盛起來最多就是三、四碗的量。

看著放在桌子中間的白斬雞，顧長安嚥了嚥口水。

菜園子裡的菜開始陸續長成，桌上的菜色跟著豐富起來。鄒氏和顧二姊還做了一個青椒炒雞蛋和清炒小青菜，又蒸了幾個不算大的茄子，加入一勺豬油、兩勺醬油裝在碗裡一起蒸。顧小六喜歡用這種豬油和醬油來拌飯吃，特別香。將茄子攪和成泥，放進豬油碗裡拌一拌，茄子就變得特別鮮美。

再加上一碗炸泥鰍、一碗爆炒大腸，還有一碗筍乾燒肉，滿滿一桌子菜，頓時引得幾人口水直流，當下顧不得再說正事，先開吃了。

顧家沒有食不言、寢不語的習慣，一家人坐在一起吃飯正是談天的好時刻，將去村長那兒的事情跟家裡其他幾人說了，鄒氏幾人自然不會反對。

「幫襯村裡人一把是應該的，不過也不能做得太過周全，免得有些人心思長歪了，往後只一門心思地巴著我們過活。」鄒氏提醒道。

這一點顧長安幾個早就考慮過，正是因為不能讓村裡人的心思歪了，所以才主動將一部分利潤再次送到紀琮的手裡。

紀琮先前已經聽紀忠說過這件事，聽鄒氏說起，他也恍然明白過來。「忠爺爺說，這些瑣事不用長安你們操心，作坊辦起來之後，長安只需要琢磨方子就成，就是作坊管事，忠爺也會處理。」

顧長安給他挾了一塊白斬雞肉。「可喜歡吃這個？」

紀琮立刻忘了自己剛才說的事情，連忙點點頭。「伯娘做的白斬雞特別好吃，我以前從來沒吃過。」

「那就多吃一些。」顧長安又給他挾了一塊，堅決要用食物來堵住他的嘴。

紀忠跟紀琮說這些話，無非是想要透過紀琮的嘴，將這話轉達給他們聽。顧長安可以理解紀忠的心思，他對紀琮忠心，所以才希望事事都讓紀琮占上風；但是，這並不是紀忠插手的理由。

吃飽喝足，顧長安也不刻意防備紀琮，將之前寫好的方子拿出來給家裡人過目。

「靠山吃山，大涼山和小涼山的筍一年四季都有；還有菜園子裡的菜，都能做成醬菜。」她也是冥思苦想許久，才把這幾個方子給回憶起來。她所說的醬菜，自然不是現在大家常吃的那種只用鹽醃製的鹹菜，而是添加種種調味料來醃製的醬菜，這才是她喜歡的。
她喜歡用地瓜梗做的鹹菜，所以這方子她就記下了；除此之外，還有醬黃瓜、酸豆角、紅油筍，以及最得她喜愛的豆腐乳。
醬菜用的方子可以互通，而且這些醬菜都有季節性，唯有豆腐乳這東西，一年四季都能做。
顧長安把豆腐乳的味道誇了又誇，紀琮和顧小六的口水都要流下來了，眼巴巴地圍著顧長安，恨不得她現在就能變出豆腐乳來讓他們吃個過癮。
「長安，我們現在就做那個豆腐乳吧！我幫妳打下手，好不好？」紀琮忍不住拉著顧長安，可憐兮兮地懇求。
顧長安摸摸他的臉頰。「一時半刻做不了，不過這個不用等作坊建好才開始，等明天我們就去買豆腐，過一段時間就能吃了。」
顧家人也表達齣極大的熱情，尤其是顧二姊，不只看了方子，還拉著顧長安問了不少細節上的問題。自製的豆腐乳的確是沒有買來的好吃，不過勝在乾淨、安心。
「現在這天氣正合適，豆腐切成小塊放置在廚房便可以了，過上幾日，等豆腐發黃、發毛了就行……對了，娘，我們家裡還有酒嗎？」顧長安忽然問了一句。
鄒氏正在看方子，聞言順口回應一句。「沒了，都喝了。」
話一說完鄒氏才反應過來，僵在原地，忽然將方子往桌上一放，眉眼柔和，起身道：

「忽然想起來該去跟方家大哥說一聲，先訂一板豆腐才好。」

顧二姊眼皮子都沒抬。「娘！」

鄒氏腳步一頓，有些懊惱自己剛才說漏嘴，不過既然注定逃不了，便很有經驗地認錯。

「我下回肯定不偷偷喝酒了。」

就算偷喝，也絕不會再讓這幾個小兔崽子發現！

顧長安面無表情地看向顧錚禮。「爹，您明知道娘的酒量不好，怎麼不看著一點？」

顧錚禮乾笑兩聲，心虛地挪開了視線。

那不是看不住嗎……

第十章　買人

家裡事情多，作坊也還沒處理好，豆腐乳的事情只能延後。

顧三哥則是將要買的地和作坊都記在顧長安名下的事情跟眾人說，別人且不說，顧三哥只跟顧二姊仔細解釋了他們決定這樣做的緣由。

「我懂。」顧二姊的目光始終溫柔，她自然明白兄弟和妹妹的一番苦心。「我們是一家人，記在誰名下又有什麼關係？更何況這些時日以來，幾乎是靠著小五的點子和你們的努力才讓日子好過起來，記在小五名下是應當的。」

顧長安心裡暗自點頭，別的不說，至少顧二姊看得明白。她把顧家人當成自己真正的親人，也正因為看重，所以在某些方面便更加在意。為家裡做的這些，雖然也是為了自己能過上好日子，可她的付出是實打實的。家裡人可以體諒她，也心疼她的付出，如此才能讓她有動力繼續努力。要是為了眼前的利益就跟她爭搶，那她真會對顧家人死心，所幸沒有發生那樣的事情。

「家裡裡裡外外，二姊可沒少費心，更何況現在這筍乾豆才是我們家賺錢的大項，沒有爹、娘、小叔和二姊在家裡忙活，家裡哪能那麼快就好過起來？二姊萬萬不能再說沒幫上忙這等話，那不是戳我們的心嗎？」

顧三哥也跟著點頭。這話說得沒錯。

想起之前顧長安提過的建議，顧三哥道：「現在生意好了不少，小五之前就提過要給家裡人每日的工錢往上漲一漲，大家的工錢每人漲到八文錢。爹、娘，你們看怎麼樣？」

顧長安也是這個意思。如今的目標是發家致富，可在這過程當中，家裡人做事也得拿工錢；尤其是家裡的幾個，不然想要買東西還得開口要，他們難道不要顏面嗎？所以，每天都給工錢，這工錢便是私房錢，想要自己買點什麼，就不需要去要錢了。

鄒氏和顧二姊想要拒絕，倒是顧錚禮考慮了一下，點頭答應下來。「也好，是該存些體己錢了，平時的花銷還是從公中出，存下來的都可以當嫁妝。」

聽顧錚禮都這麼說了，顧二姊也不好再拒絕，倒是顧小六有些忍不住，一臉焦急地追問。「三哥、三哥，那我呢？我每天能拿多少工錢？」

顧三哥輕笑。「你啊，等你能早起幫忙的時候，就每天給你三文錢吧！」

顧小六頓時垮下臉來。讓他多跑跑腿之類的完全可以接受，可是讓他早起幫忙，他真的起不來啊！

見他小臉都快皺成包子了，其餘幾人忍不住笑了起來。紀琮難得比顧小六機靈，連忙道：「小六，三哥在逗你玩呢！」

顧小六這才反應過來，喜孜孜地湊在顧三哥跟前。「三哥、三哥，我不要每天八文錢，給我四文錢好不好？」

顧三哥捏了捏他已經變得有些肉的臉頰，點頭算是應了。

說完了這件事，還剩下最重要的一件事要提一提。

「爹，你跟小叔也該考慮去縣城進學了。」

顧錚禮微微一怔。「進學？」

顧長安點點頭。「大哥他們過幾天就能去學堂了，爹和小叔已經是秀才，最好的選擇便是去縣城。」

顧錚禮沒說話，只是眉眼間多了幾分茫然。他不是沒想過繼續進學之事，只是生活逼迫，慢慢地他就把自己的那點念想給掐滅了，曾經的雄心壯志，早已被生活給磨滅得差不多……

「日後哥哥們想要走科舉之路需要有人護持，二姊要有可以依靠的娘家，我想要做生意，也需要足夠強大的人可以依仗，爹，您覺得誰來當這人最為合適？」顧長安只問了這一句。

所有的遲疑瞬間消散，顧錚禮立刻一拍胸脯。「爹來！」

顧長安滿意地點點頭。孩子奴就是這點好，只要掐準孩子這個軟肋，基本上沒有勸說不了的事情。

一旁的紀琮崇拜地看著顧長安。他家長安就是這麼厲害，連顧伯父那麼大一個人，還得處處聽長安的話呢！忽然想起顧三哥他們先前說過，想把他當成長安的童養夫培養的事情，心裡有些遺憾。

要是顧三哥他們再提一次那該多好？真要是那樣的話，他肯定一口應承下來。對了，他身上還帶著母親留給他的玉珠子，母親說，那以後可以送給他喜歡的女子，不如就拿這個當成信物給長安。等下次三哥他們再開口的時候，他不只要一口答應下來，還要乘機把定禮給下了！

這樣一來，長安就是他的啦！

紀琮在一旁喜孜孜地想著，看著顧長安的眼神越發熱切。

第二天一大早，顧長安在馬車上睡了個回籠覺。到小食肆裡又是一通忙碌，等中午的生意結束之後，顧長安顧不上先算錢，而是將兄弟幾人聚集在一起。

「大哥、三哥、小六，明天你們就該去明山書院了，該準備的東西已經準備妥當，你們無須操心其他事情。我打算下午去看一看，能買到合適之人最好，買不到我跟四哥先對付一段時日。」

顧大哥有些悶悶的。「我們早上和晚上都會幫妳將東西準備妥當。」

顧長安勾起唇角。「我不愛洗碗、掃地，以後就等大哥你們放學回來之後收拾吧！」

顧大哥連忙應下，面色好看了一些。

又將鄒氏和顧二姊特意做的書袋拿了出來，是按照顧長安畫的花樣子做的。是單肩包，帶子比較寬，口子那兒有孔，做了細細的帶子穿起來，將書本放進去之後，可以直接繫緊包口。顧二姊還在天青色的書袋上繡了不同的花樣。

顧長安又去拿了幾個荷包出來。「每人兩個，一個裡面裝些碎銀和銅板，在學堂雖說不一定能用得上，不過總是有備無患；另一個專門用來裝一些點心或是糖果，萬一肚子餓了，能稍微墊一墊。」

至於銀錢，顧長安在每個荷包裡都裝了幾十個銅板和一兩的碎銀子。雖說還是銅板方便一些，但實在是太重了。

除此之外，衣服和鞋子也都是新的，顧大哥和顧三哥不是很在意這些，倒是顧小六很高興。

這些事情都安排妥當，顧長安幾人便去找徐二。牙行裡也有人口可以買賣，買人不是小事，找徐二至少不會被刻意蒙蔽買了有問題的人。

顧長安揣著銀子，先前已經跟徐二約定好，幾人到的時候，徐二已經在牙行門前等著。

「顧大少爺、顧三少爺、顧四少爺、五姑娘、顧小少爺，您幾位總算來了！」徐二笑咪咪地迎了上來。

「徐二叔，這回又要煩勞你了。」

徐二笑呵呵地道：「是五姑娘您看得起我徐二，哪裡當得起煩勞兩字。五姑娘，人已經給您準備好了，還請裡面說話。」

徐二又笑呵呵地招呼顧大哥等人，一起進了牙行。

人並不在牙行，不過從牙行後門過去的話要近上不少。那也算是一個小集市了，路兩邊都是可以買賣的人口。顧長安去過牲口集市，跟這裡相差不多，相比之下這裡氛圍甚至更加壓抑一些。

不只是顧長安，顧大哥幾個臉上也有些凝重，倒是徐二神色自然，顯然早就習慣。

「五姑娘，您上回說最好是買一家子的，有兩家拉家帶口的還算合適。」徐二一邊說著，一邊在前面帶路，領著幾人走到一處地方停下。

小間裡站著一家三口，兩大一小。男的大概三十來歲模樣，骨架挺大，不過整個人瘦巴巴的，面黃肌瘦，顯然是餓的；女的比他小一些，骨架比尋常女子稍微高眺，不過同樣也是很乾瘦；剩下小的是個男孩，四、五歲模樣，比兩個大人稍微多點肉，只是依然很瘦，臉頰上沒什麼肉，突顯那雙眼睛大得嚇人。

看著小孩子眼底的懵懂和怯意，顧長安倒是想起最初看到的顧小六，心頭微微一軟。

徐二介紹道：「這一家人是從外地逃荒來這裡投奔親戚的，不過沒找到親戚，母子兩個都得了病，最後無奈，當家的只能決定自賣自身，換了銀錢給母子兩個看病。這漢子正是壯年，體格好，就是餓瘦了，賣的價格不算低。這漢子得九兩銀子，那婦人廚藝一般，卻有一手出色的繡活，所以得六兩；那小子年紀太小，不過長得還算機靈，倒是不貴，三兩。他們一家子是要一起賣的，五姑娘若是覺得合適，我再去幫忙說合，十六兩左右便能買下了。」

顧長安仔細打量了一家三口，那漢子下意識地往前靠了靠，將母子兩人往自己身後遮了遮，不過立刻又想起來他們現在的處境，面色頓時一僵。

顧三哥眼神微微一閃。「叫什麼名字？老家哪裡？來找的親戚是哪裡人？」

那漢子遲疑了一下，道：「小的姓陸，行九，大家都叫小的陸九。這是小的媳婦，娘家姓徐，還有幼子陸堯。小的一家是從北地來的，來找的親戚是家中族叔。」

顧三哥又仔細問起他為何來這裡？陸九道：「老家那裡常年缺水，家裡老人病了，家底兒全都了搭進去。又是乾旱年，小的便想著帶著妻兒來投奔早年出門做生意、聽說發達了的族叔。」

顧三哥和顧長安對視一眼，立刻看到對方眼中與自己相同的情緒。

顧長安並不太想要買下這一家人，雖說這孩子可憐，而且的確讓她在第一時間有些心軟；可是，陸九顯然沒有說實話，退一步說，就算他說的是實話，顧長安也不想買下他們。這人太有主見，難保不會有其他心思。

顧長安想要買人來替她做事，不想弄得太複雜。

「徐二叔，另一家在何處？」顧長安沒把話說絕了，先去看一看另外一家再說。

她注意到在自己說要去看另外一家時，陸九眼底閃過的失望之色。

徐二笑道：「五姑娘這邊請。」

另一家人是一家四口，兩口子和一男一女兩個孩子。當家漢子長得不算魁梧，卻挺精壯，皮膚黝黑，一咧嘴就露出一口大白牙，笑起來憨憨的，倒是讓人第一印象不錯。那婦人也是眉眼清秀，雖然有些膽怯，牽著自家兒女的手卻始終牢牢的。

一家四口都收拾得很是索利，衣服上就算是補丁疊著補丁，卻漿洗得乾乾淨淨。

「這一家四口是咱們府城的人，因為這漢子生母早逝，後母苛待，為了避免漢子一家分家產，便刻意壞了這一家子的名聲。一家人走投無路，只能背井離鄉，到了平安鎮也無處落腳，只能自賣自身了。」

停頓了一下，徐二又道：「五姑娘，我不跟妳耍虛的，要說牙行真能把這些買賣之人的來歷都調查得清清楚楚，自然是不可能，不過這一家四口之事是真的。我婆娘有一門遠親是這一家老家那地方的人，以前跟我婆娘說起過這事情。這一家四口都是能吃苦又肯幹的，也因為如此，那後娘死活不肯分家，為的就是讓他們把她生的兒子們都伺候好，給他們多掙銀子。老爺子一走，那後娘使壞，把人淨身出戶，連身換洗衣物都沒給。」

顧長安點了點頭，又仔細觀察了這一家四口幾眼。在徐二說起那些事情時，這一家臉上多了幾分悲傷，那兩個孩子眼裡更露出幾分怨懟之色，顯然是對那個狠心又惡毒的後阿奶心有怨恨。

對此顧長安倒是挺滿意的。要是被欺負到這種地步還沒學會怨恨，那這種人她還真懶得搭理。

「這一家四口要賣多少銀子？」

徐二笑道：「這一家四口都肯幹，這漢子下地可是一把好手；那婦人家裡、家外也是一把抓，尤其是灶上的活計，在當地都是出了名得好；大丫頭這年紀裡裡外外也都能幫把手；倒是小子年紀小，不過要是留給小少爺當書僮倒也不錯。您要是看中了，我幫您疏通一下，應當二十兩就能買下。」其實主要是那個小丫頭稍微貴一些，不然的話，十八兩也沒什麼問題。

顧長安表示要跟顧大哥幾人商量一下，徐二識趣地站到一旁。顧長安問了顧大哥幾人的意見，顧大哥道：「就買這一家吧，這婦人灶上活計好，我們不就想要買人幫襯小食肆裡的活嗎？」

顧三哥贊同地點頭。「另外那家人總感覺有些不太對勁。」

「那先買下這一家人吧！」顧長安想了想，決定先把這一家人買下來。

畢竟，小食肆的生意要緊。

徐二見他們做出了決定，笑呵呵地去幫忙辦妥手續。簽了契約，這四人便是顧家的人了。帶著四人離開的時候，路過陸九一家三口的地方，顧長安的眼尾餘光下意識地朝那轉了過去，與一雙怯生生卻又大得嚇人的眼睛對上了。

顧長安心頭一跳，腳步頓時沈重起來，竟是如何都邁不開步了……

回小食肆的路上，顧長安一直都繃著臉。

「小五啊，這人買都買了，妳就別生氣了。何況如妳先前所說，這婦人可以送去梨花村，讓她教二姊繡花不也是很好？」顧三哥安撫道。

顧長安的臉更黑了。她萬萬沒有想到，自己居然會有一時心軟的時候。陸九這一家三口怎麼看都不簡單，原本她是真心不想買下這一家子的，然而就在離開的時候她多看了一眼，那小娃娃的眼神，卻是讓她停下了腳步；甚至在她還沒來得及反應之前，她的動作就比腦子動得快，開口說要把人給買下了。

多花了十六兩銀子不說，還把禍端給帶回家，她能高興得起來才是怪事。

因為顧長安的態度，剛剛被他們買回來的這兩家人都老老實實的，低著頭跟在後面。好在顧長安不是想不開之人，到了小食肆的時候就緩過來，她心中很清楚，就算重來一回，她依然會敗在這小娃娃的眼神之下。

「大哥，你去把爹和小叔放在這裡的衣裳拿出來，好讓他們換洗；小六，你去找兩套舊衣裳出來；四哥，你先去燒水，我一會兒就來。三哥，你先給他們安排一下，輪流去梳洗。」

顧家幾兄弟最近聽她指揮已經習慣了，聞言立刻行動起來。顧長安去了自己的房間，鄒氏和顧二姊也在這裡放了換洗的舊衣裳，正好拿出來給幾個女眷換一換。這兩家人都不是邋遢的，不過從那地方出來，總是要仔細梳洗一番才好。

陸九兩家人雖然有些惴惴，不過看得出這新主人不是苛刻之人，都依言輪流去梳洗，等完事的時候才過了一個時辰。顧長安已經做好簡單的吃食，想著這些人怕是好長一段時日都沒能好好吃過飯食，顧長安只簡單做了骨湯麵、幾樣小菜，早上剩下的幾個饅頭也熱過拿上來。

「先吃東西吧！」顧長安示意幾人先去吃東西。有話還是等填飽肚子之後再說。

幾人遲疑了一下，縱然有些拘謹，卻順從地去桌邊坐下。最後還是陸九先拿起筷子，其餘幾人才紛紛跟著行動。他們的確是餓了很長時間，當第一口微微有些燙嘴的麵湯下肚之後，原本已經有些麻木的饑餓感頓時被喚醒，他們甚至記不起來此時此刻身處何地，眼裡只能看到碗裡的麵。陸九和袁大這兩個壯年漢子拿起饅頭，卻沒先塞進自己嘴裡，而是掰給自家婆娘和孩子一塊，然後才把剩下的塞進自己嘴裡，看到他們這行為，顧長安的臉色才稍稍和緩了些。

「吃完了自己添，不過不要吃得太飽，你們餓的時間太長，吃太飽容易壞了身子。」顧長安下了半鍋麵，全都拿了過來，不過也沒忘記提醒他們一聲。

幾人連忙放下筷子不安地想要起身，顧長安擺擺手。「先吃飽再說。」

陸九幾人當下不敢再站起來，坐著繼續填飽肚子。

饒是顧長安讓他們控制一些，最後幾人還是將半鍋麵都吃光了，連麵湯都沒剩下。就是最小的那兩個小娃娃，也每個人吃了一大碗麵。

「主、主子……」袁大的婆娘有些慌張地站了起來，想要收拾碗筷，卻又不知道自己這麼做是不是合新主子的心思？

顧長安道：「妳先把東西收拾到廚房去，不用現在就清洗，放下後就過來，我有話要說。」

袁大婆娘安氏和陸九婆娘徐氏連忙將碗筷收拾好拿去廚房。顧長安冷眼瞧著，安氏的確是個手腳麻利之人，灶頭上的事情做起來很是順手；相較之下徐氏就要差一些，倒不是她動作不麻利，只是看得出來她對灶上的事情不是很擅長。

將碗筷都收拾到廚房之後，顧長安才開口道：「我買下你們，是想要有人能接下這食肆裡的活計，所以，我會選灶上本事好一些的人，跟我學手藝，往後大部分時間就在食肆裡掌廚。」

徐氏微微脹紅了臉，主動道：「回主子……」

「我在家中行五，叫我五姑娘就成了，以後家裡人都依照排名來叫。」又讓他們知道顧大哥等人的排行。

顧長安不會搞人人平等那一套，在這個見了官她也得老老實實跪下的時代，她要做的就是適應這裡的規則。

安氏的手藝的確不錯，顧長安讓她做了幾個菜，哪怕是他們最近常吃的酸筍，經過安氏的手一調味，居然變得更加美味。這讓顧長安很高興，不用下廚的日子顯然就要到來了。

徐氏有些擔心，她不善廚藝，小食肆怕有安氏一人便能撐起來了。五姑娘會如何安排她？被人買下連命都是對方的，她可以不在意自己的下半輩子，卻無法不去在意陸堯的。

安排了安氏的長女也留在小食肆裡打下手之後，顧長安的視線終於落在徐氏身上。對於陸九一家三口的安排，她也是有些頭疼。買下他們是一時衝動，衝動過後對於人手的安排也是一件麻煩事。

她越苦惱，讓原本就有些不安的徐氏更加擔心。遲疑了半晌，徐氏才小心地開口。「五姑娘，奴婢雖不擅長廚藝，可零碎的活計，奴婢也能做的。」

顧長安想了想，點頭道：「妳暫且先留在食肆給安嬸子打下手，等過段時間我把事情都安排妥當了，再將妳調走。」

她原本想直接讓徐氏去教導顧二姊女紅，不過轉念一想，先讓她在這裡吃點苦頭也好，免得一開始對她太過客氣，導致最後奴大欺主。

顧長安又看向陸九和袁大。「明天我帶你們去買頭牛，再配個車。過些時日家裡人都要搬到鎮上來住，到時候你們就得輪流去地裡幹活。」

人員的安排上，顧長安很頭疼。食肆裡不能沒個男人在，不然只有兩個婦人，而且長相還都不是很差的婦人，說不定哪天就會出事情；可偏偏這兩對夫婦擅長的事不一樣，導致不能直接將其中一房人留在食肆。

安排兩家人在食肆裡住下，顧長安兄妹幾個則是去新租下來的宅子。

「有心事？」趁著顧大哥帶著顧小六去沐浴，顧三哥坐到顧長安身邊笑著問道。

顧長安木著臉，眼底卻是浮起幾分苦惱之色。「原本我只想著買一家子，事情麻煩很多。陸九和袁大至少有一個需要留在食肆，免得兩個婦人會被人盯上，可是留誰都不太合適，畢竟是兩家人。還有，爹和小叔過些時日也該去縣城看看能不能拜師？若是爹和小叔需要在縣城長住，那娘是不是也該跟著去？二姊可以搬到鎮上來住，不過家裡的那些活計就得扔下了……」

事情一大堆，想要事事都安排妥當似乎有些難度。

顧三哥安靜地聽著，見她實在是愁得緊，這才輕笑一聲，揉了揉她的頭。「小五，不如我們先在梨花村蓋一座新房子吧！」

顧長安一愣。「蓋房子？」

顧三哥微微頷首。「爹、娘和小叔這些年最想要做的事情，便是蓋一座新房子，再買多一些地，我記得這也是小五妳之前的想法吧？」

顧長安停頓了一下，點了點頭。她的確是想著要蓋房子、買地、買山，當一個有田、有錢又有閒的小地主。只不過家裡日子不好過，事趕事地就走到如今這地步。小食肆的生意做起來之後，她就忍不住開始想買房。生意丟不開，就只能將家人接過來住了，現在被顧三哥這麼一提醒，她也反應過來自己是有些一葉障目了。

買人是為了不讓自己被捆綁在食肆裡，既然食肆都不需要她看著了，繼續住在鎮上又有何用？

顧三哥道：「安嬸子手藝好，妳把妳做的那些吃食的手藝教給她；袁叔性子憨厚，不過長得夠結實，也能鎮得住人，而且食肆跟紀家有些關係，鎮上人都知道，只要袁叔在就足夠了。倒是陸家三口的來歷怕是有些問題，暫時不適合將他們留在鎮上，正好徐嬸子有一手好女紅，就讓他們一家子去梨花村，也好教導二姊跟妳。」

顧長安有些心動了。在村子裡待著的確要比在鎮上舒坦，而且顧三哥剛才的話也給了她一點啟發，有了賺錢的新法子，這種事情在村裡就能夠做。

「那爹和小叔，還有你們怎麼辦？」不過顧長安還是有些擔心。

顧四哥在一旁聽了半天，聞言憨憨一笑，道：「村裡離鎮上離得不遠，小五妳不是說要去買牛車嗎？有了牛車之後，來回就更加容易了。早上我可以跟著陸九叔出來給食肆送些菜蔬瓜果，也可以在食肆裡幫一把手，等下午的時候去紀家習武，晚上等大哥他們下了學，我便接他們一道回家。」

顧長安提醒道：「大哥他們得晚上去紀家習武呢！」

顧三哥道：「差點忘記告訴妳，紀家的武師傅說，暫時只能在白天教授，我們幾個下學之後，回家跟著妳四哥學就成了。」

既然都這麼說了，顧長安就沒再多問。

等顧大哥和顧小六出來，聽到他們在商量回家蓋房子、買地的事，立刻興致勃勃地湊在一起。看著兄弟幾個臉上遮不住的笑意，顧長安暗暗自責。是她這段時間太過大意了，竟是沒注意到顧大哥他們幾個，其實更願意回梨花村住，要不是這一次顧三哥提起，他們幾個肯定會壓抑自己的想法，跟著她繼續住在鎮上。

「五姊，妳不想回去嗎？」顧小六叫了顧長安幾聲卻沒聽見她回答，瞪大了眼睛可憐兮兮地看著她。

顧長安回過神來，摸了摸他的腦袋。「不是，五姊只是在想，既然要蓋房子，不如我們再去買塊宅基地，把周邊能買下來的地都給買了，好蓋個大點的房子。」

顧小六激動得小臉通紅，連連點頭。村裡人都不愛住在村尾，村尾的確有不少的宅基地，而且價格便宜不少，要是能把那些宅基地都買下來，到時候就算不用來蓋房子，做個圍牆也不錯。

「行，明天爹娘他們都會來鎮上，到時候我跟他們商量一下，等小食肆裡的事情都安排妥當了，我們就回村蓋房子！」顧長安最後拍板，一錘定音！

回村，買地，蓋房子！

一夜無話，第二天顧長安早早起身，顧大哥幾個也準時醒過來，唯有顧小六依然睡得昏天暗地，臨出門的時候，顧大哥把門鎖好了，等他們忙完食肆裡的事情，再過來接顧小六去書院。

到了食肆，陸九和袁大兩家人已經把事情準備妥當了。蔬菜清洗乾淨，骨湯也熬得香濃，甚至還發麵做了饅頭和花卷，顧長安嚐了口，勁道有嚼勁，一口咬下去特別香。花卷裡面加了些許豬油，加上細碎的蔥花點綴，鹹口的味道也很不錯。除此之外，居然還有一屜捏成各種動物和蔬菜模樣的饅頭。

見顧長安有些驚訝地挑眉，一旁的安氏有些忐忑，緊張地道：「五姑娘，奴婢、奴婢……」

顧長安擺擺手。「這些饅頭也是妳做的？」

她指著那些滿滿童趣的動物和蔬菜形狀的饅頭。

徐氏有些害怕，卻是個實誠人，不會讓安氏替她承受壓力，上前一步。「是、是奴婢做的。」

一旁的陸九和袁大，以及三個孩子面上都有緊張之色，著實拿捏不準他們擅作主張會不會惹怒主家？

顧長安見他們著實緊張，擺擺手，道：「做得很好，不過我們食肆裡除了饅頭之外，最吸引客人的還是特製的灌湯包子，等下午有空了，我再教妳們。」接下來又誇獎了她們幾句。「這饅頭和花卷做得都不錯，待會兒我們就吃這些墊一墊肚子。徐嬸子手也巧，這些饅頭應當能為我們食肆再多吸引一些小客人。」

她又看了三個孩子一眼，道：「往後莫要叫孩子們早起了，他們年紀還小，且身體虧空得厲害，得好生養著，不然日後可長不高。」她琢磨著是不是該去請德興堂的大夫過來一趟？這兩家人怕是身子都虧空得厲害，先讓大夫看看，該補身子的就補一補，不夠健康的就喝點藥，總要對得起她花掉的銀子。

想起那酸爽的藥湯味道，顧長安心中生出一種詭異的舒爽感。

反正不是她喝就成了！

兩家人對視幾眼，不管是哪個，臉上都露出驚喜中帶著些許惶恐的神色來。當父母的自然心疼自家孩子，只是他們現在已經失去自由身，再心疼孩子也只能讓他們跟著做活；卻沒想到新主人竟是這般大度、心善，一時間他們不知該如何回應才好？

顧長安沒打算聽他們道謝來、道謝去的，等食肆開始來人之後，她便帶著安氏和徐氏做了幾回酒釀吃食，然後便將食肆交給她們，她則陪著顧大哥幾個回去住處。等他們回到住處，顧錚禮四人也到了。

「爹，你們怎麼來了？不是讓人捎了口信，讓你們別來了嗎？」

鄒氏把才熱好的酒釀饅頭端出來。「當初你們小叔頭一天去學堂的時候，我跟妳爹去送了，輪到你們去學堂，我們自然也得去送一送。」

顧錚維摸摸後腦勺，呵呵一笑，幫忙把剩下的小菜都給端上來。顧錚禮趁著這空檔，把顧小六給拎到井邊洗了個臉。

「過來吃飯吧！」鄒氏笑著招呼。

「娘，吃多了容易犯睏，大哥他們第一天去學堂可不能睡著了，不然先生瞧見了怕是不喜。」顧二姊淺笑著勸說，又將鄒氏準備給顧大哥的青菜豆腐包子遞給顧長安。「不過小五可以多吃一些，這些可都是娘親手做的。」

顧長安面不改色地將包子兩、三口就吃了下去，鄒氏的手藝自然是好的。見她吃得開心，顧大哥幾個便刻意放慢速度。顧錚禮四個是空著肚子來鎮上的，原本有些緊張，所以胃口有些差，卻被顧長安的好胃口給帶動起來，三人埋頭苦吃的動作一模一樣，不一會兒，滿桌子的吃食都被一掃而空。吃得最多的還是顧長安，然後才是顧錚禮和顧錚維。

顧二姊幾個暗嘆一口氣。

妹妹在吃過飯之後，又在飯量上幹掉正值壯年的父親，以及半大小子吃窮老子狀態的小叔，他們還能說什麼？

等吃飽喝足，時間也差不多，顧家人便一同去了明山書院。

「要聽先生的話，不可主動惹事，不過要是別人欺負到你頭上了，那就別忍著。」顧長安拉著年紀最小的顧小六認真叮囑。「別學四哥直來直去的，多學學三哥。」

原本在一旁聽得無奈的顧三哥，聞言摸了摸鼻子。他這是招誰惹誰了？

鄒氏原本有些莫名不捨，這下子全都沒了，好不容易才控制住自己沒露出嫌棄的表情來。「快進去吧，不是說要先去拜見先生嗎？」

顧大哥只好拉過顧小六，道：「爹、娘、小叔，那我們先進去了。」

顧錚禮送過顧錚維上學堂。對於他來說，這個跟自己長子年紀差不多的弟弟，其實跟自己兒子沒什麼差別，自然看得開一些。目送三個兒子進了學堂，立刻收起一臉感慨，哄著鄒氏離開。

「小五，別難過，大哥他們晚上就回家了。」顧四哥憨憨地摸摸後腦勺，嘴巴笨，想了半天只能擠出這麼一句安慰的話來。

顧長安面無表情地看了他一眼，猶豫了一會兒，到底還是什麼都沒解釋。

反正也解釋不清楚！

一家人直接去食肆，食肆裡只有零星的幾個客人，也都吃得差不多了，見顧長安幾人過來，都笑呵呵地跟他們打招呼。尤其是在看到顧錚禮和顧錚維，幾個客人立刻客氣很多，叫了一聲秀才公。

這讓陸、袁兩家人面色微微一變，尤其是袁家人，看到顧家人的眼神中甚至帶著幾分熱切的敬仰。

這可是秀才老爺啊，而且還是兩個！要知道他們村子裡學問最好的，也就是一個老童生，家裡的日子是村裡最為富裕的。就算那老童生考了幾十年都沒能成為秀才，可在村裡的身分依然高於其他人。卻沒想到，他們賣身為奴之後，居然成了兩位秀才公家裡的下人！這可真是……

鄒氏和顧二姊原本想要一起收拾，卻被徐氏和安氏連忙給攔下。尤其是徐氏，手腳麻利，不一會兒就把整個食肆都收拾得乾乾淨淨。

顧長安將他們打算回村裡買地、蓋房子的事情跟家裡人說了。

鄒氏面上有驚喜之色。「那就不來鎮上了？那宅子不買了？」

顧長安看得出來，鄒氏也是想要住在梨花村，心頭一鬆，看來這個決定沒錯。

「娘，那宅子還是要買下來。一來跟人家說好了，二來在鎮上也能有個落腳的地方，說不定哪天有事情來不及回家，總不能去住客棧。」

聽她這麼說，鄒氏也沒再多說。在鎮上有個住處的確不錯，說出去都是長面子之事，何況現在他們家不是買不起，不是打腫臉充胖子之事，她自然願意。

顧長安又道：「回去買地之事，就得由爹和小叔出面了，我想把我們家周圍的那些荒地都買下來。等買好了地，剩下的事情就交給我跟四哥，爹和小叔就去縣城吧！」

顧二姊眉頭輕蹙。「那我呢？」

顧長安道：「二姊妳只是暫時有些空閒罷了，等村裡的作坊建成，我打算讓妳去管著。還有，徐嬸子有一手好繡活，二姊妳不是喜歡繡花嗎？我問過徐嬸子了，她很願意教妳，等到那時候，二姊怕是要忙得沒個空閒時候了。」

顧二姊聞言，眉眼間多了幾分歡喜。「忙一些好。」

顧錚禮、顧錚維和鄒氏三人微笑著看著姊妹倆，對自家孩子們關係和睦很是自豪。

顧長安轉達了大家的看法，這件事算是全票通過，等回去買地之後，就能著手處理了。

這時候安氏和徐氏已經把食肆收拾得妥妥當當，顧長安又將螺螄粉等手藝都教給了兩人。安氏的手藝果真是不錯，只教了一遍，在調味上就比顧長安要出色得多。相比之下，徐氏的手藝只能說是一般。不過徐氏做東西總是透著一股精緻，一碗螺螄粉，她也能隨手擺出花樣來，加上安氏的好手藝，立刻就讓這簡單的吃食上了一個層次。

顧長安很滿意。「中午還要賣一些饅頭，隨便妳們自己發揮吧！」接著又將酒釀饅頭的做法教給兩人。

有徐氏和安氏的加入，食肆裡的生意立刻提高一個等級。

將食肆裡的鑰匙交給袁大，又給陸九一些銀錢，帶著他去鎮上走了一圈，把進食材的鋪子都給認全了。原本打算帶著兩家人回一趟梨花村，不過現在家裡沒什麼地方可住，顧長安就打消了念頭。

等顧四哥從紀家回來，順便帶了一個小跟班，又去明山書院接顧大哥三人，一家人加上紀琮，一起回了梨花村。

雖說顧小六起先不太願意去學堂，作為一個才五歲的孩子，吃喝玩樂才是他終極目標，不過很顯然，他已經對去學堂這件事改變了態度。一路上就聽見他嘰嘰喳喳的聲音，顧長安親眼看到，好幾次鄒氏的手都想去拿顧錚禮手中的鞭子，好在顧錚禮能夠體諒顧小六的心情，給鄒氏陪著笑地攔下了。

倒是紀琮很捧場，很是熱情地問著學堂裡的那點事情；當然，紀琮也就是這麼一問，他自己根本不想去學堂。

「長安，我聽別人說山裡有我這麼大的靈芝，還有可以變成胖娃娃的人參，是真的嗎？」聽夠學堂的事情，紀琮湊到顧長安身邊，好奇地問道。

顧長安嘴角抽了抽。紀琮這麼大的靈芝她也就忍了，變成胖娃娃的人參是不是有點太誇張了？

「你都是聽誰說的？」倒是一旁的顧三哥看出紀琮的躍躍欲試，忍不住微微皺眉問道。

紀琮對顧家這位成天臉上掛著笑的三哥下意識有些怕，聞言只好老老實實地回答。「聽府裡的下人躲在後花園裡說的。」

顧三哥看了顧長安一眼。紀琮這小子只聽自家小五的話，還是讓小五來解決這種破事吧！

顧長安耐心地解釋，山上並沒有臉盆大的靈芝和會變成娃娃的人參。「他們只是湊在一起說笑而已，並不是說山上當真有那些東西。你在京城可曾見過那麼大的靈芝，和會變成娃娃的人參？」

紀琮遲疑了一下，老實地搖頭。「從不曾見過。」停頓了一下，到底有些不甘心地追問：「當真沒有嗎？無風不起浪，說不定真的有呢？」

顧長安想了想，便順口哄道：「或許吧！」

紀琮得到顧長安的肯定，臉上的笑容立刻變得明朗。

到家之後，鄒氏帶著顧長安姊妹兩個立刻去廚房。顧家的男人也不是坐享其成的人，紛紛動手幫忙，不一會兒簡單的飯菜就做好了，顧長安又將從鎮上帶回來的燒雞切成小塊。

「爹，您跟小叔什麼時候去村長那裡？」顧長安問道。

顧錚禮想了想，道：「村長想要把作坊建在村子裡，拖到現在也沒商量妥當，正好明日去跟他商量一下，把家裡周邊的荒地都買下來自己蓋房子。至於作坊，就順了村長的意思，選在村子裡吧！」

顧長安聞言也覺得沒問題。「爹，要是能多買一些地就一起買了，房子蓋大一些，等小叔他們娶親了，才住得下。」

顧錚禮笑呵呵地應了，顯然是自家女兒說什麼都成，一副傻爹的模樣。

鄒氏立刻贊同道：「你小叔是到了該說親的年紀了，不如哪天去找冰人幫忙留意、留意？」

顧錚維聞言，面上微微有些泛紅，只不過他長得粗獷，羞紅臉的模樣著實有些刺眼睛。

顧三哥欣賞了一會兒自家小叔窘迫的模樣，然後才慢吞吞地為他說了句公道話。「小叔要說親怕是還要等上幾年，等中舉了再說親更好。」

顧長安也跟著點頭。「等去了縣城、府城甚至是京城，再等成了舉人或是入朝為官，眼界會開闊不少，到時候小叔也會知道，自己想要找什麼樣的女子共度一生。」

顧長安倒不是看不起鄉下姑娘，只是這是人生大事，她不希望顧錚維倉卒地決定一生。

至於現在先娶了，等日後發達了休妻再娶，或是再將美嬌娘真愛抬回家這種事情，是絕對不會發生在他們家的。

小叔也好，哥哥、弟弟們也罷，誰敢這麼做，她就打斷他們的腿！

想到這裡，顧長安眼中像是帶著小刀子一般，冷冷地掃了家裡幾個還沒娶妻之人。

他們幾個有些狐疑地摸了摸脖子。怎麼忽然有冷風吹過似的？

接下來一家人的注意力，就放在蓋房子要蓋成什麼樣子。顧小六嚷著要自己的房間，還得有書架，靠窗的地方要放張桌子，他好在那兒練字。紀琮也跟著湊熱鬧，喜孜孜地要求自己也要有個房間，最好是挨著顧長安的房間；只可惜有房間的要求被接受後，後一個要求就被無情地拒絕了。

顧大哥和顧三哥的視線齊齊落在他身上，危險地瞇起了眼睛。

這小子既然想要當他們家的童養夫，這麼蠢可不成，在他回京城之前，作為極有可能的未來大舅子，他們有責任好好地「教導、教導」他才行！

兄弟兩人做了決定，而紀琮完全不知道，他只是為了一個靠近顧長安的房間，卻為自己招惹了巨大麻煩。不過這都是後話，暫且不提。

對於自己的房間各人都有自己的想法，顧長安算了一下手頭的銀錢，覺得他們的要求都可以滿足，當下也就任由他們興奮地討論了。

第十一章 失蹤

第二天一大早，顧錚禮和顧錚維就去了村長家。

買地的事情非常順利，尤其是村長得知顧家經過紀家同意，打算把作坊建在村子裡之後，對顧錚禮乘機提出想要將顧家周邊的荒地都給買下來的要求，只遲疑了片刻就立刻點頭同意。

這件事就這麼成了，村長當時直接去了一趟縣衙。顧錚禮兄弟兩人回家後，將事情跟顧長安幾個又說了一回。

「看村長的意思，事情應當是底定了。」顧錚維道。想起村長在得知事情到底遂了他的意思時，露出的那種得意和高興，眼底不免掠過一抹嘲諷之色。

再好的交情，總歸是抵不過切身利益。

顧長安對此倒是很淡然。「地能買下就成。」

顧二姊淺淺一笑，道：「等買了地，就該開始請人蓋房子；還有作坊，也不能當真丟給村長看著。」

顧長安道：「作坊那裡，除了村長之外，我打算讓陸九回來盯著；至於我們家這邊……娘，外公、外婆許久不曾來家裡了吧？」

鄒氏微微一怔。「是挺久沒來了，那不是……妳是想讓妳外公來盯著？這可不行，他身子骨不太好。」

顧長安點點頭。「外公年紀不大，就是往年做得活計多了，有些傷了身子。外公家裡不算好過，去把他跟外婆接過來，在家裡住上一段時日，再讓他幫忙看著家裡，應該不會累著他。」

見鄒氏還是有些猶豫，顧長安道：「娘不如先去問一問外公、外婆，若是他們願意的話，就接他們過來住上一段時日。」

鄒氏聞言倒是真的動了心。她娘家沒兄弟，家中只有最小的妹妹招了贅，家裡日子不好過，這些年她爹娘沒什麼好日子過。往年她是有心無力，現在家裡好過了，別的不說，先接爹娘過來住上一段時日也是好的。

「還有，等作坊建好了，我打算請姨母家的表姊們過來一起做活。」顧長安又道。這些事情她原本就已經算計過了，顧家得外家姨母家幫襯良多，有來有往才是親戚的相處之道，姨母家若都是沒什麼小心思的，那就多幫襯一把。

鄒氏聞言自是心動不已，不過還是看了顧錚禮和顧錚維一眼。這畢竟是顧家，雖說顧家沒什麼族親，姻親還是有的。現在要跳過顧家當家的，直接決定將她娘家人請過來做事，她還是很在意顧錚禮兄弟兩人的看法。

顧錚維立刻道：「嫂子，我覺得小五說得對。大伯和伯娘往年沒少幫襯我們，就是姊姊、姊夫們同樣如此。現在我們家日子好過一些，是該回報他們了。」

顧錚禮摸摸腦袋，笑呵呵地點頭。「對！孩子他娘，明天我就去一趟爹娘家，把他們兩老接過來住上一段時日。」

顧錚維連連點頭。「大哥我跟你去！大嫂，待會兒就把我那間房收拾出來，好給兩老住，我跟小六他們擠一擠就成了。」

顧二姊提醒他。「小叔，你忘了這幾天你們就得去縣城嗎？」

顧長安道：「爹，你就跟外公、外婆說你跟小叔要去縣裡，不知哪日回來，做事沒個主心骨，所以煩勞兩老過來把把關。畢竟蓋房子、買地哪樣都不是小事，萬一做事情差了哪兒，可都是一輩子的大事。」

顧錚禮聞言立刻點頭。「這個對！這些事情可都有規矩，我們還真不懂。成，就這麼跟兩老說，他們肯定能答應。」

顧二姊原本想說將外家的小輩也帶過來，不過轉念一想，家裡實在沒個空地方，當下也就作罷，等家裡新房子蓋好，到時候再將人請過來住上幾日吧！

說完了正事，顧長安正要起身，卻聽見門外有急促的馬蹄聲響起。

顧長安微微一怔。村裡怎麼會有馬蹄聲？想起最為可能之人，顧長安眉頭微皺，快步走到門邊，差點跟來人撞個正著。

「紀管家？」顧長安難得有些驚訝。

紀忠卻是顧不得其他，一把抓住她的胳膊。「五姑娘，我們家小少爺可在？」

顧長安心頭一跳，立刻穩下心神。「一早便跟著我大哥他們一起回鎮上了，他沒回紀家？」紀家馬車跟著一起來的，早上也有車伕護送，難不成人丟在半路了？

紀忠的臉一下就白了，嘴唇哆嗦了一下。「到家了，可一轉頭人又不見了。家裡養的小馬也沒了蹤影，我問了守城門的熟人，說是往梨花村這邊來了……」

「確定是往梨花村來了？他騎著小馬出門，整個紀家上下就沒個親眼看見的人？」顧長安盯著紀忠，語氣著實算不上好。

「小少爺只認識來梨花村的路，我在來的路上看見了馬蹄印，正是朝著這方向來的。」紀忠這把年紀的人，急得眼眶都有些泛紅了，可隨即眼底又掠過一抹凶光。

小少爺騎著馬走的，府裡上下居然沒人發現，要說這其中沒有點貓膩誰能信？且等著！找到小少爺之後，他一定要活活扒了那些吃裡扒外的狗奴才的皮！

顧長安卻是懶得關心這些，顧錚維已經衝出門去。「我去村頭問一問。」

顧錚禮沈著臉在屋裡繞了一圈，回頭問紀忠。「小琮這些日子可有非同尋常的地方？小琮不是個行事魯莽之人，會忽然做出這種舉動，著實有些奇怪。」

「非同尋常之處？」紀忠勉強穩下心神，仔細回想一番，眉頭微微皺起。「這些時日小少爺一直都很正常，並無特別之處；倒是這兩日我有些事情脫不開身……是我對小少爺的關心不夠。」

不一會兒顧錚維就跑了回來，面色有些難看。「林六哥早起去地裡的時候，正好瞧見小琮騎馬過來。小琮沒進村，還讓林六哥把馬牽回去，說是不把馬騎來我們家，先放在林六哥家裡。」

顧錚禮的臉色也跟著難看起來。「來了村裡卻沒來我們家，那他……」

「去山裡了。」顧長安面無表情地道：「他肯定進山了，而且是老鷹山。」

她想起紀琮提過，跟他人那麼大的靈芝和會變成娃娃的人參，是她大意了。

其餘幾人臉色驟然大變，紀忠更是眼前一黑。「什、什麼？小少爺怎麼會忽然進山？五姑娘，您怎麼會知道？」

顧長安將昨天紀琮的話大致說了一遍，冷冷道：「紀管家說平安鎮的紀家是紀琮的紀家，恐怕不盡然。怎會有這般巧合之事？紀管家忽然瑣事纏身，紀琮忽然聽到有下人在背後說三道四，回了紀家騎著馬出來都未曾被人阻攔，這巧合可真不少。」

說到這裡，顧長安忽然心頭一動，立刻問道：「紀管家，你仔細想想，這幾日當真沒有特別之事發生？你在紀琮跟前，可有說過一些需要貴重藥材之類的話？」

紀忠先是一愣，旋即就明白過來，臉色越發難看。「……有！」

他狠狠地抹了一把臉，自責道：「當初夫人分娩時拖的時間長，還是宮裡賞的百年老參才吊住命，卻是沒熬多久。前幾日在整理庫房時，小少爺跟著去看熱鬧，正好瞧見一株人參，我就順嘴兒提了一句……」

他當時感慨，這老參可是好東西，吊住人命最有效的就屬這個了。小少爺當時的反應的確有些奇怪，還特意問了，生娃娃的話，是不是用老參更加安全一些？他想起了當初的夫人，便沒多在意小少爺的反應，只給了肯定的回答。一定是這話被小少爺給聽了進去，所以才讓人有了可乘之機。

顧長安深吸一口氣，不再去糾結這件事是否與她有些關係，道：「紀管家，你先去找人，我們要盡快進山一趟！」

紀忠立刻道：「還是我……」

「紀家的人只有你能調遣，而且我相信紀管家有足夠信任之人可以用吧！」顧長安壓根兒不等他把話說完，目光灼灼。

不怪她這時候有些咄咄逼人，而是紀管家的確是失職了；當然，她並沒有指責的意思，讓紀管家去調人來也是唯一的選擇，而且這時候任何矛盾都是小事，盡快找到紀琮才是最為要緊的。

紀忠剛才那話說出口之後，自己也反應過來了，當下沒再多說，立刻上馬疾馳而去。

顧錚禮道：「我去找葉獵戶，梨花村只有他對老鷹山熟悉一些。」

顧錚維則是道：「我去問一問村裡人，看看……」

他想說看一看有沒有人願意進山？只是他自己也清楚，恐怕肯去的人沒兩個，事到如今，只能先去問一問了。

鄒氏和顧二姊對視一眼，齊齊看向顧長安，面上都有擔憂之色。「小五……」

顧長安抬頭看向她們兩人，語氣極為平靜。「娘、二姊，我要進山一趟。」

鄒氏張了張嘴，想要反對，卻又不知道該說什麼才好？

顧長安依舊冷著小臉，語氣平淡。「紀琮年紀還小，沒進過山，距離他進山的時間也不長，這時候去找他，說不定都不用進深山裡。等紀管家回來時間太長，有個萬一，紀琮的命都會丟了。」

「可是妳也才七歲！」顧二姊提醒道。

顧長安握了握拳頭。「我力氣大。」就算是碰到野豬，她也是有自保之力的人。

顧二姊何嘗不明白這一點，可是小五的力氣再大，她不過才七歲！

然而，只不過一個錯眼的工夫，顧長安就沒了蹤影，母女兩人的臉色驟然一白。

顧長安只拎著一把砍柴刀就避開鄒氏和顧二姊，逕自進了老鷹山。她知道應該先等人再一起進山才更加安全，可她實在是等不了。紀琮年紀不大，還有點傻乎乎的天真，嬌養著長大，膽子很小。一想到紀琮一個人進了山之後可能遇上的危險，她就再也無法繼續等待下去。

她也是第一次進老鷹山，心裡期盼著紀琮只在外圍繞著圈子，然而等她進了山之後就發現了痕跡，顯然紀琮已經往山裡走了。她順著痕跡盡快追了進去，還時不時地做記號，好給後面跟來的人引路。

她個子小，枝杈擋不住她，速度倒是不慢。逐漸進得深了，樹木開始茂盛起來，連日光也開始斑駁，顧長安心裡更加發緊，速度跟著加快。

一等進了深山，顧長安心驚肉跳地發現野獸的腳印，甚至還有一個看起來像是野豬的腳印。饒是早有準備的顧長安，也忍不住心頭猛跳。

野豬也就罷了，希望別有狼群才好。

顧長安按下心頭的想法，加快步伐進了山裡。好在紀琮頭一次進山，一路上留下的痕跡不少，她順著新鮮的痕跡一直走就成了。

走了足有半個時辰還沒看到人，顧長安忍不住在心裡暗罵。等找到那小子之後，她一定會讓他知道，不聽話的孩子就要挨揍這個真理！

再說紀琮偷偷進山之後，心裡又是激動、又是緊張。他一直都知道自己的親生母親是在生他的時候傷了身子，沒熬多久就丟下他走了。所以，在聽到下人說的大靈芝和會變成娃娃的人參之後，才會動了心思。當然，他沒有立刻相信那些下人說的話，還特意問了最為信任的長安。雖然長安沒肯定他說的那些話，卻也沒否認山裡有靈芝和人參。

紀琮決定進山去找靈芝和人參！

他以後可是要娶長安的男人，萬一長安給他生娃娃的時候有危險呢？靈芝和人參這種東西，果然是萬萬缺不得的。

憑著一腔美好的願望悄悄進山，其實沒出一刻鐘他就有些後悔了。他自小嬌生慣養，哪裡走過這麼崎嶇的山路？可是等他想要回頭的時候，卻發現自己居然已經找不到回去的路，最後只能選定了一個方向往前走，卻不想，他這是越走越往裡。

他運氣不算差，剛開始這一段路只遇上野兔、看到兩隻野雞，除此之外就連條蛇都沒碰上；然而，很快他的好運就告罄，迎頭跟一頭小野豬碰上了。

兩人走了個對面，紀琮嚇得不輕，那小野豬也嚇得哼了一聲，後退了兩步。紀琮哪裡遇上過這等危險，身體的本能比理智來得更快、更直接，趁著小野豬還沒反應過來，他轉頭就跑。那小野豬出於本能，立刻將紀琮當成自己的獵物，獵物跑了，小野豬立刻撒腿衝了上去。

紀琮腦海裡一片空白，只知道朝著前方努力地衝衝衝，但兩條腿哪裡比得過四條腿？幸虧山裡樹多，紀琮每每要被撞上的時候，好運地繞著樹跑上兩圈，都能將小野豬給再次甩開。

然而，紀琮的體力到底有限，他只顧著往前跑，忽然被一根樹枝給勾了一下，整個人撲倒在地。緊跟其後的小野豬衝了過來，眼見著下一刻紀琮就要被野豬直接踐踏而過！

紀琮掙扎了一下卻發現自己又怕又累，竟是連動都動不了，眼眶一下子就紅了。

難……難道就要死在這裡了嗎？嗚……長安！

紀琮委屈得不行，只期盼長安能像第一次出現救了他一樣，再次及時出現在他面前。只要有長安在，他就什麼都不怕！

「砰！」

一道身影極速衝了過來，如同炮彈一般，狠狠撞在那頭小野豬身上。原本狂奔的小野豬都飛了起來，硬生生飛出四、五公尺，狠狠地摔在地上。

伴著一聲悶響，小野豬掙扎了一下，竟是頭腦發昏，無論如何也站不起來。

趁著這個時候，來人二話不說，衝到小野豬前面，掄拳就是一通狠揍。第一拳打下去小野豬還慘叫一聲，一直抽搐，掙扎著想要爬起來；然而等第二拳和第三拳砸下去，小野豬只有哼哼的分，壓根兒沒有再站起來的力氣。

第四拳狠狠地砸了下去，小野豬的腦袋被狠狠砸進了地面，小野豬四肢抽搐了一下，再也沒有聲息。

躺在地上的紀琮看見來人，小嘴一扁，眼淚頓時就掉了下來。「長、長安……」

顧長安只覺得一顆心都在怦然劇烈跳個不停，她面無表情地抓起小野豬，這才低頭看向紀琮。「站起來，我們該走了。」就怕幹掉了野豬兒子，再來野豬爹娘，她現在一點都不想碰到成年的野豬。

紀琮張了張嘴，知道自己這一次怕是真惹怒了長安。雖然還有點腿軟，不過想著不能再惹長安生氣，到底順利地站了起來。

「長安，我、我錯了……」紀琮小聲地道歉。

顧長安把小野豬扛在肩膀上。這小野豬足有兩百來斤，比村裡不少人家養的家豬壯實多了；也是因為老鷹山的威名太大沒人敢進，這才導致這些野物比普通牲畜肥壯得多。

另一隻手倒是空出來去握住紀琮的，她這時候就算再生氣，也不會把他丟開。

紀琮知道顧長安還在生氣，而且這地方不是可以久留之處，便安安靜靜地跟在她身後，加快步子往外走。只是他剛才被小野豬追得滿山跑，驟然停下來之後，雙腿沈重得不像是他自己的。他咬著牙，跟在顧長安身後，就怕跟不上會讓她更生氣。

顧長安雖然沒回頭，卻能夠猜到紀琮此時的心情和狀態，暗嘆一口氣，到底還是稍稍放慢了速度。

兩人的運氣顯然不是很好，還沒走多遠，就感覺到地面有些震動。

顧長安一把將紀琮推到一旁樹後，一頭大野豬已經衝了過來。她一手操起砍柴刀，一手拎著小野豬，狠狠地將手中的小野豬砸了過去。

只聽一聲破空的呼嘯聲響起，被當成暗器的小野豬，猛地砸中滿腔憤怒衝過來報仇的野豬腦袋上。巨大的衝擊力，瞬間就將這頭足有五、六百斤重的野豬砸翻在地。

顧長安向來信奉「趁他病、要他命」這人生準則，趁著大野豬被砸得頭昏眼花、一時間掙扎著站不起來的空檔，衝上去舉起拳頭就對著野豬的耳根重重打了下去。

顧長安被野豬掙扎著掀翻，一骨碌地爬起來又繼續壓著野豬打，如此反覆數次，她都不知道自己打了多少拳，直到感覺不到掙扎的感覺，這才停了下來。她並未立刻鬆開手，而是在謹慎檢查之後，確定這頭大野豬的確已經嚥氣了，才長出一口氣，後知後覺地發現自己的胳膊都有些發軟；而且這野豬的皮太硬，她的拳頭指節被反震得破了皮，鮮血橫流。

「長安，妳受傷了？」紀琮跑過來的時候，正好看到顧長安手上的鮮血，頓時嚇紅了眼，連忙衝了過來。他撩起自己的袍子就想撕扯一塊下來好替她包紮，可低頭一看自己先前被野豬追得摔倒在地，衣服上全都是泥土、碎葉，看著就髒得要命。他連忙解開自己的袍子，外面的衣服髒了，裡面的還是乾淨的。

顧長安雖然生氣他這般不懂事，可事情已經發生了，到底不捨得再多責備。見他想要將袍子脫下，趕忙伸手攔著。「不用，只是有些皮肉傷罷了，不礙事。」

兩人的手碰在一起，紀琮嚇了一跳，趕忙縮回手，生怕把她給碰疼了。由於他忽然收手，她的手便稍稍往前伸了些許，恰好碰到紀琮奔跑時顛出來的玉珠子上。

指頭大小的玉珠子蒼翠欲滴，卻在沾染到顧長安手上的血液時，玉珠子的中心驟然染上一滴豔紅。

顧長安眉頭微皺，想要將玉珠子上的那滴血給抹去，忽然腦中一空，眼前茂密的樹木和紀琮瞬間失去蹤影。

她看見一片荒蕪的土地，在土地的最中間，有一眼泉水。那泉水不大，只有木桶口那麼大。讓她覺得驚奇的是，在這個角度，她竟然可以看到那泉水清澈見底；而且明明只是看起來極為尋常的泉水，竟讓她有種很想衝上去喝一口的衝動。

不對！

顧長安終於反應過來，她本該在深山裡，身邊還有一大一小兩頭野豬，外加一個小哭包紀琮才對。她怎麼會忽然出現在這裡？野豬萬一是一家三口可怎麼辦？紀琮力氣小，膽子也不大，沒有她的保護，他下一分鐘就能掛在這裡！

顧長安的眉頭緩緩皺了起來。她會來到這裡，是在自己的血沾染到紀琮的玉珠子上後發生的，那麼她是不是可以大膽設想，她現今在這裡，是因為那顆沾了她的血的玉珠子？換句話說，她或許可以讓腦洞開得大一點，更加大膽地猜測，她現在是在一個空間裡！

玉珠子裡的空間！

這種事情過於虛妄，務實的她在以前不可能這般猜測；可是，她如今換了一個身體、換了一個時空，再發生一點虛妄的事情，似乎也可以接受。

這般想著，顧長安便嘗試專注，默默地想著要出去。

果然，下一刻紀琮焦急泛紅的眼出現在她眼前，腳下是兩頭野豬，而她手中依然握著紀琮的玉珠子。

「長安，妳怎麼了？剛才我怎麼叫妳，妳都不理我，我、我害怕！」

顧長安握了握他的手。「不許哭！」

見她徹底恢復正常了，紀琮這才安下心來。

「長安，我們快走吧！」紀琮恨不得立刻就回家。

顧長安低頭看著地上的兩頭野豬，沈吟片刻，沒伸手去握住紀琮的玉珠子，只是在心裡默默想著將野豬收進空間。

下一刻，兩頭野豬瞬間就失去了蹤影……

紀琮目瞪口呆，傻乎乎地盯著空空的地面看了半天，好半晌才抬頭看她。如此來回數次之後，才指著地面結結巴巴、語無倫次地問道：「長安，野、野豬，野豬跑了……」

顧長安沒搭理他，心念一動，小野豬又忽然出現在地上。

這麼看來，她不需要碰觸到玉珠子就能夠將東西收進去；不過，她猜測這種收取應當是有距離限制的，只是現在不適合試驗罷了。

「紀琮，你心裡想著把野豬收起來。」顧長安想了想，催促紀琮嘗試。

紀琮眼睜睜地看著消失的野豬又出現了，整個人都有點傻了。不過他有一個優點，就是很聽顧長安的話，她讓他這麼做，他雖然不明白，卻也聽從地想著要將野豬收起來，雖然他壓根兒不知道要收到哪裡去。

好半晌，紀琮抬頭，愣愣地道：「長安，收不起來。」

顧長安眉頭微蹙，心裡又想著要將東西收起來。果然，地上的野豬再次失去了蹤影，她不再浪費時間，拉著紀琮就往前走。

紀琮傻乎乎地跟著她走了半天，好不容易才回過神來，忍不住追問：「長安，野豬去哪裡了？」

顧長安心思微轉，沒直接回答，反倒問道：「你脖子上的那玉珠子，就是你上回說過、你母親留給你的那個？」

紀琮摸了摸玉珠子，一臉懷念。「這玉珠子是我外祖母家的祖傳之物，我母親出嫁的時候，我外祖母就傳給了我母親。聽忠爺爺說，我母親一早就說過要把這玉珠子留給我，等我生下來之後便親手替我戴上了。」說起早早香消玉殞的母親，紀琮不免情緒有些低落。

顧長安想了想，將她無意中因血液碰到玉珠子，繼而打開玉珠子裡面空間之事，仔細跟紀琮說了。她不是沒有貪念之人，只不過這東西到底是紀琮的，而紀琮一片赤子之心，她終究捨不得欺瞞他。

紀琮認真地聽著，慢慢地瞪大了眼睛，嘴巴無意識地半張開來。

「空、空間？」

顧長安琢磨著他估計不太明白這些東西，便儘量用最簡單的語言解釋了一番。「就是這個玉珠子與眾不同，就……就跟一扇門一樣，還是別人看不見的門。這扇門我可以打開，然後把東西放進去，還能拿出來。」

紀琮似懂非懂地點點頭，遲疑了半晌，忽然問道：「那樣的話，是不是把不想讓別人看到的東西放進去，別人就再也找不到了？」

顧長安雖然不太明白他怎麼會忽然想到這上頭，不過還是點了點頭。「對。」

「我不能幫忙收東西，是嗎？」紀琮又問道。

顧長安想了想，道：「現在還不確定，等回去之後我們兩個再慢慢試一試。」這玉珠子到底是紀琮的，說不定紀琮也能用。

紀琮卻是沒應承下來，反而停下腳步，試圖將繫著玉珠子的那條絲繩給解開。「既然這個玉珠子長安妳可以打開，那我就送給妳啊！」

長安要是收了他的玉珠子，就只能當他媳婦啦！

紀琮忽然心頭一動，整個人精神起來。這是否就是別人說的聘禮啊？

然而，無論紀琮如何嘗試著想要將繩子解開，甚至還用隨身攜帶的小匕首試圖將那條看起來尋常的絲繩割斷，那玉珠子卻始終好好地掛在他的脖子上。

顧長安攔住他。其實她一開始就隱約有這種猜測，這玉珠子恐怕不能到她手中。能被當成家傳之物一代代傳下來，應當不是尋常之物，如果這麼簡單就能落到他人手中，這東西現在不知道在誰手中呢！

「長安，我拿不下來。」紀琮很是委屈，眼淚都要掉下來了。聘禮送不出去，就不能趁早把長安給定下來了。等以後長大，別人都知道長安的好，那他娶媳婦不是更加艱難？

顧長安拉著他快步走，先前她聽到動靜跑得太快，沒來得及做標記，再加上剛才遇險，難免有些迷失方向。拉著紀琮找了找，走錯了兩回，才找到自己之前留下的記號。

兩人順著她留下的記號往回走，只不過運氣卻不是那麼好，沒再遇上獵物。紀琮年紀小，對新事物接受的速度極快，何況還有顧長安在他身邊，原本看著有些陰森森的深山，已經不再讓他有任何懼怕。就好似出來遊玩一般，拉著顧長安嘰嘰喳喳地問著關於玉珠子空間的事情。

顧長安意外得到了好處，心情極佳，自然是有問必答。為了滿足紀琮的好奇心，她還特意將半路看見的幾種野果子摘了收起來，甚至還停下來挖了幾棵果樹苗，也隨手放進空間。

顧長安一路上時不時地觀察空間裡的那點東西。她之前把野豬收進去之後，特意在野豬身上劃了一道口子，他們走了有小半個時辰了，傷口就跟她劃開口子的時候一模一樣。她覺得自己可以再次大膽猜測，這空間的保鮮效果應當極為不錯。

「紀琮，今天的事情不能跟任何人說，記住了嗎？」顧長安忽然想起紀琮平時幾乎什麼事情都會跟紀忠商量，連忙出言提醒。

紀琮卻是比她知曉得要更加機智一些，聞言點點頭。「我知道，如果被人知道了，長安妳會很危險。」

萬一被人知道這件事，京城裡的那些人一定會出手爭奪長安。他現在還小，可爭不過那些人。現在他連聘禮都沒送出去，長安要是被人給搶走了，他到時候該怎麼辦啊！

又走了一段路，遠遠地聽到些許動靜。顧長安停下腳步，心念一動，將小野豬給拿了出來，輕輕鬆鬆地扛在肩膀上。「別忘了我們說好的事情。」

紀琮連連點頭，壓下眼底莫名的興奮之色，緊緊地跟在顧長安的身邊。有些眼饞地看了一眼小野豬，真心期盼自己的力氣也能跟長安一樣大。

果然兩人沒走幾步路，迎頭就碰上顧錚禮一行人。

「小五！」顧錚禮眼尖，遠遠地就看到了顧長安。滿心的焦急，在他衝過來看清楚顧長安肩膀上扛著的野豬時，瞬間化為烏有。

「爹，您來啦！」顧長安面色如常地跟他打招呼，又朝緊跟在後面的葉獵戶打招呼。「葉叔。」

葉獵戶打量了兩人幾眼，見他們安然無恙，顧長安甚至還扛著一頭小野豬，這才長出一口氣。「妳這孩子可真是膽大。」

緊跟在後面的還有梨花村的幾個村民。讓顧長安略微意外的是，村裡的林六叔居然也在。要知道林六嬸可是村裡出了名的潑婦，而且跟顧二嬸的關係不錯，沒想到這麼危險的事情，林六嬸居然肯讓林六叔摻和進來。

「妳小叔在山腳下等紀管家，我們早些下山，免得他們也跟著進來。」又看向一旁有些忐忑的紀琮，顧錚禮嘆了口氣，摸了摸他的頭。「小琮啊……」

紀琮低下頭，誠懇地道歉。「顧伯父，我錯了。」

顧錚禮欣慰地看著紀琮。孩子還小，總是會犯錯的，知錯能改就成了。

小野豬被顧錚禮接了過去，一行人匆匆忙忙地下山，在周邊遇上帶著人趕來的顧錚維和紀忠一行人。

一看到紀琮，紀忠驚喜交加地撲了上來。「小少爺！小少爺您沒事吧？都是老奴的錯，是老奴沒照顧好您，老奴愧對夫人啊！」

紀琮被紀忠這態度嚇了一跳，原本他以為紀忠會生氣。求救般地看了顧長安幾眼，見她並未有替他解圍之意，這才道：「忠爺爺，是我不分輕重，跟你沒關係。」

紀忠還想要說些什麼，顧長安這一回倒是先開口攔下了。「紀管家，這裡不算安全，我們還是回村再說吧！」

紀琮連忙點頭。「對對對，忠爺爺，我們回家再說啊！」

紀忠聞言穩住情緒，不只是因為現今在山裡，這裡還有外人，的確不適合說這些。

一行人下了山，進村之後顧錚禮笑呵呵地道：「今天煩勞大家了！中午趕不上了，晚上大夥兒一起去我家吃野豬肉，到時候每個人都得來，都主動點，可別讓我一家家去請。」

跟著上山的村民哄笑起來，平時村裡人互相幫點忙都不會收錢，就只管飯。今天雖說他們沒做什麼事情，不過肯跟著上老鷹山已經算是難得。顧秀才想要請客吃飯，他們也能接受，當下就答應下來。

顧錚禮又請葉獵戶待會兒幫忙一起收拾小野豬，葉獵戶自然也一口答應下來。

紀忠還有事情要處理，那些事情也的確不想讓紀琮看到，只能再三拜託顧錚禮和顧長安照看紀琮，這才殺氣騰騰地走人。

顧長安看了一旁還在為沒挨罵而偷樂的紀琮一眼，眼神微沈。她知道自己或許有些遷怒，然而紀忠若是做事再周全一些，紀琮又怎會被人算計成功？

紀忠掌握著紀琮可以動用的所有資源，得了多少便利，自然得付出等價的代價，從她的角度來看，紀忠顯然得到的比付出的更多一些！

「長安？」紀琮轉頭看她，面帶疑惑。

顧長安摸了摸他的頭，到底什麼都沒說。

第十二章　一波又起

兩人回到顧家，自然被鄒氏和顧二姊拉著再三檢查了一番。等確定他們兩個都安然無恙之後，母女兩人柳眉倒豎地狠狠訓斥兩人一通。

「娘、二姊，爹請了人晚上過來吃野豬肉，待會兒葉叔會過來幫忙，我們是不是該先把熱水燒起來？」顧長安果斷地轉移話題。

鄒氏瞪了她一眼，沒再繼續教訓。「妳帶著小琮先去吃飯，我跟妳二姊去燒水。」

顧長安帶著紀琮匆匆忙忙地吃飯，就去看葉獵戶給小野豬開膛破肚。

葉獵戶是處理慣獵物的，很快就將一頭小野豬給收拾妥當。顧長安堅持只留下豬肚和豬心，腸子之類的則是都給扔了。野豬的豬肚是藥材，不過這頭小野豬的豬肚只能當成食材吃。顧長安琢磨著等哪天將玉珠子裡的那頭大野豬給弄出來，大野豬的豬肚拿去藥鋪，應當可以賣上一點銀子。

「給今天進山的人都送兩斤肉，給葉家送上五斤。」等葉獵戶離開之後，鄒氏提議道。

顧錚禮笑呵呵地應了，肉切好了也沒耽擱，跟顧錚維兩人給各家送了過去。天氣熱了，現在把肉送過去他們都能先醃製好，免得放到晚上萬一有味，再送人就不好看了。

顧長安則是提著籃子給葉獵戶家送了過去，紀琮寸步不離地跟著她。

葉獵戶家的葉鋒和葉銳也在家，見到顧長安和紀琮很是高興，連忙拉著兩人問起老鷹山的事情，葉銳尤其關心老鷹山裡有沒有老虎。

紀琮癟著嘴。「有老虎的話，我們就危險啦！」

葉銳卻是滿不在乎地道：「怎麼會？五姊姊那麼厲害，就算碰到老虎也能一拳打死！」

紀琮聞言倒是贊同地點頭。「長安最厲害了。」

葉銳現在看到顧長安比看到他爹都親，滿心滿眼的崇拜簡直能嚇死人。不過這樣的葉銳，反而得到紀琮的另眼相待。能看到長安的出色和與眾不同，這個葉銳挺有眼光。於是兩人湊在一起，紀琮興致勃勃地跟他描述顧長安當時一拳打翻野豬的英姿。當然，紀琮只說了打死一頭小野豬，那頭還放在玉珠子裡的大野豬，他半點口風都沒透露。

「小五，妳以後可不能這樣了，老鷹山太危險了，我爹平時都不敢進，只敢在周邊走一走。今天可把顧伯伯、伯娘他們給嚇壞了。」葉鋒比顧長安大了兩歲，平時又跟顧家孩子走得近，這時候倒是頗有兄長的風範。

顧長安點了點頭，算是應下了。「今天只是意外。」

晚上家裡宴客，想著顧大哥他們也會回來，顧長安便邀請葉家兄弟晚上跟著葉獵戶一起過去。

「我大哥他們會回來，正好紀琮也在，你們就當過去陪著他們說說話。」顧長安見葉鋒要拒絕，直言道：「你們早些過去，說不定還有要你們幫忙的地方呢！」

葉鋒聞言沒再拒絕。

見他們答應下來，顧長安帶著有些依依不捨的紀琮回家，到家的時候，鄒氏和顧二姊已經開始準備晚餐。

「切了這塊五花就做燉肉，娘，這菜您來做，您做的燉肉最好吃。」顧長安手起刀落，切下一大塊五花肉，直接分配好做法。

鄒氏笑咪咪地應了。「要不再多做一些？你們幾個也多吃一些。」

「這一塊就夠了，還有其他的肉菜呢！」顧長安搖頭道，又切了一塊血脖肉。「二姊，這塊肉切小了熬點油，然後燉點筍乾。」

顧二姊也笑盈盈地應了，接過肉去清洗乾淨。

顧長安想了想，又拿了兩根骨頭，用斧頭給劈成兩截。菜地裡還有新種下的一些青菜苗，正好拔一把過來，骨湯熬好了再加入青菜，就是一碗味道鮮美的青菜骨頭湯。

豬心清洗乾淨，加了調味料、米酒、蔥薑蒜後直接水煮，煮熟了就能起鍋，等晾涼了切成薄片，再調一個醬汁就能吃了。豬舌頭她捨不得做，她爹和小叔都好這一口。

又切了一塊瘦肉，切成絲炒青椒和茄子。這時候山上已經有鞭筍，顧長安把骨湯燉上後，帶著紀琮，叫了葉鋒和葉銳，一同去小涼山挖了點鞭筍。

「長安，已經挖夠了嗎？」紀琮抹了一把汗，手上的泥不意外地黏在額頭上。

顧長安眼底泛起一絲笑意，替他擦乾淨之後，才道：「夠了，今天不做完，放到明天就老了。順路再去扯幾把黃豆秧子，回家剝點嫩黃豆。」

顧長安琢磨著，再炸一個花生米、做個涼拌青瓜。筍乾豆可以裝一盤，下酒再合適不過。再從菜園裡拔兩、三樣菜，用來整治一桌子待客的菜就足夠了。

顧大哥他們匆匆忙忙地回來。顧四哥最早知道家裡發生的事情，去接顧大哥他們的時候便將事情跟他們提了。紀琮被人蠱惑，自家傻妹妹居然獨身闖進老鷹山，這讓顧大哥幾個又是後怕、又是惱火。

晚上幾乎滿桌子都是肉菜，除了一個涼拌青瓜，就連花生米都是用油炸。要知道就是嫁娶擺酒的時候，桌上的菜也比不上這一桌。饒是早有準備，葉獵戶等人也是大吃一驚。

林六叔搓了搓手，有些不好意思地道：「這都送了好大一塊肉了，怎麼還準備這麼多肉菜？給孩子多吃點，再說你們鎮上不是開著食肆嗎？做了在食肆裡賣也成啊！」

其他幾人也紛紛附和。

顧錚禮笑呵呵地道：「趁著新鮮多吃點，我們幾個正好坐在一起喝一杯。家裡還有不少肉呢，少不了孩子的，你們就別跟我客氣了，都坐下吃吧！」

村長李山也在邀請之列，見狀也笑著招呼道：「咱們秀才公都開口了，你們再不坐下，可就不給秀才公面子了啊！」

聞言林六叔幾人都哈哈大笑起來，倒也沒再堅持，果然都坐了下來。

家裡喝的酒是鄒氏親釀的米酒，入口香甜，後勁卻是不小，要是把酒溫過之後再喝，後勁就更足了。

顧長安上了菜，又裝了一罐子的酒放在一邊後才回廚房。廚房裡什麼菜都留了一份，也能讓孩子們吃得自在一些。

顧長安見葉鋒和葉銳都不怎麼伸筷子，先給兩人挾了菜。紀琮有些吃味地噘嘴，顧長安便又給他和顧小六也挾了菜，省去他們鬧情緒的可能。

「二姊呢？」顧長安挾完菜，忽然發現顧二姊不在屋裡。

顧大哥也是一愣。「我沒瞧見，不是一直都在廚房？」

不知道怎地，顧長安忽然有種心跳加速的感覺，莫名覺得有些不安。

「五姊，二姊剛才說要去一趟茅廁。」顧小六連忙嚥下嘴裡的肉，顧二姊出去的時候他看到了，還順口問了一句。

顧長安卻還是沒法子放下懸在半空的心。「二姊什麼時候出去的？」

顧小六挾起來的肉忽然掉了下去，他眼底浮起一絲驚懼之色。「菜做完就出去了。」

顧長安的心頓時沈了下來，起身快步走了出去。

他們家有好幾口鍋，有客人來的時候，母女三人各自掌管一口鍋。顧二姊結束得早，其次是鄒氏，是她掃尾的，這麼算起來，顧二姊出去至少將近一刻鐘的時間。

茅廁裡空無一人！

顧長安很快將整個院子都跑了個遍，連顧二姊的人影都沒瞧見。她的臉頓時陰沈下來，示意緊跟上來的顧大哥幾人先別出聲，又揚聲對聽到動靜走出來的顧錚禮道：「爹，我們再弄點青瓜，你們還要不要？」

顧錚禮沒多想。「這會兒夠了。」

等他回屋之後，顧大哥眉頭微皺。「怎麼不告訴爹？」

顧三哥面色凝重。「還有其他人在，被人知曉二姊大晚上沒了蹤影，對二姊不好。」

顧長安看向有些不安和害怕的葉鋒和葉銳。「你們也別跟其他人說……我記得你們家裡有能上山的獵狗？」

葉銳連忙點頭。「我去把大黑帶過來，牠可厲害了。」說著轉身就跑。

顧四哥連忙跟了過去。

顧長安冷著臉。「大哥，你帶著小六和葉鋒哥去周邊找一找。」又對面色已經慘白的鄒氏道：「娘，您留在家裡，不到最後，萬萬不能讓其他人知道二姊之事。您放心，我們肯定會把二姊安全找回來。」

鄒氏眼圈微紅，到底穩住了情緒。「快些去吧！」

顧長安拉著顧三哥和紀琮出了院門，語氣中多了幾分冷意。「三哥，我們去二叔家看一看。」

要說村裡有誰會對他們家人下手，那麼顧二叔一家絕對是第一人選，舊恨不曾解開，又添了新仇。

顧三哥眼底掠過一抹狠戾。「走。」

顧長安所想，同樣也是顧三哥心中最為擔憂之事。而且，將今日發生的所有事情串聯到一起，顧三哥更為擔心的是，有人在背後指使顧二叔一家。從紀琮獨自進山開始，他們家就已經被拖進一個陰謀之中。

搖了搖頭，將這猜想給撇開，現在不是想這些的時候。當務之急是要將顧二姊安然無恙地找回來，他只希望一切都還來得及……

顧二叔家住在村子當中，院裡兩邊都種著樹，天黑下來之後，只有屋裡點著燈，昏昏暗暗的。顧二嬸是個懶散的，家裡不說養狗了，就連養的兩隻雞，前幾日也殺了給一家人打牙祭。顧長安三人靜悄悄地進了顧二叔的家，壓根兒就沒人發現。

梨花村的人都是在堂屋吃飯，不過顧二嬸懶散慣了，為了少打掃堂屋，乾脆一家子都在廚房吃飯；不過這樣也好，方便顧長安三個蹲在外面先聽一聽牆根。

「娘，明天去買點肉回來吧，就做燉肉，我想吃肉了。」顧二叔家的二小子呼嚕地喝了一碗粥，用袖子一抹嘴，張嘴就要肉吃。

顧二嬸一口答應下來。「行，到時候就燉個純肉吃，半點乾菜都不放。」

顧二叔家的兩個小子頓時樂了，嚷嚷著要多買一些，他們要一次吃個夠。

「娘，再買一隻燒雞吃吧，還有肉包子。」二小子越說越是嘴饞，口水都快流下來了。

顧二嬸立刻都答應下來，真是豪氣無比。

顧長安眼神微沈。顧二叔一家都是僡懶的，坐吃山空，忽然說要買大肉，還買燒雞和肉包子，這銀子從哪裡來？

要說顧二叔一家與顧二姊忽然失蹤之事無關，顧長安卻是半個字都不信。

就是老天爺也站在他們這一邊，那兩個胖小子吃飽喝足又得了承諾，樂呵呵地跑了出來。顧長安和顧三哥對視一眼，毫無聲息地走過去，突然出手，精準無比地摀住兩人的嘴。

紀琮的反應速度也是極快，迅速衝了過來，伸手就在兩人身上戳了一下。兩人原本正要掙扎，卻在被這麼一戳之後，整個人顫抖了一下，旋即軟了下來，竟是沒有掙扎之力。

顧長安沒讓顧三哥出手，一手一個，拎著兩人冷著臉進了門。而顧三哥與紀琮則是反手把顧二叔家的廚房門給關上，不說顧三哥臉上早就沒了慣有的溫和笑容，紀琮繃著小臉的模樣，竟也透露出幾分威嚴來。

「死丫頭，妳在做什麼？妳居然敢……」顧二嬸一看到自己的寶貝兒子居然被顧長安拎雞崽子似地給拎了進來，頓時尖叫出聲，驚怒交加地對著她破口大罵起來。

顧長安木著臉，語氣森然。「閉嘴！」

顧二嬸是被顧長安正兒八經嚇唬過的，更是親身體會過發飆的顧長安有多麼恐怖。明明她什麼都還沒做，顧二嬸也是被嚇得心頭一跳，下意識地住嘴了。

顧二叔放下筷子，有些緊張地看了自己的兒子一眼，卻是刻意忽略了顧長安，問顧三哥道：「三小子，你們這是在做什麼？你難得來二叔家一回，這是不是有些過了？」

顧三哥冷眼看著他，眼底盡是一片漠然之色。「二叔問我們在做什麼之前，不如先問一問自己，二叔和二嬸又先做了什麼？」

顧二嬸眼神閃爍了一下，顧二叔卻是神色不動，眉頭更是深深皺起。「三小子你這話什麼意思？你們二嬸前些時候是去你們家找你們麻煩了，可不也是沒得好處？你們兄妹忽然闖到我們家裡來，居然還對你們堂弟出手……算了，你快些鬆開你堂弟，趕緊回家去，這件事我便不跟你計較了。」

顧長安對這位二叔的印象很淡薄，今日聽見這一番話，便徹底明白這些年兩家鬧到這地步，顧二嬸頻頻找自家麻煩，恐怕就是顧二叔在背後支持著。

紀琮的手微微一揚，屋裡忽然多了些許淡淡的香氣。然而飯菜的味道更為濃重，這香氣也只是若隱若現，顧二叔一家自然沒有注意到。

做完這一切，紀琮才繃著小胖臉，凶狠地瞪著兩人。「你們還是老老實實地說出來，你們到底把二姊藏到哪裡去了？」

顧二叔眼底掠過一抹冷光，卻是板著臉道：「你們在胡說八道什麼？二丫頭怎麼了？再說二丫頭有什麼事情，你們來我家找又算個什麼事情？難不成我這當叔叔的還能把二丫頭藏起來不成？」

他特意大著嗓門，想要把鄰居引過來。然而下一刻，卻驚恐地發現自認為的大嗓門，竟是猶如耳語。他心知不好，卻已經無力回天，身體裡的力氣逐漸消失，手腳開始發軟，竟是連坐都快坐不住了。

顧二嬸嚇了一跳，連忙伸手想要去攙扶，卻發現就連自己也開始手腳綿軟起來。

「你們、你們到底對我們做了什麼？」顧二嬸眼中帶著怨毒之色，惡狠狠地瞪著顧三哥，卻是不敢看顧長安。

顧長安倒是有些意外地看了紀琮一眼。剛才她看到這小胖子的手微微揚起，看來那時候是在下藥了？

顧長安隨手將小的胖子放在地上，一把捏住大小子的手，冷眼看著顧二叔和顧二嬸。「你們老老實實地把我二姊的下落說出來，不然的話，我不介意請你們看一場徒手折斷胳膊的好戲！」

顧二叔和顧二嬸都是心頭一跳，隨即立刻安慰自己，顧長安到底只是個七歲的孩子，平時嘴裡說得狠一些倒也罷了，真讓她下手折斷自家堂兄的手，怕是沒那膽子。如此說服自己之後，兩人心底立刻多了些許底氣。

顧二嬸狠狠地瞪了她一眼。「你們要找二丫頭來我們家做什麼？妳還不快些放了你……」

「喀嚓」一聲輕響，驚得顧二嬸瞬間驚恐無比地瞪大了眼睛。

顧長安並未將大小子的胳膊折斷，卻是活生生把他胳膊給擰脫臼了。劇烈的疼痛讓顧二叔家的大小子拚命地掙扎了一下，涕淚交流，然而嘴裡卻只能發出細微的悶哼聲，整個人不停抽搐，胳膊已經軟綿綿地垂了下來。

顧二嬸瞪大了眼睛拚命掙扎，張嘴就想要大罵一通，可又怕自己若是罵人，顧長安就會對著自己的兒子再下毒手。縱使又恨又怒，卻也只敢瞪著眼。

在顧二叔和顧二嬸的瞪視之下，顧長安再次輕鬆擰脫了大小子的第二條胳膊。大小子輕微掙扎了一下，嘴裡嗚咽著，面上全無血色。

不管顧二嬸的為人如何，她對自己的兒子卻是心疼無比。她並不知道顧長安並未真的下狠手，只當兒子被生生地擰斷了胳膊；而自家兒子軟綿綿垂下來的胳膊，衝擊力著實太過強烈，讓顧二嬸忍不住涕淚俱下。眼看顧長安的手就要伸向幼子，顧二嬸再也忍不住了，艱難地哭叫起來。「不、不要，我說，妳想知道什麼我都說。」

顧二叔眼神一厲，掙扎著呵斥道：「妳、妳敢胡說八道！」

顧二嬸不知道從哪裡來的力氣，竟是猛地坐起來，指著顧二叔破口大罵。「你個沒本事的窩囊廢，要不是你做事不乾淨，兒子會那麼倒楣？作死的廢物，怎麼斷了胳膊的人不是你？」

要不是場合不對，顧長安都要覺得這場面有趣了。顧二嬸是個性子頗為有趣之人，三從四德在她身上時有時無。長年被顧二叔推在跟前衝鋒陷陣，成天上竄下跳地得罪人，也算是蠢得沒邊；可在遇上跟自己兒子有關的事情時，顧二嬸又會變得極端，可以說為了兒子，這個被她看重、當成天一樣的男人，分量就不是那麼重了。

顧二叔被顧二嬸氣得渾身發抖，硬是一時說不出話來。

顧二嬸狠狠瞪了他一眼，這才看向顧長安，眼底是掩藏不住的恨意。「放了我兒子！他們什麼都不知道，妳不放開他們，我什麼都不會說的。」

顧長安的手放在二小子的胳膊上，冷冷道：「二嬸可是想要試一試我的耐心好不好？」

顧二嬸死死地咬著牙，都能聽到磨牙的磣人聲音。她恨毒了顧長安，恨不能生生撕了顧長安那張嘴，然而，兒子還在人家手裡，再恨也只能憋著。

「昨天晚上有人找到我們家，說是今天要讓我們幫點忙。那人給了我們一筆銀子，我們答應下來……」顧二嬸偷眼看了顧長安和顧三哥一眼，見他們眼底都是一片冷意，有些慌張地挪開了視線。冷靜了一下，才結結巴巴地繼續說下去。「當、當時我們也不知道那人是想要我們去對付二丫頭，今天收到消息的時候，我們也想拒絕的，可、可是那人實在是太厲害了，我們沒辦法……」

說到這裡，她猛然抬頭看著顧長安，懇求道：「我們也是沒辦法才這麼做的，是那人逼著我們做的，妳不能……」

顧三哥的視線冷得刺骨。「逼著你們這麼做的？恐怕是因為對方給的銀子太多，你們捨不得還回去，所以才肯這麼做的吧！」

顧二嬸的視線游離了一下，顯然是被顧三哥猜中了。

顧長安冷著臉看著她。「我二姊人呢？」

顧二嬸瑟縮了一下，偷偷看了顧二叔一眼，小聲道：「給藏到老鷹山山腳下了。」其實對方原本說好了，要將人送到鎮上，只是他們沒來得及。

對方沒來人，他們就只能先把人藏起來，自己家自然不能藏，最後決定藏到老鷹山去。沒想到顧長安他們那麼快就發現人丟了，還直接找到他們家來。

「你們想要知道的事情我都說了，妳、妳快放了……」顧二嬸掙扎著想要將自己兒子搶回來。

顧長安直接將人丟在顧二嬸身上。「關於我二姊的事情，你們半個字都不許再提，不然，妳就等著看你們一家人是如何去黃泉路上結伴吧！」

顧二叔心頭一跳，也掙扎著直起腰板。「妳……妳什麼意思？」

顧三哥冷眼看著他們，忽然冷笑一聲。「二叔、二嬸現在是不是覺得連坐起來都很艱難？腿腳就好像不是自己的一樣？」

「你、你們下毒？我可是你們二叔！」顧二叔陡然面色一變，越想越覺得渾身開始變得虛弱。

顧三哥冷冷一笑。「二叔在帶走我二姊的時候，怎麼忘了你還是我們二叔？如果我二姊安然無恙，二叔自然可以得到解藥，如果我二姊少了一根頭髮……呵！」

他的一聲冷笑，讓顧二叔夫婦心頭猛跳，臉色齊齊大變。

顧長安三人卻是不欲再與兩人多言，他們兩個都怕死，為了自己的安全，在確定他們自己是不是真的中毒之前，絕對不會將這裡的事情說出去。

而他們現在要做的，就是盡快找回顧二姊！

三人一路疾奔，好在這時候基本上是晚飯的時辰，外面的村民很少。三人小心地避開有人煙的地方，悄悄進了老鷹山。

臨走前，顧長安兄妹沒忘記問顧二嬸他們夫婦，把顧二姊給藏在何處？有鑑於顧長安早上進山找過紀琮，由她帶路，直奔目的地。

顧長安三人固然著急，等進了山之後，到底還是放慢了速度，各自拿著長棍拍打著草叢，也好打草驚蛇。

「長安，他們會不會說謊？萬一他們……」紀琮有些擔心。把他們騙到危險的地方去也就罷了，就怕他們去得晚了，會讓顧二姊出事。

顧三哥道：「二叔會，二嬸不會。」

果然不出所料，他們在顧二嬸說的地方，找到被藏在樹上的顧二姊。顧長安攔下顧三哥，自己一搓手，蹭蹭蹭地就爬上去。

顧二嬸他們將顧二姊牢牢地捆綁在樹幹上，此時顧二姊還在昏睡，顧長安沒嘗試將人叫醒，有些艱難地將繩子解開之後，又用繩子捆綁住她的腰部，慢慢地將人放了下去。顧三哥和紀琮在樹下穩穩地把人給接了過去，顧長安這才轉身下樹。

「我們快回去。」顧三哥擔心顧四哥他們將葉家的獵犬帶出來找人動靜會太大，到時候再惹人注意就不好了。

顧長安搶先揹起顧二姊。「三哥，出了山之後你帶著紀琮先走，我從山外圍繞過去，娘肯定在家裡等著，要趕在別人知道之前，先把二姊安頓好。」

顧三哥和紀琮都沒反對。這時候不是爭論的時候，顧長安的力氣最大，才能揹著顧二姊以最快的速度從山裡繞回家去。

顧長安揹著顧二姊一路小跑，停在院子外面先確定屋裡已經沒有外人，這才跑了進去。

「小五？」鄒氏果然在家裡守著，聽到動靜立刻衝了出來。親眼看到被顧長安揹著的顧二姊，懸著的一顆心這才放了回去。

「娘，二姊沒事，您先去弄一碗水，把二姊叫醒才行。」顧長安來不及喘氣，立刻招呼鄒氏幫忙。

鄒氏也顧不得抹淚，趕忙去廚房弄來涼水。顧長安將顧二姊安頓好，又對她的臉噴了幾口涼水，才勉強將顧二姊給叫醒。

「二姊？」顧長安確認顧二姊已經清醒過來之後，來不及多解釋。「二姊，有人問起妳先前在哪裡，妳只需要告訴他們……」

一番叮囑才剛剛說完，就聽見門外有人喧鬧，如同顧長安預料的，顧二嬸果然呼天搶地地帶人來他們家。

第十三章　反將一軍

鄒氏眉眼間帶著幾分狠戾，快步走出門去，面色不善地看著顧二嬸。「弟妹，妳這可就做得不地道了吧？妳三番兩次地鬧上我們家門，這是欺負我們家沒人了不成？」

鄒氏向來脾氣溫婉，這一次壓根兒不給顧二嬸哭鬧的機會，先給對方扣上一個惡名，反倒是讓跟著顧二嬸來的人腳步一頓。氣勢被阻，不免就有些落了下風。

鄒氏的視線落在這些人身上，臉上的神色越發冷淡。「原本我想著，都是一個村子裡住著的，這些年我能讓便讓、能退便退，看來是我太好說話了，才會讓你們三番兩次地來我家鬧騰。你們還真以為，秀才家當真是那麼好欺負的？」

原本就有些被鄒氏嚇到的人，聞言頓時心頭一跳，下意識地便想要退縮了。

顧二嬸也被嚇到了，這短短一、兩個時辰裡發生太多的事情，她也不想來顧家再鬧一場，可家裡男人說得對，小五那死丫頭居然敢那麼對他們，要是不來鬧到他們認輸的程度，往後那死丫頭不知道還會如何折騰他們呢！

當然最關鍵的是，他們得逼著那死丫頭把解藥給他們才行；卻沒想到，以前麵團子似的鄒氏，這一次居然這般強硬地當著這麼多人的面給她難堪，她就不怕二丫頭失蹤的事情被說出來嗎？

被一直拿捏在手裡的鄒氏給下了面子，顧二嬸也顧不上號哭，一抹臉跳腳罵道：「鄒氏妳個不要臉的破落戶，妳敢威脅我？」

鄒氏冷眼看著她。「威脅妳？弟妹這話從何說起？眼見著天已經黑了，弟妹卻是帶著人來勢洶洶地到我們家，到底是我在威脅弟妹，還是弟妹在威脅我？」

顧二嬸惱怒道：「要不是妳這破落戶養的好女兒，我會求人陪著一起上妳家來討回公道？」

鄒氏面色越發冷冽。「要說起破落戶，這十里八村怕是沒幾個人能比得上弟妹。回想當初公婆尚在，給弟妹準備的聘禮也是村裡數得上的，不過弟妹嫁過來之時，帶著的嫁妝到底有多少，不知弟妹可還記得？」

顧二嬸頓時脹紅臉，死死地瞪著鄒氏，胸脯氣得起伏不定，硬是半天都沒能擠出一個字來。

剛走出來的顧長安聽了個真切，嘴角抖了抖。

打人打臉，罵人揭短，梨花村的優良傳統，鄒氏顯然也繼承到了。

就連跟著顧二嬸來的那些婦人，也沒忍住笑了起來。顧老二家的當年嫁人的模樣，她們可都還記得呢！

顧二嬸被這一陣陣的嘲笑聲氣得七竅生煙，渾身直哆嗦，嘴巴遠比腦子快，張嘴就嘲諷道：「就算我是個破落戶，可我也沒養出一個跟人私會的女兒來。」

這話一出，哪怕是剛才還在嘲笑顧二嬸的那些婦人也是心頭一跳，就像是被人忽然掐住喉嚨一樣，發不出半點聲音。

與人私會的女兒？這話從何說起？顧家大房就兩個女兒，二丫頭性子溫婉，除了每天出去洗衣裳，基本上都是在家裡忙活；就算顧家在鎮上開著一個食肆，二丫頭也極少跑去鎮上幫忙。五丫頭的性子倒是野一些，成日愛在外面跑，聽說食肆的生意都是五丫頭一手掌管著的；可是五丫頭今年才七歲，鄉下人家又不是那般注重所謂七歲不同席這等規矩的地方，就算成天在外跑，跟小子們玩耍，也不能挑出錯處來。

這與人私會說的是哪個？

鄒氏眉眼一厲。「弟妹說話可要有憑據才好！我二丫頭好端端地在家裡待著，五丫頭今年不過才七歲，就算跟村裡面的小漢子們一起玩耍，也絕對算不上是私會！」

顧二嬸像是牢牢地拿捏住鄒氏的痛處，聞言反而得意起來。「大嫂妳這話說的，好似我這當嬸嬸的故意在欺負小輩似的。我這不是為了我們顧家的門風著想嗎？對了，我說的當然是二丫頭，五丫頭就是一個小丫頭片子，我說她做什麼？」

不給鄒氏說話的機會，她得意洋洋地繼續道：「再說了，妳說二丫頭好端端地在家裡待著，那大哥他們一群人出去是做什麼？大嫂妳就別瞞著了，二丫頭這是敗壞我們梨花村的風氣，要是被外村的人知道我們村子裡出了這樣一個姑娘，往後這嫁娶可怎麼是好？」

饒是鄒氏早有準備，也被她這顛倒黑白的話給氣得心口發堵。「妳胡說八道，妳……」

「娘！」顧長安不再繼續聽下去，輕輕握了握鄒氏的手，轉頭面無表情地看著顧二嬸。「二嬸口口聲聲地為了村子裡的人著想，不知二嬸可否告知，二嬸是如何認定了我二姊與人私會？二嬸可有真憑實據？」

顧二嬸一看到顧長安，就想起她面不改色地將人手臂折斷的狠勁，顧二嬸的心猛跳，怕得恨不得轉身就走。她吞嚥了口口水，勉強忍住懼意。「有、有人親眼瞧見的……」

顧長安腦袋微微一歪，看著她的眼神越發瘮人。「哪個瞧見的？可敢出來親口說一說？在什麼時辰，又在何處瞧見我二姊？對方是誰？除了那人之外，可還有其他人瞧見了？」

顧二嬸的眼神游離了一下。「這、這……對方也是好心來提醒一句，不過這十里八村的，誰不知道顧家大房的五丫頭妳是個心狠手辣、六親不認的？要是說話讓妳不高興了，妳說不定又該揍人了，誰敢出來親口跟你們說？」

顧長安絲毫不為她的話所動，冷冷道：「如此說來，也就是憑著二嬸妳這一張嘴在說三道四，往我二姊頭上扣屎盆子了？那好，既然二嬸張嘴就能給人定一個惡名，我也可以信口胡說。前些時候我瞧見二叔在鎮上銀樓買了一只銀鐲子，轉頭就送給鎮頭的徐寡婦。二嬸啊，妳這是打算讓二叔再娶個平妻回來不成？」

顧二嬸頓時被氣歪了鼻子，破口大罵。「死丫頭妳胡說八道什麼？妳二叔什麼時候去買銀鐲子了？什麼時候送給什麼徐寡婦了？」

顧長安木著臉呵呵冷笑兩聲。「我也是好心，畢竟誰都知道二嬸妳是個潑婦，無理鬧三分，就算有人親眼瞧見了，也不敢親口跟妳說，我這不是聽到了，所以就好心地提醒二嬸一番。」

顧二嬸被氣得只剩下大口大口喘粗氣的力氣，硬是半天都說不出話來；倒是跟著她一起來的那些婦人，互相擠眉弄眼，眼底都是幸災樂禍。

好半晌，顧二嬸才狠狠地吐出一口氣，惱怒道：「死丫頭，妳別來糊弄我，要不是妳二姊大晚上跑出去了，妳爹他們出門滿村子轉悠是做什麼？」

「那是因為幾個小子淘氣，大黑天地跑出去摸魚、放獵犬、追草兔去了！怕他們出事，我們才匆匆忙忙地追出去。」正好走過來的村長板著臉搶先接過話，看著顧二嬸的眼中滿是厭煩之色。

緊跟在村長身後的顧三哥走到明亮處，與顧長安快速地交換了一個眼神，微微點了點頭，顧長安的心一下子就放回了原處。

村長黑著臉，瞪著顧二嬸的眼中幾乎充斥著血色，心裡更是將這個蠢婦罵得狗血淋頭。當初他還覺得顧老大雖然是個秀才，卻只會給村裡添麻煩，還比不上顧老二頭腦靈活；為了這個，他還因為家裡婆娘的說項，在顧老大和顧老二一起紛爭的時候，稍稍偏幫了顧老二一些。

如今看來，倒是他做了蠢事。這顧老二一家子，分明就是扶不上牆的癩狗！

顧二嬸被村長的眼神給嚇了一跳，不過因為跟村長婆娘的關係，她穩定了一下心神，試圖說服村長。「村長，你、你可不能因為大房最近要在村裡建作坊，就不管不顧地護著他們，明明就是二丫頭她……」

村長重重地哼了一聲，沈聲道：「誰做得對，我就護著誰！妳胡攪蠻纏，難不成我還得偏向妳說話不成？」

當下不給她狡辯的機會，示意顧大哥幾個將手中的東西拿過來。顧大哥和顧四哥一人手中提著一條魚，紀琮和葉家二小子葉銳，則是一人手裡抓著一隻草兔。

葉銳眼尖，看到自家娘親正好走過來，喜孜孜地叫道：「娘、娘您快看，我們剛才帶著大黑出去追草兔，找到草兔窩啦！」

葉獵戶家的走到他身邊，摸了摸他的腦袋。「找到草兔窩了怎麼才抓到兩隻？被你嚇跑了？」

葉銳連忙解釋。「可不是我嚇跑的，是小六嚇跑的。」

顧小六噘著嘴。「那可不能怪我，這黑燈瞎火的，我不是沒看清楚嘛！再說了，我嚇跑的是小的，小琮手裡抓著的那隻可是我抓到的。」

紀琮點點頭。「是小六抓的，小六很厲害。」

三個孩子年紀都不大，尤其是顧小六和葉銳嘰嘰喳喳一通說道，對顧二嬸之言半信半疑的村民們立刻改變了想法。

孩子可不會說謊，尤其是這麼點大的孩子。再說了，村長都開口了，比起顧二嬸這個成日東家長、西家短的婆娘，村民們顯然更加信任為他們做了不少事情的村長。當下聽到消息圍上來的人，你一言、我一語地開始指責起顧二嬸。

顧二嬸氣得要命，也不管其他人，乾脆對著鄒氏叫道：「要是二丫頭沒出事，怎麼到現在都沒出來？妳快些把人叫出來，也好當面對質。」

顧長安木著臉冷眼看著她。「我二姊好端端在家，為何要出來承受妳這些莫名其妙的指責？我們家跟二嬸家不同，二嬸家喜歡作踐自家人，我家卻是捨不得自家姑娘受委屈，這些閒言碎語，自然不需要我二姊出來聽。」

見顧二嬸要跳腳反駁，顧長安又冷言冷語地道：「說起來二嬸也算是咱們梨花村的頭一等人物了，讓我想不通的是，二嬸沒工夫做家事，卻有時間成日盯著我們家的一舉一動；我倒是想要問一問二嬸，妳說我二姊與人私會，到底是哪個說的？妳不是喜歡對質嗎？將人叫過來，我們當面丁是丁、卯是卯地對質。」

村民們哄然笑了起來。顧二叔兩口子都很懶惰，就是坐吃山空那一類人，靠著辛勤撐起日子的莊戶人家，最看不上的便是這種人。當然，也是因為大多數人辛辛苦苦地幹活，可日子還比不上顧二叔一家過得好，其中自然也會有嫉妒的成分。

顧二嬸氣得眼睛都紅了，拚命喘了幾口粗氣，才哆哆嗦嗦地指著顧長安，罵道：「妳、妳個死丫頭，我可是妳二嬸，妳……有妳這般對待家中長輩的嗎？村長，你可要為我……」

顧長安的目光越發冷冽起來。「二嬸這時候記得妳是我們的長輩了？既然是長輩，就該有個當長輩的樣子。我二姊安生在家中待著呢，二嬸卻是空口無憑地往我二姊頭上潑髒水，這就是長輩該做之事？更何況，誰家有點事情不是悄悄私下來商討的？二嬸卻是帶著人鬧得沸沸揚揚，使勁地想要讓我二姊揹上惡名。我以前聽說外面村裡有不慈的長輩，還慶幸我們村子裡沒那等惡毒之人，倒是沒想到，我們的親二嬸，居然將外村那些不良做派給學齊了。」

顧三哥淡淡地補充了一句。「根據我朝律例，長輩不慈，子孫可以酌情不孝。村長伯伯，這風氣可不能在我們村裡傳開來。」

不只是村長，有腦子轉得快一些的村民也忍不住心頭猛然一跳。不慈、不孝，那村子裡豈不是要變得烏煙瘴氣？

村長現在一顆心偏向大房，一時間恨毒了顧二嬸這個蠢婆娘。要是帶壞了村裡人，看他怎麼收拾顧老二一家！

「大晚上的，你們都擠在這裡做什麼？都回家去吧，把婆娘、孩子扔在家裡可不成。」村長連眼神都沒給顧二嬸一個，只把來看熱鬧的村民都勸走。

村民看夠熱鬧了，而且剛才顧長安和顧三哥說的話，的確讓他們很是在意。當下一眾人等沒再多留，趕著回去跟自家人說道這事情。尤其是自家婆娘跟顧二嬸關係還不錯的漢子，琢磨著回去得給自家婆娘提個醒，以後要遠離顧二嬸才是。這麼個婆娘，品性又差，可別把自家人都給拐帶歪了，到最後自家要是來一個不慈、不孝的，以後在村裡面都抬不起頭。

轉眼顧家門口的閒人都走光了，只剩下顧二嬸和今天晚上在顧家吃飯的那些人。村長低聲跟一直沒吭聲的顧錚禮耳語幾句，顧錚禮點了點頭，將其他人都請進屋去。他們晚飯還沒吃完呢，總不能因為顧二嬸就讓自家客人餓著肚子回去。

顧二嬸的臉扭曲得不成樣子，最後只能給自己找了個臺階下，轉身就走。

村長也沒開口攔著，只是冷眼看著顧二嬸自說自話地走人，眼底的寒意凍人。

出了這麼一樁事情，顧家這一次請客也只能草草結束。不過也幸虧顧二嬸的「出色演出」，倒是讓這些人在感情上更加親近大房一些。

等將客人都送走之後，顧長安拉著紀琮問起他們分開之後的事情。

紀琮一臉慶幸。「都是顧伯父的功勞！我跟三哥下山之後，在路上就先遇到四哥他們，還沒等我們把主意說出來呢，大哥就先帶著我們去撈魚；四哥就帶著小六他們，跟著大黑去追草兔。是伯父說，小六偷偷帶著我出來撈魚，大哥他們發現了，跟著出來找我們，怕我們出事，村長他們就一起出來找人。幸虧我們運氣好，抓到了魚和草兔之後，才被村長和伯父他們找到。」

顧長安又看向鄒氏。「娘，爹他們怎麼會發現我們都不在屋裡？」

鄒氏又是慶幸、又是惱怒，不過自家孩子安全回來，二丫頭也沒壞了名聲，終究還是高興占據了上風。

「我等妳爹出來的時候跟他說了，正商量呢，趕巧村長出來去……咳，村長讓我招呼你大哥他們去陪著喝一杯，說是十三歲的孩子頂半個勞動力，算是半個大人了。我本想拒絕，可村長卻是堅持。我不敢說出實情，當時腦子一片混亂，也不知道怎麼地，順口就說，正跟妳爹說這事呢！家裡孩子沒一個省心的，居然都跑出去抓魚、逮草兔了。」

所幸，自家二丫頭被五丫頭趕在所有人之前給送了回來，光是想到那個萬一，鄒氏的心就猛跳。

等顧錚禮幾人匆匆忙忙回來之後，顧三哥和顧長安又將他們如何找到顧二叔、如何逼迫他們將顧二姊的下落給說出來，又如何將人送回來的事說清楚，顧錚禮和顧錚維都是一臉怒色。

鄒氏冷笑一聲。「瞧瞧，這就是你的好兄弟！為了一點銀子，連自己的親姪女都能給賣了！」

顧長安握了握顧二姊的手，勸解鄒氏道：「娘，這件事不怪爹和小叔。」

顧錚禮和顧錚維連連點頭。這件事的確跟他們沒關係啊！

見氣氛緩和不少，顧長安催促道：「爹、娘、小叔，我們都早些歇息吧！今天一天也夠折騰的，我都睏了。」

趁著鄒氏他們不在，顧小六連忙道：「葉鋒哥和小銳不會說出去的，他們保證過了。」

又說了高氏是知情的，先前說的話，也是她特意要替顧二姊開脫的！

顧三哥道：「既然葉叔和嬸子都出面了，小鋒和小銳肯定不會說出去，不過，這一次倒是讓小六和小琮吃虧了。」

顧小六毫不在意地擺擺手。「那算什麼？二姊沒事就成了，我跟小琮可是漢子，貪玩一些也沒人會說三道四。」

顧三哥摸了摸他的腦袋瓜子。「去漱洗吧，明天還要早起呢！」

顧小六也就不再多說什麼，起身去漱洗。晚上他可以跟小琮一起睡，正好跟他商量要如何報復二叔那一家子！

等顧小六走後，顧長安才鬆口氣。「這次幸虧有爹和娘周旋。」

顧三哥微微一笑，目光柔和無比。「也幸虧有妳，不然就算找到了二姊，也不能這般輕易地繞過其他人，不動聲色地把二姊送回來。還有小琮，倒是沒想到他那樣機靈，居然還隨身攜帶著那種藥粉。對了，他可跟妳說過此事？」

顧長安木著臉搖頭。那臭小子居然敢隨身攜帶那種能把人放倒的藥粉，而且還敢不告訴她，簡直欠教訓！

不過今天全靠他才能周全，功大於過，就不揍他了。

「好了，妳也早些回去睡覺。二姊那裡妳多多安撫一些，她膽子向來沒妳大，這一次怕是有些被嚇著了。」顧三哥輕聲叮囑。「妳晚上稍微警醒一些，我擔心二姊會生病。」

顧長安也是擔心這個，當下便漱洗之後回房陪伴顧二姊。

顧二姊半靠在床頭正在打絡子，見她進門來抬頭笑了笑。「跟妳三哥說完話了？」

小五自從那事之後，性子變了不少，原本在家裡跟她的關係最為親近，如今倒是跟老三的關係要更加密切一些，兩人總有說不完的悄悄話。不過現在的小五很聰明，在家裡也就老三那腦袋瓜子，能夠跟得上她天馬行空的想法了。

顧長安換了乾淨的小衣上床，道：「說完了，三哥他們明天要趕早去學堂呢，不能耽擱得太晚。」

顧二姊將絡子放在床頭的小櫃子上，跟顧長安並排躺下，側過頭藉著窗外朦朧的月光看著自家小五。「跟妳三哥說什麼了？」

顧長安道：「也沒什麼，三哥問我今天有沒有動手？我說沒有，只嚇唬了二嬸幾句。」

「妳三哥就是個愛操心的性子。」顧二姊笑了笑。「不過二嬸那性子，無理攪三分，真要讓她抓到點把柄，往後十年都得見她到處蹦躂。」

顧長安眼底掠過一抹狠戾。無理攪三分？那也得顧二嬸還有那機會來鬧事才行！

「二姊，到底發生何事？妳怎麼會被他們給抓走的？」

顧二姊道：「想去茅廁來著，才走到院子裡就想起家裡青瓜都做完了，便想著再去摘幾根，卻是沒想到，剛蹲下要摘青瓜，就覺得有人走過來。本以為是你們，剛回頭還沒來得及看清楚對方的模樣，就被來人撒了一把白色粉末。我來不及反應，當時便失去知覺了。」

饒是她心性遠比同齡人成熟，如今想起來也不免後怕。

在失去知覺的那一段時間裡，若是有人想乘機要她的命呢？甚至是，壞了她的清白，還要拖累她的家人呢？光是想起那些可能，她就怕得渾身發冷。

顧長安側頭看著她。「是我疏忽了，本該早些想到，警醒一些才是。」

顧二姊微微一愣。「這種事情哪裡能怪得到妳？」

顧長安卻是搖搖頭，道：「紀琮被人糊弄上山，本就不是正常之事。」

聞言，顧二姊也只是沈默了片刻，然後才道：「好在我們都安然無恙，只是受到些許驚嚇罷了。我是姊姊，本該護著你們才是，哪裡能怪妳做事不夠周到。」

顧長安並未有與她爭辯之意，何況這件事也沒必要繼續爭論。

「二姊，早些歇著吧！」顧長安只勸說她早些安歇。

姊妹兩人當下不再多說，各自閉眼歇息。顧長安生怕顧二姊受到驚嚇會發燒，一直都沒能安穩入睡。等到下半晚，顧二姊果然發熱了，家裡早有準備，顧長安起來的時候，顧錚維已經將藥給熬好了。

給顧二姊餵了一碗藥，又用過了涼水的布巾搭在額頭上降溫。如此反覆一回，臨近天亮，顧二姊就退燒了。

顧長安這才長出一口氣，等鄒氏再進來，她一頭倒在床上沈沈睡了過去。等睡醒已經中午了，生理時鐘有些紊亂，這一覺睡醒，腦袋有些昏昏沈沈。

「長安，妳睡醒了？」紀琮應該是一直等在門口，她剛有些動靜，就聽到他在門外喜孜孜地叫道。

顧長安應了一聲，去洗臉的時候還帶著一個小跟班。

紀琮樂呵呵地道：「我們都吃完午飯了，伯娘給妳留了飯，放在鍋裡溫著呢！中午伯娘燉了雞湯，可香了，還做了長安妳最喜歡的肉末酸豆角，又酸又辣，特別下飯。對了，昨天晚上抓到的草兔也做了一隻，是做香辣口味，伯娘分給我一條後腿，我藏起來了，都給妳吃……」

顧長安擦著臉，午後帶著幾分熱氣的風吹得人懶洋洋的，原本有的那點陰霾，也在這歡快的嘰喳聲中，消散無蹤。

最後那隻香辣草兔腿還是進了紀琮的肚子，因為這件事，顧錚禮兄弟將去縣城的事推遲了兩天。兩人去了地裡，鄒氏則是帶著顧二姊在地窖釀酒。

顧長安去問了一聲，鄒氏和顧二姊沒讓她沾手，她也就不再堅持，帶著紀琮在院子裡吹了一會兒風，等顧錚禮和顧錚維從地裡回來之後，便跟家裡人說了一聲，帶著紀琮去了大涼山。

對於顧長安的力氣，顧家人如今有更加直觀的瞭解，只要她不是進老鷹山，其他一切都好說。

來大涼山的村民少，顧長安揹著小背簍拉著紀琮繞了一小圈，最後在一處較為寬闊平緩的地方停了下來。

「長安，我今天早上偷偷試過了，還是不能跟妳一樣把東西放進去。」紀琮有些失落地道。他嘗試很多次了，可是一次都沒成功，看來只有長安能把東西裝到那個空間裡去……果然長安就是跟別人不一樣！

這麼一想，原本有些情緒低落的紀琮，立即又喜孜孜的。

顧長安帶著紀琮上山，便是為了試驗這個意外得到的空間。這玉珠子沒法子拿下來是事實，她現在想要知道的是，她只能在紀琮身邊收取東西，還是只要想到這玉珠子就能收取。如果只能在身邊收取，那麼會不會有距離的限制？如果有，多遠的距離會沒有效果？

先將昨天的野豬拿了出來，顧長安發現這野豬的傷口跟昨天一模一樣。很顯然，這空間應當有保鮮功效，至於能夠保存多久，還需要做試驗才行。

「長安，這野豬我們是要拿去賣掉嗎？」紀琮蹲在她跟前，好奇地問道。

顧長安點點頭。「哪天帶你一起去縣裡賣掉。」

一開始兩人是面對面站著，顧長安只需要心念一動，立刻就能將想要收起來的東西放進空間。然後開始慢慢地拉開距離，等到兩人距離五十公尺左右的時候，不碰到東西想要收起來已經很艱難。等到距離一百公尺的時候，哪怕只是一個拿在手裡的雞蛋，她也沒法子將雞蛋送進空間去。

這已經很難得了，顧長安很知足。

「小琮，你努力地想著將我放在空間裡的東西拿出來。」顧長安試驗完了，又叮囑紀琮繼續努力。

紀琮聽話地開始努力嘗試，足足半個時辰之後，他才頹然放棄。「長安，還是不行啊！」

他已經夠努力啦，腦袋都開始疼了，可是不行就是不行啊！

顧長安沒再催促，沈默地看著他脖子上的玉珠子，忽然心神微動，隨手折下一根竹枝，拉起紀琮的手在他的指尖刺了一下。

紀琮被嚇了一跳，卻沒驚呼，只一臉信任地看著顧長安，哪怕自己的手指被刺破開始冒出血珠。

等血珠冒得夠多後，顧長安拉過他的手，將血液抹在玉珠子上。原本翠綠的玉珠子因為吸收了顧長安的血液，在玉珠子中間多了一點殷紅，這一次又輕易地吸收了紀琮的血，在原本的那一滴殷紅旁邊，又多了一個鮮豔的小紅點。

顧長安心頭一定。「小琮，你再試一次。」

紀琮點點頭，心中默唸著要將長安放在空間裡的野豬拿出來。果然，下一刻那頭野豬再次憑空出現在兩人跟前。

不過紀琮卻只能往外拿，始終無法將東西收回去，這也已經足夠了！

紀琮覺得有趣，興致勃勃地開始嘗試將顧長安放在空間裡的東西都拿出來，而顧長安不得不將那些東西再次送回去，兩人一個往外拿，一個往裡送，一時好不熱鬧。要是此時有人在旁邊，怕是要嚇得魂不附體了。偌大的野豬，還有零零碎碎的東西，憑空出現，忽然又憑空消失，著實駭人。

等紀琮玩夠了，顧長安才再三叮囑。「此事萬萬不可告訴任何人，哪怕是你忠爺爺，也絕對不能說半個字。」

「長安，我肯定不會告訴任何人的。」紀琮繃著小胖臉，一臉認真地保證。這可是他跟長安兩人之間的小秘密，他怎麼可能告訴別人？

顧長安聞言不再多話，紀琮很信守承諾，她不擔心他會說出去。

「長安，二姊真的沒事嗎？」紀琮手裡拿著顧長安給他的小竹竿，有些心不在焉地戳著泥土，對顧二姊還是有些擔心。

顧長安手腳麻利地把一根鞭筍給抽出來，又用小竹竿把泥土給撥回去，順手將鞭筍給收進空間，這才回答道：「沒事，昨天他們對付二姊的時候，給二姊下了藥……話說回來，紀琮，你手裡的藥是誰給你的？」

紀琮有些心虛地挪開視線。「是、是從武師傅那裡得來的……」

武師傅背地裡偷偷給了他不少東西，他都不敢讓忠爺爺知道，就連藥粉也得了好幾樣，都是用來防身的。他本來打算分給長安一些，不過武師傅說了，這些藥粉不適合長安，等他再多準備一些，到時候再分給大哥和長安他們。

顧長安若有所思，不過對紀琮的心虛倒是不大在意。「回頭你讓武師傅多弄一些回來，你也別讓武師傅吃虧了，身上帶一些，其餘的都放在空間裡。」

除了從武師傅那裡下手，顧長安也打算自己暗地裡去弄一些東西回來。

兩人下山的時候，還抓到一隻活的野雞，活蹦亂跳的野雞剛扔進空間，立刻就倒在地上沒了聲息，接著又把野雞拿了出來，身上沒什麼傷口，卻是死透了。

隨手把野雞的脖子給擰斷，兩人提著野雞和野兔回家，鄒氏和顧二姊正在準備晚飯。

「抓到野雞和野兔了？小五和小琮可真厲害，比村裡不少大人都要厲害多了。」鄒氏一邊接過裝得滿滿當當的背簍，一邊誇讚兩人幾句。

紀琮臉上立刻多了幾分笑容，心裡喜孜孜的。

第十四章　雇人

次日，顧錚禮去接鄒家老兩口，顧長安和顧四哥則去小食肆。小食肆門口人一如既往地多，遠遠地顧長安就聽到有熟人在喊著要買的東西。

「那個酒釀饅頭給我拿兩個，再來兩個老虎饅頭。」

「哎喲，小豬饅頭就剩下三個了？那都給我得了，家裡孩子就喜歡這小豬饅頭呢！」

「可別都給你啊，我家小孫孫也喜歡，分我一個。」

「成，就一個啊，剩下那兩個是我先說了要的啊！」

顧長安和顧四哥到的時候，正好聽到對方你一個、我兩個的，已經先把饅頭的數量分配好了。顧長安瞄了一眼，蒸籠裡有不少動物饅頭，應當是徐氏那雙巧手做的。聽說只花了一、兩天的工夫，就已經讓周邊的小娃娃都上了心，迅速取代肉包子在他們心中的地位。

在一旁幫忙的小豆丁陸堯眼尖，連忙往前迎了兩步，忽然想起什麼似地，有些怯生生地打招呼。「四少爺、五姑娘。」

顧長安點了點頭，顧四哥倒是伸手揉了揉陸堯的頭。家裡只有一個親弟弟，卻是沒有半點孩子的模樣，成天東家長、西家短的，就是個包打聽，嘴皮子還很索利。還是等紀琮出現，他才有那麼點當兄長的感覺。陸堯跟自家小六年紀差不多，卻是要軟萌得多，雖說只是認識幾日，不過陸堯每次用這種濕漉漉又怯生生的眼神看著他，一種兄長想要保護弟弟的感覺便會油然而生。

陸堯有些受驚，卻是沒掙脫之意，反而小心翼翼地蹭了蹭，動作很輕微，要不是顧長安看得仔細，差點忽略了。

安氏和徐氏倒是沒走過來，還有不少客人等著要東西。顧長安示意她們不需要太過客氣，跟顧四哥去屋裡洗手，也跟著忙起來。

有他們兩人加入，速度就快了起來，不一會兒，準備的吃食基本上都賣光了。

「妳們早上可吃了？」等送走最後一個客人，顧長安問道。

徐氏道：「回五姑娘的話，早起我們都墊了一口。」

顧長安點點頭。「那就再吃一些，碗筷都先放著吧，等吃完了再去清洗。」

徐氏和安氏應了一聲，手腳麻利地準備起早飯。顧長安在吃食上不會苛待人，讓徐氏和安氏不需要過於仔細，又給三個孩子一人準備了一碗酒釀荷包蛋，小孩子都喜歡這種甜絲絲的東西。

陸堯小心地嚥了嚥口水，很懂事地拒絕。「五姑娘，奴……奴才不用吃這些的。」

顧長安對成年人可以心硬，對小孩子卻是要心軟得多，尤其是陸堯這般軟乎乎的小兔子，難免多了兩分憐惜。

「不用自稱奴才……上回就說了，你們年紀小，要多補一補才行。只是一碗酒釀荷包蛋而已，食肆裡本就有的東西，讓你們吃便吃。」

陸堯鼓起勇氣，抬頭對著顧長安露出一抹笑容，倒是讓她又心疼了兩分。

「五姑娘，您看晚上可也要賣一些吃食？」等吃飽喝足、收拾妥當，安氏鼓足了勇氣，主動問道。

現在食肆只做早上和中午的生意，生意都很好，只剩下晚上空著，要是晚上也賣一些吃食，收入肯定會多上不少。

顧長安沒應下，發生顧二姊的事情之後，她就把計劃稍稍更改了。

「陸九叔，最近這段時日家裡要蓋房子，我爹和小叔要去縣城一趟，家裡老的老、弱的弱，你多勞累一些，需要你兩頭跑。袁叔和安嬸子在食肆裡住著，早上的早膳歸你們負責；徐嬸子平時住在梨花村，早上的時候跟著陸九叔一起過來，幫忙安嬸子做中午的生意，等下午的時候再回去，陪著我娘和我二姊，得空的時候教我二姊做做女紅。」

又看了一旁的陸堯和袁家姊弟倆，道：「孩子們就跟著回村裡住吧，花兒姊姊陪我二姊說話，跟著徐嬸子學女紅；堯兒和柱子可以跟著我大哥他們一起認字、習武。」

袁大幾個頓時心頭一喜。讓自家孩子跟著一起習武、識字嗎？這、這可真是……

袁大搓著手，高興得不知道該說些什麼好？要不是知道自家小主子不喜歡他們跪來跪去的，他都恨不得給小主子磕一個頭。

徐氏高興過後，主動道：「五姑娘，奴婢還是趕早過來，這兩日食肆的動物饅頭吸引了不少小孩子，客源丟了多可惜。」

顧長安想了想沒拒絕。「那下午用了飯就早些回去，歇上一個時辰再教女紅。」

徐氏心中感動，連忙應了下來。

顧長安又道：「孩子們就不要早起了，若是想來，就跟著我大哥他們一起來鎮上，下午可以跟著陸九叔和徐嬸子早些回村裡，也可以等晚上跟我大哥他們一起回去。」又對陸九道：「就要煩勞陸九叔多跑幾趟，接送我大哥他們了。」

顧四哥道：「不如再雇兩個人來幫忙打下手？陸九叔跟著回村裡的話，早起去買肉就只能靠袁叔，多雇兩個人，好讓袁叔和安嬸子輕鬆一些。」

顧長安聞言也覺得可行，左右就是雇兩個臨時工。主要的調味料方子之類的，還是握在他們自己手中，多兩個人不會妨礙什麼。

「也好，那我等會兒去找徐二叔幫忙看看，選兩個手腳麻利的。」

說幹就幹，顧長安轉身去了牙行。

顧長安雇人給的待遇很不錯，不過要求挺多，徐二將她的要求都寫了下來，笑著道：「五姑娘放心，那等做事不盡心又不講究乾淨、心思不正的，我肯定先給您剔除了。」

顧長安點點頭。「有勞徐二叔了。」

徐二的確是把她的事情當正事辦，才吃過午飯就過來了。

他灌了一碗涼茶才道：「有五、六個人正好符合您的要求，我已經讓人去叫她們了，先跟您說一說，等她們來了好讓五姑娘有個印象。」

顧長安沒拒絕，聽他說上一說。

「有兩個年紀較大，五十來歲。一個家裡窮，老頭子身子骨不好，還有一個小孫子，一家三口只有她到處做活餬口，不過那人是個愛乾淨的，也不多話，在鎮上口碑極好。另外一個家裡條件尚可，子孫也算孝順，不過是個閒不住的，就出來找活幹……」

徐二說得仔細，顧長安也聽得認真。既然是招人，她希望能找到長期安穩在這裡做事的。她是做吃食的，很多方面需要多加注意，多瞭解一些也是好事，等人來了，她還得再仔細看看。

徐二顯然是過來之前就讓人去叫那幾人，等他說完的時候，人也到了。

兩個五十來歲的婦人，一個穿著普通，一個穿著的衣裳則是補丁疊補丁，不過漿洗得乾淨。顧長安有些意外，本以為徐二最先說的那婦人中年喪子，老伴又病榻纏綿，怕是會愁容滿面。講真的，她不打算聘這樣的人，倒不是她毫無同情心，只是她開門做生意，笑臉迎人很重要，要是幹活的人總是愁容滿面，哪個客人樂意看？卻沒想到，這婦人面容平和，眼神也很慈和。

另外是三個年紀三十多歲的婦人，一個胖乎乎的，見人三分笑，天生長了一雙笑眼，一說話就好似在笑似地，看著就喜慶。另外兩個稍稍有些拘謹，穿著也很樸素，同樣收拾得很索利。最後一個年紀最小，大概三十歲的模樣，長相清秀，在進食肆時，不露痕跡地打量了周圍一眼，視線在陸九和袁大身上稍稍停留了一下，顧長安清楚地看到她眼底的嫌棄。

顧長安什麼都沒說，木著臉道：「想必徐二叔跟妳們說過我的要求，以及給妳們的待遇了。我這裡地方小，要做的事情不多，不過在用餐的時候也是忙個不停，妳們若是覺得不成，可以先離開。」

沒人動彈，那最年輕的婦人笑道：「咱們鎮上現在誰不知道小食肆的生意最是紅火，能來這裡做活，是別人求都求不來的好事，哪個會覺得不好呢？」

顧長安淡淡地掃了她一眼，道：「既然如此，那就先說說妳們自己的情況。」說著，指了指徐二著重介紹的那一位老婦人。「就從阿奶開始吧！」

老婦人顯然不是第一次做這種事情，倒是沒什麼退縮之意，語氣溫和。「老婆子夫家姓黃，住在鎮南，離這裡不算太遠。家裡還有老伴和小孫子，老伴身子不大好，不過照顧自己不成問題；小孫子今年十五歲，在鎮上明山書院讀書。」

顧長安點了點頭，又看向另外一個老婦人。

老婦人笑道：「老婦人夫家姓李，住的地方離這裡也就半盞茶的距離。家裡……」

緊跟著其他三個婦人也說了自家的情況，其中兩個是寡婦，包括那個天生笑眼的，都是自己帶著孩子過，剩下那個則是跟夫家和離了，帶著孩子回娘家住。娘家兄嫂都和善，爹娘也願意養著他們，不過她不想給娘家人添麻煩，便自己出來找活幹。

至於最後一個……

顧長安的視線落在她身上，那年輕婦人立刻笑著道：「奴家姓曹，您叫奴家一聲曹娘子就好。奴家住在鎮頭，夫家本是張家村的，不過一直住在鎮上。去歲的時候夫君病死了，只剩下奴家一個人，奴家不敢坐吃山空，想著出來做點活計，也好餬口。」

顧長安看了她一眼，與顧四哥低聲商議了一番，很快做出了決定。

「黃阿奶、賈嬸、吳嬸，妳們三個明天可否過來上工？」顧長安問道。

賈嬸便是那個天生笑眼的寡婦，另一個吳嬸則是另一個寡婦，帶著一子兩女生活。

那李阿奶和和離的婦人倒是沒說什麼，只是神情上略微有些落寞之色，不過目光依舊平和，兩人雖然沒被選上，卻是沒記恨之意。而那曹娘子卻是立刻露出幾分不悅之色，皮笑肉不笑地看著顧長安。

「小東家，您這般選人，奴家可有些不服氣了。您……」

顧長安面無表情地轉頭看著她，冷淡地打斷她的話頭。「我出工錢請人來我這裡做活，難不成還不能選最為合適的？妳服氣最好，不服氣那就憋著，不必說給我聽。」

曹娘子拉長了臉，惱怒地瞪了顧長安一眼，竟是扭著腰肢轉身就走。

徐二臉上也有一絲怒意，到底忍住了先不去管曹娘子，擠出笑容來，十分歉疚地道：「五姑娘，是我沒選對人，真是對不住了。」

顧長安這才淡淡地點頭。「無妨，徐二叔已經盡力了，想必那位曹娘子平時做事不算出格，這才瞞過了徐二叔。」

徐二連連點頭。那曹娘子之前也讓他幫忙找過活，他介紹過兩回，聘雇曹娘子的人家，事後都不曾對曹娘子有過不妥之言，所以他一直以為曹娘子這人雖說有些小毛病，不過大致上還是可以的。倒是沒想到，這曹娘子真實的性子竟是這般，的確是他看走眼了。

李阿奶和另一個沒被選上之人也離開了，顧長安讓安氏給她們一人裝了一小竹筒的酒釀。

在徐二的見證下，跟黃阿奶三人簽了契約。這是經過牙行作保的，萬一日後這三人違反契約，到時候自有牙行出面替她解決這些麻煩。

給徐二交了銀子，又將先前就準備好的吃食給他，把人送走之後，顧四哥才忍不住問道：「我還以為妳會讓那李阿奶也留下來做活。」

顧長安知道他在之前就忍不住想要問，能忍到這時候也算不容易了。「李阿奶家裡條件還不錯，多少有些人脈，雖說是要簽下契約，可萬一日後她突然反悔，或是做了毀壞食肆名譽之事，我們就算想要追究也會有不少阻礙，太麻煩。」

「那怎麼沒聘那個和離的婦人？」在一旁聽著的袁花兒也忍不住小聲問道。

顧長安仔細解釋道：「她娘家人心疼她，怕是會給她再尋一門親事。她娘家人性子好，可到時候再找的婆家人秉性如何卻是未知。畢竟知人知面不知心，若是攤上的婆家人不是那般爽利呢？再者，等再嫁之後，婆家若是不願意她出來做活，我好不容易培養起來的人，才變得熟練就得再招人，著實麻煩。」

眾人這才若有所思地點頭，至於那位曹娘子，自然無人會追問為何不用她了。那樣的人，不適合在他們這食肆裡做事情。

顧長安打算看一看黃阿奶三人做事如何，便決定今日留在鎮上過夜。不過顧錚禮他們要去接外公、外婆，顧長安便只讓顧四哥留下陪著她，顧大哥他們幾個則是被陸九給送回去。

第二天一大早，顧長安兩人又去了食肆。食肆裡已經忙碌起來，黃阿奶有一雙巧手，正跟著徐氏捏動物和蔬菜饅頭。灌湯包子則是安氏趕在她們來之前，就已經先捏好上鍋蒸著，這也算是食肆的特有吃食，肉凍是關鍵，自然不想讓這些請來做事之人知曉。

賈嬸和吳嬸則是手腳麻利地將食肆給打掃了一遍，邊邊角角都擦洗得乾乾淨淨。她們兩個忙完了這些，又去做自己能做的事情。

將早上要賣的東西都準備好，客人也陸陸續續來了。顧長安沒插手，看著徐氏負責算帳、收錢，安氏和賈嬸負責賣吃食，黃阿奶年紀到底大了一些，反應沒她們快，便在屋裡負責端送吃食，收拾碗筷。而吳嬸則跟著袁花兒做酒釀吃食，本就是沒什麼技術性的活計，吳嬸又是做慣灶頭活計之人，很快就上手了。顧長安乘機要了一碗，發現吳嬸這酒釀的分量拿捏得極好，甜而不膩，酒香醉人，比她做的還要好一些。

等忙完了，眾人便先將碗筷收拾到一起，先填飽自己的肚子，再去清洗。黃阿奶三人是第一次吃店裡的吃食，先不說滋味極好，只說管飽就讓她們十分滿足。在店裡解決了兩頓，能給家裡省下不少糧食，家裡人不就能多吃一些？

吃飽喝足，又等她們將碗筷都清洗乾淨，邊準備中午的吃食，顧長安道：「酒釀那邊以後由吳嬸負責，花兒姊幫忙黃阿奶一起收拾碗筷，端送吃食之事，就讓賈嬸負責吧！」

安氏聞言，對著顧長安感激一笑。袁花兒年紀開始大了，萬一遇上個不好的客人，對她來說可不是好事。

袁花兒連忙應了。能繼續在食肆做活，她也挺高興的。五姑娘買下他們一家子，她心中感激不已，只恨自己做得太少，不夠報答呢！

等中午忙完，陸九便趕著馬車，將顧長安幾人一同送往村裡。

陸堯一路上都在小心翼翼地觀察顧長安，等出鎮又走了一段路之後，才磨磨蹭蹭地湊到顧長安身邊，小聲問道：「五姑娘，我、我真的能跟著少爺們一起識字嗎？」

顧長安對這種軟乎乎的小孩子還是有些耐心的，聞言點點頭。「自然是真的！你若是夠努力，以後可以跟著少爺當個小書僮。」

陸堯聞言立刻有些喜孜孜，嘴角飛快地往上揚，又擔心自己太過高興會惹得五姑娘不高興，連忙努力地把嘴角往下壓，倒是教顧長安看著有些好笑，又有點心酸。

陸九已經來過顧家，顧長安並未讓家裡人將陸九一家是他們買來的事情說出去，只說是雇來的人，故此村裡人看陸九的眼神也不算怪異，只是在背後指指點點。陸九和徐氏神色坦然，三個孩子有些拘謹，不過也不至於畏畏縮縮，這一點讓顧長安很滿意。

還沒到顧家，遠遠地就看到有人迎了上來。顧長安俐落地跳下牛車，小跑步過去。「外公、外婆！」

鄒生和林氏輪流摸摸她的腦袋，林氏摟著顧長安不肯放。「妳娘也是個會瞞的，我跟妳外公這時才知道妳上回被人給害了一回。如今身子可好些了？可有哪裡不舒坦？」

顧長安連忙道：「外婆，我好著呢，妳瞧我是不是變胖不少？」

林氏心疼孩子，先前只顧著心疼和自責，被顧長安這麼一提醒，當真仔細打量了一番。上回祖孫見面還是在過年的時候，這大半年的工夫，原本又瘦又黑的乾癟小丫頭，如今臉頰上多了不少肉，看起來白白嫩嫩的。鄒家人都長得好，顧家的姊妹倆都隨了鄒氏的模樣，長相自然也不差，何況這皮膚一白，看起來顯得更加好看兩分。

「我們小五還真是胖了不少，看來妳娘這段時日把妳養得很好，那外婆就放心了。」老人家都喜歡自家孩子長得白白胖胖才好，見顧長安這模樣，立刻心中歡喜起來。

鄒生也點點頭，讚許道：「你們幾個都在長身體，多吃一些才對。」

顧長安應了一聲，又道：「四哥要去紀家小少爺家跟著一起習武，得晚上才跟著大哥他們一起回來。昨天我們兩個去牙行招了人，今兒一早要看他們做事如何，就沒回來陪外公、外婆。」

鄒生擺擺手。「正事要緊，我們這兩個老的打算在這裡住上一段時日，哪天看不成？招的人做事情如何？開的是食肆，得找那等做事穩當、手腳麻利，又愛乾淨之人才行，弄得邋遢遢的，沒得讓客人沒胃口。」

顧長安連忙道：「都是乾淨人，做事也麻利。眼下瞧著性子也算不錯，至於旁的，得以後慢慢觀察。」

鄒生讚許地點頭。「是得往後慢慢看。小五做事越來越穩妥，看來這段日子倒是歷練出來了。」

林氏卻是有些心疼。「小五才七歲呢，哪家七歲的小姑娘像我們小五這般拚命的？妳娘也是，盡是讓妳這麼個小孩子去忙活。」

顧長安得為鄒氏說上幾句公道話。「外婆，其實是我不想讓娘拋頭露面。沒法子，誰讓外婆、外公把娘生得那般出色，鎮上又是龍蛇混雜，我便堅持不讓娘出面了。」

林氏聞言又是好氣、又是好笑。「有妳這樣編排自家娘親的嗎？」

顧長安陪笑，又連忙將家裡人介紹給徐氏幾個知曉，把他們幾個都安排好活計。

最近家裡的事情都是顧長安在安排做主，鄒氏也沒意識到不對，倒是一旁的鄒生和林氏瞪了自家女兒一眼，對顧長安越發心疼。

家裡的大人一點不頂事，可憐他們的小外孫女，竟是這點年紀就撐起一個家來了！

顧二姊聽顧長安說徐氏善女紅，立刻來了興致，拉著徐氏去房間，打算看一看她的本事。

徐氏規規矩矩地跟著去了，顧長安見鄒生拉著陸九說話，乾脆跟鄒生打了個招呼，拉著林氏和鄒氏，又招呼三個小傢伙一起跟了進去。兩個男娃娃才五、六歲的年紀，沒什麼可避諱的。

徐氏果然極為擅長女紅，原本極細的繡線到了她手中，兩、三下就整理好。她選了幾樣繡線，穿針引線，在一塊棉布帕子上飛針走線，不一會兒，一簇蘭花便在帕子上綻放。

林氏驚呼。「哎喲，這繡工好！鎮上那些鋪子裡的繡娘繡出來的花，都沒這個精緻。」

顧長安暗道，可不是沒這個精緻嗎？那些繡娘繡出來的東西，跟徐氏繡出來的，根本就是小學生和大師的區別好嗎？

鄒氏和顧二姊顯然也很是喜歡，顧長安便讓顧二姊準備了針線，也給花兒準備了一份。

「徐嬸子先教一教我娘和我二姊她們，花兒也跟著學。不能學太久，繡一個時辰就得起來歇息，至少得歇上一個時辰。趁著那空檔，徐嬸子可以去睡一會兒……對了，娘，昨天大哥可跟您說了？租下房子了嗎？」

鄒氏輕拍額頭。「瞧我這腦子，竟是忘了提。已經租下了，就是妳葉叔家。妳葉叔他們家人口少，現在住著的房子是後來蓋的，老房子一直閒置著，妳徐嬸子他們新來乍到，住到村裡去怕是不習慣，我便去問了問。他們家覺得閒置著也是閒置，想要用便讓我們用，不過我沒答應，只說他們若是不肯收錢就不租了。他們便說一個月只要三十文，最後說好了給一百文。」

顧長安點點頭。「一百文是應當的，不過也住不了多久，最多不會超過兩個月，等我們家房子蓋好了，陸九叔他們就可以搬回來住了。」

鄒氏點點頭。「我也是這麼想的，不過妳葉叔他們不肯先收錢，說是月結。」葉獵戶一家跟他們家走得近，不肯占便宜才是正常。顧長安也沒堅持，往後兩家來往的日子還多著，沒必要在這點小事情上過多計較。

顧長安也被拉著一起學繡活，只可惜她天生沒這本事，在捏彎了四根繡花針後，顧二姊終於無奈地擺擺手。

終於得到首肯不需要繼續學，讓顧長安長出一口氣。

堂屋裡，鄒生跟陸九正在討論蓋房子和作坊之事。顧長安路過的時候聽了一耳朵，正好聽到陸九在說蓋房子和作坊的注意事項，乾脆進屋坐著聽他說了。

陸九的建議很實用。「家裡住的房子，在可承受的範圍之內，盡可能要用好一些的材料。好的房子，至少可以住三代人不需要修繕。我建議用青磚，造價會高一些，不過至少能用到少爺們娶親生子，都不需要再考慮重新蓋房子了。」

對於他說的三代不需要修繕的房子，顧長安自然不會去考慮。當然，他們家也蓋不起那樣的房子，不過用青磚這一點，倒是頗為符合她的想法。

青磚大瓦房，對絕大部分莊戶人家來說，就是對自家房子最終極的夢想了。顧長安想要用青磚，是因為青磚最為牢固，不過青磚大瓦房的造價的確有些高。

陸九看了她一眼，道：「若是可行，最好家裡的地面也用青磚來鋪就。老爺和小老爺是秀才，等日後中舉，入朝為官，這邊便是祖宅；且大少爺他們也要走科舉之路，在他們中舉或是入朝為官之前，想必有一段時日是要住在祖宅的。如此，難免會邀同窗或是他人來家中小聚，等到那時候，若是房子不夠妥當也不好看，不如一次做全了，免得日後再來修補。」

原本持反對意見的鄒生有些被說服了。的確，自家女婿和外孫們可是要走科舉之路，這裡就是祖宅，祖宅不得弄得好一些嘛！

如此一想，鄒生立刻覺得陸九給的建議真是太對心思了！

蓋房子是大事，顧長安不可能自己做主，還是要等晚上的時候，一家人坐在一起商議。

今天多了幾口人，鄒氏和顧二姊早早便開始準備晚飯，徐氏和花兒跟著打下手。

鄒氏跟顧長安不同，顧長安可以硬下心腸，鄒氏卻是待人有些軟和。顧長安從沒打算對鄒氏的為人行事指手畫腳，更何況等日後鄒氏接觸的人和經歷的事情多了，自然而然會有所改變。所以，儘管現在鄒氏對待買來的下人都無法狠下心，甚至有些時候有些主僕不分，顧長安也沒出面之意。正好可以看一看這些買來的人，有沒有必要一直留在顧家。

林氏也想要幫忙，卻是被鄒氏和顧二姊勸下了。廚房有她們四個人就足夠，哪裡還需要林氏也跟著受熱。

見陸九陪著鄒生去地裡走一走，顧長安便帶著兩個小的，陪著林氏在周圍轉了轉。

晚上的時候，鄒氏和顧二姊做了一大桌子的好菜。女眷在廚房安置了一個小桌子，漢子們則是都到堂屋裡，除了顧小六之外，包括顧四哥也被叫了過去。陸九原本打算等他們吃完之後再吃的，卻被鄒生和顧錚禮給拉了過去，一同上了桌。

論起眼力，鄒生和顧錚禮是這群大、小漢子裡最好的，一眼便看出陸九並非池中物，當作結一個善緣吧！再者，接下來的一段時日，陸九基本上等同於鎮山石，家裡這裡裡外外，都得讓他來盯著，顧錚禮自然要對他客氣一些。

那邊陸九都上了桌，廚房裡的徐氏自然也被拉上桌了。

鄒氏給她舀了一碗青瓜雞蛋湯，笑道：「我們家沒那麼多講究，別看我男人和小叔都是秀才，可我們沒那麼多的規矩，所以啊，妳也別太拘束了。」

徐氏雖是第一次來村裡，不過她本就是個細心人，經過一下午的接觸，她也看明白不少東西，對於顧家人的秉性，她多少也捉摸一些出來。對於鄒氏說的這些話，徐氏私心裡是贊同的，鄒氏是個性子溫和之人，倒是她生的幾個孩子，個個都是不凡，這性子南轅北轍成這樣，也是難得。

若是顧長安幾人知道，徐氏竟認定鄒氏是個性子溫婉之人，怕是要覺得她有那麼點眼瞎了。

誠然，鄒氏在溫婉的時候的確很溫婉，只可惜不溫婉的時候，就是他們也得老老實實受著。順手拿一根竹竿，就能抽得他們跟滾地葫蘆似的，真的是霸氣外露，凶猛無比！

如今家裡有人坐鎮，顧長安就能脫開身去了。

原本想去食肆，不過路過百膳樓的時候，腳步一頓，轉身進了百膳樓。

「鄧掌櫃近日可安好？」顧長安繃著小臉，如同大人一般寒暄的模樣，讓迎過來的鄧掌櫃忍不住笑出聲來。

「托五姑娘的福，一切安好。」鄧掌櫃將人迎到後院，立刻有夥計從廚房端了剛出爐的點心過來，還貼心地給顧長安備上一壺水果茶。

「這是府城那邊姑娘、夫人們喜歡的口味，各色果子熬煮過後，稍稍晾涼了再添入蜂蜜，酸甜可口，味道倒還不錯。」

顧長安點點頭，喝了一口，的確是酸甜可口，味道還不錯。

「五姑娘今天怎麼有空過來？是不是又有新點子了？」鄧掌櫃對這位小合作夥伴的頭腦可是無比信任，她不只讓他們百膳樓的生意更上一層樓，更讓少東家的地位更加穩固。

也是因為如此，少東家親口吩咐他對顧家人要儘量優待。當然，就算少東家沒開口，他也會對顧家人客客氣氣的，尤其是對眼前的小姑娘。

顧長安道：「新點子有，不過暫時不能給鄧掌櫃。再過幾日吧，我把東西送過來給鄧掌櫃。」

鄧掌櫃原本就是順口一說，壓根兒沒想到顧長安居然還真有點子，更打算跟他做生意，當下心頭一喜。「當真有點子了？哎喲，這好！哪天能成？到時候我去找妳？」

顧長安想了想，道：「倒是不煩勞鄧掌櫃過去，約莫再過個兩、三日吧，到時候我會把東西送過來。鄧掌櫃這幾日可會一直待在平安鎮？」

鄧掌櫃笑道：「五姑娘都說了有好點子，就算有事我也得留在平安鎮等著妳呢！那到時候，我就恭候五姑娘了！」

顧長安沒拒絕他的示好，想起自己之前做的事情，忽然心頭一動，道：「鄧掌櫃的在鎮上多年，想必人脈極廣，不知鄧掌櫃可認識鎮上賭場的管事？」

鄧掌櫃的笑容頓時一收。「認識倒是認識……五姑娘忽然問起此事，可是有認識之人在賭場？」

顧長安停頓了一下，坦然道：「鄧掌櫃也知道我家的事情，我們一家往年一直都被二叔一家給欺壓。」

鄧掌櫃點點頭。這事情他自然是知曉的，先前他也覺得可惜了，顧秀才兄弟兩人分明就是拿了一手好牌，卻硬生生地將自己的好牌打爛了。倒是顧長安讓他意外不已，不過才七歲的年紀，短短時間內反倒是壓制住二房。

顧長安不管他如何想的，繼續道：「上回我無意中聽村裡有人在背地裡說我二叔似乎喜歡去賭場，所以想煩勞鄧掌櫃幫我打聽打聽是否有此事？若是有，還請鄧掌櫃派人知會我一聲。」

鄧掌櫃看了她一眼，對她這含糊的說詞竟然沒有追問之意，只笑著答應下來。「五姑娘且等一等，轉頭我就讓人去通知妳。」

他心知肚明不可能當真如此，不過能讓顧長安欠他人情，管真相如何呢！

顧長安應了下來，拿著鄧掌櫃送的兩包點心告辭離去。等出了百膳樓，眼底才掠過一抹複雜之色。

其實她這般做，也是特意送一個「把柄」給對方。顧二叔一家她是肯定不會放過，而跟百膳樓的合作，她希望可以長久，希望這一次，百膳樓能讓她覺得滿意。

——未完，待續，請看文創風761《女耀農門》2

醫心醫意　藥結連理／佑眉

2019年6月出版

妙手福醫

這位公子一口氣吃光了她的藥膳，
還大言不慚說要做工抵飯錢?!
很好，那她就不客氣地人盡其用啦～～

文創風 750 1

重生一世，爹不疼、娘不愛的程蘊寧沒啥了不起的大志向，
只想著醫好被滾水燙壞的容顏，還有為她試藥而中毒的祖父，
然後爺孫倆共享天倫之樂懸壺濟世，過起醫家的和樂小日子～～
她已非任人揉捏的幼女，自是要搬幾座大靠山，好專心種藥製藥，
卻引來不羈的陸九公子陸瑄注意，不但吃光她的藥膳，還賴上她了?!

文創風 751 2

良藥對症，程蘊寧終恢復盛世美顏，讓祖父放下多年的遺憾，
但傷癒後第一回外出赴宴，她的運氣背透了，竟被推進荷花池，
眼看要命喪惡徒之手，幸虧陸瑄出手相救，卻因此揭穿駭人秘密——
原來爹娘不疼她並非天生無緣，而是當年貍貓換太子的陰謀；
而她……居然是武安侯袁府的遺珠?!

文創風 752 3

回了武安侯府，袁蘊寧終於感覺到家的溫暖，
從此安心鑽研醫術，還跟陸瑄一起壯大自家脂粉鋪的生意。
但鋪子日進斗金的後果便是樹大招風，竟有人以中毒為由上門鬧事，
接著大雪成災，父兄施粥濟民，她製藥救人，卻被當作盜皇糧的逆賊，
如今好心變成歹意，她該怎麼解套，才能還家人與自己清白呢？

文創風 753 4

因陸瑄的溫柔陪伴牽動了心，袁蘊寧決定把下半輩子交付出去，
孰料陸瑄母家鬧起惡疾傳世的謠言，陸瑄跟著遭殃，說他將短命無後?!
接著身為閣老的準公爹無端病倒，陸府頓時亂成一鍋粥……
接二連三的打擊，如此夫家堪稱渾水，她仍一腳蹚了——
這些事兒可不單純啊，她定要陪著陸瑄，以妙手醫術保全陸府上下！

文創風 754 5 完

夫君太出色，袁蘊寧暗嘆主母果然不好當，只好夫妻同心扛起陸府，
先是小姑夫家因選邊站的關係，竟不惜撕破臉逼小姑和離；
接著春闈放榜，新科準狀元陸瑄被誣告舞弊，成了眾矢之的；
再來居然有人趁陸瑄出外辦差時欺上門，說大伯犯下人命官司?!
哼！想動陸家的人，先過她這關再說吧——

為流浪貓狗加油 和貓寶貝 狗寶貝

廝守終生(一定要終生喔！)的幸福機會

對人來說，貓寶貝狗寶貝只是生活的一部分，

但妳(你)對牠們來說，卻是生活的全部，領養前請一定要考慮清楚——

▲ 熱情活潑的甜姐兒　QQ

性　　別：女生
品　　種：米克斯
年　　紀：約4歲
特　　徵：體型約同柴犬，外貌又像柯基
個　　性：與人在一起時很喜歡撒嬌、討摸摸
健康狀況：已結紮，有定期施打預防針
目前住所：台中市霧峰區

第305期推薦寵物情人

『QQ』的故事：

會救援到QQ，其實是在一個悲傷的情況下。有天，中途接獲通報，說是在光復新村有一隻幼犬被車撞傷了，於是中途立即出發去到現場。儘管中途緊趕慢趕，等到了那地方，那隻毛小孩很不幸地早已失去生命的跡象，離開了這個世界，中途感到十分難過。

然而，中途隨後就在路旁的水溝內發現了QQ和牠的姊妹。那時的QQ剛失去牠的家人，看起來惶恐不已，見到中途時，小小的身子還一直後退，拼命往水溝深處躲去，這讓中途費了很大一番功夫，好不容易才將牠們從水溝裡給救上來。此後，QQ就被中途一直照料著，直到現在。

現在的QQ已經走出失去親人的傷痛，不再是個背負著陰霾的孩子，而且還成長成熱情、活潑的漂亮妹妹啦！QQ見到人喜歡扭著牠的小屁股蹭過來撒嬌，再連同附上牠甜美的笑容，真是讓人覺得「Q」到不要不要的！

如果您願意領養QQ回家作伴，歡迎來信leader1998@gmail.com（陳小姐），或傳Line：leader1998，或是私訊臉書專頁：狗狗山-Gougoushan。

認養資格及注意事項：

1. 認養者須年滿23歲，有穩定經濟能力，並獲得全家人的同意。
2. 須同意簽認養寵物切結書，並讓中途瞭解QQ以後的生活環境。
3. 同意送養人日後之追蹤探訪，對待QQ不離不棄。
4. 同意讓QQ絕育，且不可長期關、綁著QQ，亦不可隨意放養。
5. 為讓中途對您有更深入的瞭解，中途會先有份線上問卷請您填寫。

來信請說明：

a. 個人基本資料：姓名、性別、年齡、家庭狀況、職業與經濟來源等。
b. 想認養QQ的理由。
c. 過去養寵物的經驗，及簡介一下您的飼養環境。
d. 若未來有結婚、懷孕、出國或搬家等計劃，將如何安置QQ？

國家圖書館出版品預行編目資料

女耀農門 / 樵牧著. --
初版. -- 臺北市 : 狗屋, 2019.07
冊 ; 公分. --（文創風）
ISBN 978-986-509-017-3（第1冊 : 平裝）. --

857.7 108008603

著作者 樵牧
編輯 黃鈺菁
校對 沈毓萍 簡郁珊
發行所 狗屋出版社有限公司
地址 台北市104中山區龍江路71巷15號1樓
電話 02-2776-5889～0
發行字號 局版台業字845號
法律顧問 蕭雄淋律師
總經銷 知遠文化事業有限公司
電話 02-2664-8800
初版 2019年7月
國際書碼 ISBN-13 978-986-509-017-3

定價250元
狗屋劃撥帳號：19001626
網址：love.doghouse.com.tw E-mail：love@doghouse.com.tw